新潮日本古典集成

更級日記

秋山虔 校注

新潮社版

目次

更級日記　細目

凡　例

〔はじめに〕

一、本書は、現代の読者に、『更級日記』の最も読みやすい本文を提供する目的で編集し、おおよそ以下の方針に基づいて通読と鑑賞の便宜を図った。

〔本　文〕

一、本文は、現存する諸本の祖である藤原定家筆、御物本『更級日記』の複製本（大正十四年刊）を底本とした。

一、底本を、その表記法まで忠実に再現することは避け、現代一般の表記習慣に沿うよう漢字と仮名を使いわけた。

一、漢字は新字体に、仮名づかいは歴史的仮名づかいに統一した。

一、地名その他、名詞の類で、必ずしも漢字表記は確定していないものの、仮名表記のままでは読みにくいと思われるものには、敢えて、穏当と判断した漢字をあてた。

一、底本にある反復記号は、同漢字二字の繰り返しにかぎり、「々」に統一して用いた。

一、句読点、振り仮名、濁点は、本文解釈の作業と並行しつつ、王朝語の性格を逸脱しない範囲で適宜に施した。

一、会話文、引用文の類には、そのつど「　」を付した。

一、記事内容の転換に従って段落を設け、その前後を二行分あけて組んだ。

一、底本において明らかな誤写と認められる個所、および底本が欠字のまま放置し、傍らに修整文字を想定している個所等は、それぞれ次のように訂正した。

一四頁一一行　しもつけ→下総《しもつさ》

一五頁　五行　まのしてら→まののてう

三五頁　三行　さい□□《中将》→在中将

三六頁　九行　とまゐり→今、参り

五六頁　一行　つゝくくる→つづくる

五七頁　一行　おや□《と》なりなば→親、となりなば

八二頁　三行　つもりたるに《ひかりあひ》→つもり光りあひたるに

一、底本の奥書《おくがき》・勘物《かんもつ》は、付録として別途に収録した。

〔注　解〕

一、注解は、傍注（色刷り）と頭注とによって構成した。原則として、傍注には現代語訳、頭注には本文鑑賞上の基礎知識をあてることとした。スペースの関係で現代語訳を頭注にまわさざるをえな

かった場合もある。

一、傍注の現代語訳は、原文の用語、語順、語勢などを生かしながらも、可能なかぎり流暢《りゅうちょう》な現代語となるよう心懸けた。

一、傍注においては、〔　〕によって原文にない語（主語、目的語、述語など）を補足し、（　）によって、代名詞等で語られた事物や人物を説明するなど、いずれも理解をより正確ならしめるよう努めた。

一、頭注と本文の該当個所とは、それぞれに付した漢数字によって連結されている。

一、頭注欄では、鑑賞上の基礎知識もさることながら、必要に応じて＊印の注を設け、作者の執筆意図、文章技巧、美意識の特質、当時の文芸思潮等々にも言及した。『更級日記』のわが文学史上に占める位置を具体的に考えるとともに、永く古典として読み継がれた所以《ゆえん》を探る試みでもある。

一、頭注における引用文の整定は、ほぼ本文のそれに準じて処理した。

一、頭注欄には、本文の一段落ごとに、色刷りの小見出しを立てた。これは、その段落内の主要な話柄や主題を示すものである。

一、本文の見開き二頁分に相当する頭注は、必ずその二頁内に収まるよう配慮した。

〔解　説〕

一、「解説」は、主として作者の人となりや制作機構の分析に焦点を絞り、『更級日記』の文学的魅力により深くふれるための一助とした。頭注欄の＊印注を、さらに敷衍《ふえん》する意味あいも含めている。

〔付　録〕

一、巻末に、奥書・勘物、年譜、地図、系図、和歌索引を付録した。

一、底本の奥書・勘物は、返り点、送り仮名を補い、校注者による略注を付して収録した。

一、年譜は、本文中の主要記事を要約して年次別に配列するとともに、『更級日記』成立の時代背景とも言うべき諸事象を併せて記し、読者の参考に供した。

一、地図は、作者がたどった東国から京への道筋、近畿地方の諸地名、社寺名などを図示したものである。

一、和歌索引は、本文中に見える和歌の初句を五十音順に配列し、その頁数を示したものである。

〔おわりに〕

一、本書の校注にあたっては、先行の諸注釈書・研究論文等に負うところが大きかった。また特に三角洋一氏には、多くの新しい指摘と示教を蒙った。記して謝意を表する。

校注者

更級日記

物語にあこがれて

[一]あづま路《ぢ》の道の果《は》てよりも、なほ奥つ方《かた》に生ひ出でたる人、いかばかりかはあやしかりけむを、いかに思ひはじめけることにか、世の中に物語といふもののあんなるを、いかで見ばやと思ひつつ、つれづれなる昼間《ひるま》[二]宵居《よひゐ》などに、姉[三]継母《ままはは》などやうの人々の、その物語、かの物語、光源氏《ひかるげんじ》のあるやうなど、ところどころ語るを聞くに、いとどゆかしさまされど、わが思ふままにそらにいかでかおぼえ語らむ、いみじく心もとなきままに、[四]等身《とうしん》に[五]薬師仏《やくしぼとけ》を造りて、[六]手洗ひなどして、人まにみそかに入《い》りつつ、「京《きやう》にとく上げたまひて、物語の多くさぶらふなる、あるかぎり見せたまへ」と、[七]身を捨てて額《ぬか》をつき祈り申すほどに、[八]十三になる年、のぼらむとて、九月《ながつき》三日

生い育った人（私）は 「今から思うと」どんなにか田舎びていただろうに あるそうだが 「それを」何とか読みたいものだと 手持無沙汰で所在ない などといった 有様 一層知りたい気持が募ってくるけれど どうして私の満足のいくように暗記していて語ってくれようか ひどくもどかしいので 誰もいない時こっそり 早く たくさんあると申します物語を ありったけ 上京することになって

一 「あづま」はもと足柄《あしがら》山・碓氷《うすい》峠以東の国々の総称だが、『古今集』の東歌《あずまうた》には伊勢の国（三重県の一部）の歌も含まれ、平安時代には逢坂《おうさか》の関（三〇頁注五参照）以東をさすようになった。奥羽《おうう》諸国は含まれない。従って「あづま路」は東海道であり、その「道の果て」は常陸《ひたち》の国（茨城県の大部分）。作者の父菅《すが》原孝標《わらのたかすえ》が国司として赴任していたのは上総《かずさ》の国（千葉県の一部）であり、「なほ奥つ方」とはいえないが、遥《はる》かな東国の辺境であることを際立たせる文飾である。「あづま路の道のはてなる常陸帯のかごとばかりもあひ見てしがな」（『古今六帖』五）による。

二 夕方から夜更けあたりまで、家族の語らいなどで時を過すこと。

三 孝標は、上総介《かずさのすけ》在官中、作者にとっては継母にあたる妻を同伴し、作者の生母は都に留まっていた。この継母は東宮大進高階成行《たかしなのなりゆき》の女《むすめ》で、のちに上総大輔《かずさのたいふ》と呼ばれた女流歌人。『後拾遺集』に一首入集している。

四 願主《がんしゅ》である作者の身の丈《たけ》と同じ高さに。

五 薬師瑠璃光如来《るりこうにょらい》。衆生《しゅじょう》の病苦をいやし、現世利益の願いを叶《かな》えてくれる仏として信仰を集めていた。

六 仏前で祈るために身を清めるのである。

七 身を投げ出し、額を床につけて礼拝し祈請《きせい》する。はげしく一途《いちず》に願ったのである。

八 寛仁四年（一〇二〇）。孝標はこの年、上総介の任期が満ち、作者らを伴って帰京することになった。

門出《かどで》[一]して、いまたち[二]といふ所にうつる。

年ごろ（長年の間）あそび馴《な》れつる所を、あらはにこほち散らし[三]て、たちさわぎ（［旅支度に］忙しくたち働いて）て、日の入《い》り際《ぎは》のいとすごく（実に恐しく）霧《き》りわたりたる（霧が一面に立ちこめている時に）に、車に乗るとてうち見やりたれば（わが家の方を振り返って見ると）、人まには参りつつ額《ぬか》をつきし薬師仏の立ちたまへるを、見捨てたてまつる（後にお残し申し上げることが）悲しくて、人知れずうち泣かれぬ。

門出したる所は、めぐり（塀とか垣根とかも）などもなくて、かりそめのかや屋（ほんの間に合せの茅ぶきの家で）の、蔀《しとみ》[四]などもなし（［わずかに］）。簾《すだれ》かけ、幕など引きたり（引いてあるきりだ）。南は遙《はる》かに野の方見やらる（野末までも眺望できる）。東西《ひむがしにし》[五]は海近くていとおもしろし（実によい景色である）。夕霧[六]たちわたりていみじうをかしければ、浅寝《あさい》などもせず、かたがた見つつ（あちこち眺め眺め）、ここを立ちなむこともあはれに悲しきに（しみじみと）、同じ月の十五日、雨かきくらし降るに（空も暗鬱な土砂降りの雨の中を）、境（国境を）を出でて、下総《しもつさ》[七]の国のいかだ[八]といふ所にとまりぬ。庵《いほ》[九]なども浮き（浮いて）

一 仮の出発。実際の旅立ちに先だって、日の吉凶、方位等を考慮していったん他所に移り、準備を整えたうえで、改めて出立するのが当時の習わしであった。

二 「門出」した場所の地名。国府（千葉県市原市惣社の国分寺跡付近）の近くだろうが、現在地のどこに当るか不明。「いま発《た》ち」を掛けた表現ともいわれる。

三 外から見透かせるほどに、造作・家具などをすべてとりはずして。「こほ（毀）つ」は清音でよむ。

＊ 執筆時からは遙かな過去の少女時代の自分を、草深い東国の辺地の中から登場させる。物語の世界への憧《あこが》れと都への思いとが一枚に重なっているその少女は、ついに念願叶《かな》って都へと旅立つことになるが、それは同時に夢を育てた「ふるさと」との訣別《けつべつ》である。冒頭「あづま路の…」から薬師仏との哀しい別れまで一気に運ばれる文章は絶妙。

京への旅立ち

四 雨戸。格子に組んだ木の枠《わく》の裏に板を張ったもの。蔀がないのだから、かなり粗末な仮屋。

五 東西が入江になっている突出した地と想定されるが、現在地のどこかは不詳。

六 夕霧の立ちこめる風景に感興を催し、なかなか眠りにつけないで。「浅寝《あさい》」（浅い眠り）に「朝寝《あさい》」を掛け、「朝」「夕」の対照をねらった。

七 現在の千葉県北部。

八 『和名抄《わみょうしょう》』第六、下総《しもうさ》の国千葉郡の項に見える「池ぬばかりに《しまいそうなほど》雨降りなどすれば、おそろしくて寝《い》も寝られず《まどろむこともできない》。野中に、丘だちたる所に《丘のように小高い所があり》、ただ、木ぞ三つ立てる。その日は雨に濡《ぬ》れたる物ども干《ほ》し、国に立ちおくれたる《一足遅れて出発した》人々待つとて《人々を待つため》、そこに日を暮らしつ。

昔の長者の夢の跡

十七日のつとめて《早朝》立つ。昔、下総の国に、[一〇]まののてうといふ人住みけり。[一一]疋布《ひきぬの》を[一二]千《ち》むら万《よろづ》むら織らせ、晒《さら》させけるが家の跡とて《長者の家の跡》、深き川を舟にて渡る。昔の門《かど》の柱のまだ残りたるとて、大きなる柱、川の中に四つ立てり。人々歌よむを聞きて、〔私は〕心のうちに、〔こう刻みつけた〕

[一三]朽《く》ちもせぬこの川柱《かはばしら》残らずは
昔の跡をいかで知らまし

その夜は、[一四]くろとの浜といふ所にとまる。片《かた》つ方《片側は》はひろ山なる所《小高く広々とした所で》

田」の転訛《てんか》ないし誤写と推定されているが、下の「浮きぬばかり…」との連想による「筏《いかだ》」を掛けた表現とする見解も捨てがたい。以下の道中記、いちいち注記しないが同種の言語遊戯的表現が多い。

九 草木を編んで急造した仮小屋。

＊ この日記の作者がかたどる風景には特異なものがある。広々とひらける野原や、野中の丘の豪雨のなかの三本の木などの印象は、貴族文学の伝統的自然観から抜け出た目と心を感じさせる。

一〇 底本「まのしてら」。通説に従って改めた。「まの」は「はまの」の訛《なまり》といわれる。千葉市浜野町辺りとすれば地理的にふさわしい。「てう」は字音「ちゃう」。長者、地元の富豪のこと。

一一 一疋《ぴき》（二反続き）の布。二二メートル前後。

一二「むら」は一巻きにした布を数える時の単位。

一三 今まで朽ちもしないでいるこの川の中の柱が残っていなかったなら、ここが昔の長者の遺跡だということをどうして知ることができただろうか。類想歌に「蘆間《あしま》より見ゆる長柄《ながら》の橋柱《はしばしら》むかしの跡のしるべなりけり」（藤原清正《きよただ》、『拾遺集』雑上）「朽ちもせぬ長柄の橋の橋柱ひさしきことの見えもするかな」（平兼盛、『後拾遺集』賀）などがある。

一四 千葉市の黒砂（稲毛と登戸の中間）の古名とする説や、限られた一地帯ではなく、津田沼・幕張一帯の称とする説がある。道順としては後者が妥当。

の、砂子《すなご》[一]はるばると白きに（白く見える所に）、松原しげりて、月いみじう明かきに（月がたいそう明るく照っていて）、風の音もいみじう心ぼそし[二]。人々をかしがりて（興を催して）歌よみなどするに、

　まどろまじ今宵《こよひ》ならではいつか見む[三]
　　くろとの浜の秋の夜の月

乳母の出産

そのつとめて（翌朝）、そこを立ちて、下総《しもつさ》の国と武蔵《むさし》[四]との境にてある太井川《ふとゐ》[五]といふが（という川の）上《かみ》[六]の瀬、まつさと[七]の渡り（渡し場）の津[八]にとまりて、夜ひとよ、舟にてかつがつ物など渡す（少しずつ荷物などを対岸に運ぶ）。乳母《めのと》なる人は、をとこ[九]なども亡くなして、境にて（この国境で）子うみたりしかば、はなれて別《べち》にのぼる（［私たちの一行とは］）。いと恋しければ（［私はその乳母が］）、行かまほしく思ふに（［見舞に］）、兄人《せうと》[一〇]なる人いだきて（［私を］抱いて）率《ゐ》て行きたり（連れていってくれた）。みな人は（一行全員の宿は）かりそめの仮屋などいへど、風すくまじく（風が隙間から吹きこまぬよう）、引きわたしなど（［幕などを］）したるに、これは（乳母の宿は）、をとこなども添はねば、いと手放《てはな》ちに（手を省いて）、あら（い

一 「砂」の古語。
二 この「心ぼそし」は、下に「をかしがる」とあるように、美的情緒の表現と考えるべき語。
三 今夜でなくては、またいつこの美しいくろとの浜の秋の夜の月を見ることができようか。だから今夜は一睡もせずに眺め明かすことにしよう。
＊ 京への旅は、物語の世界へと向う旅でもある。そうした志向の線上に、この段をはじめとする伝承への関心が記される。なお「くろとの浜」の風景には、地名の黒、砂子の白、松原の青、月の明か(赤)き等、色彩の対照・配合によって印象づける趣向が見られる。
四 現在の東京都・埼玉県の全部と、神奈川県北東部をあわせた地域。
五 「太日川」とも表記される。現在の江戸川の下流。ただし、この川は下総の国を流れており、武蔵の国との境を流れるのは隅田川。
六 川上の、流れが浅い所。
七 通説に千葉県松戸市とする。
八 「津」は舟着き場。上の「渡り」と同義語を重ねた。
九 夫。使用人の下衆《げす》の意の「をのこ」と夫の意の「をとこ」は使い分けられている。
一〇 「せうと」は女の立場から男兄弟をさす語。底本の傍注によれば兄の定義《さだよし》。『尊卑分脈』では、定義は四歳下の弟となるが、これは誤りだろう。

あらしげにて《かにも粗略で》、苫《とま》[一一]といふものを一重《ひとへ》うち葺《ふ》きたれば、月残りなくさし入りたるに、［乳母は］紅《くれなゐ》[一二]の衣《きぬ》上に着て、うちなやみて[一三]臥《ふ》したる月かげ[一四]、さやうの人《乳母》には《風情の者としては》こよなくすぎて《甚だしく不釣合に》、いと白く清げにて、［私の訪問を］めづらしと思ひて［髪を］かきなでつつうち泣くを、いとあはれに見捨てがたく思へど、［兄に］急《いで》いそぎ率《ゐ》て行かるるここち《連れ帰られる時の気持は》、いとあかずわりなし《名残り惜しく堪えがたい》。[一五]おもかげにおぼえて悲しければ、月の興もおぼえず、くんじ臥しぬ《ふさぎこんで寝てしまった》。

つとめて《翌朝》、舟に車かき据ゑて渡して《車をしっかりと積みこんで渡し》、[一六]あなたの岸に車ひき立てて、送りに来つる人々これよりみな帰りぬ。のぼるは止まりなどして《上京する私たちは立ち去りがたく》、行《い》き別るるほど、ゆく[一七]もとまるもみな泣きなどす。幼な心地《ごこち》にもあはれに見ゆ。

竹芝の伝説

今は《早くも》武蔵の国になりぬ《さしかかった》。[一八]ことにをかしき所も《とりたてて風情のある所も》見えず。浜も砂子[一九]白

一一 菅《すげ》や茅《かや》などを編んで、屋根や周囲を覆うもの。

一二 「紅」は紅花《べにばな》の汁で染めた鮮やかな赤色。「衣」は着物の総称だが、ここでは重ね袿《うちき》の上に着る打衣《うちぎぬ》か。

一三 産褥《さんじょく》中であることをこう表現した。

一四 月光に照らし出された乳母の姿。

一五 「おもかげに」は、そこに無いものが眼前にあるかのように感じられること。自分の宿に帰着してからも乳母の姿が目先にちらついて離れないのである。

一六 「あなた」は川を渡り終えた作者たちから見た対岸。その対岸に車を停めて、送りに来た人々は作者たちを見送り、やがて上総へと引き返してゆく。

一七 「ゆく」は上総へ引き返す人々。「とまる」は、そこにとどまってその人々を見送る作者たち一行。

＊ 都への、物語の世界への憧《あこが》れの旅が、同時に哀別の旅となることは避けがたかった。旅上でお産をしたために同行できなかった乳母との別れ、再会のありえぬ国人たちとの名残りつきぬ別れ、それらは年経るままにいよいよ鮮やかな悲しい場面として思い出の中に甦《よみがえ》り続けたのであろう。

一八 次頁一行の「むらさき生ふと聞く野も…」と響きあう叙述。作者の抱いていた「武蔵野」の優美なイメージに反して、殺風景だったというのである。

一九 さきの「くろとの浜」のところに「砂子はるばると白きに」（前頁一行）とあった。それと表現を照応させた。

くなどもなく、一こひぢのやうにて、二むらさき生《お》ふと聞く野も、三蘆《あし》荻《をぎ》のみ高く生ひて《生い茂って》、馬《むま》に乗りて弓持たる末《持っている弓の先が》見えぬまで高く生ひしげりて、中をわけ行《ゆ》くに、四竹芝《たけしば》といふ寺あり。はるかに、五ははさうなどいふ所の六らうの跡の礎《いしずゑ》などあり。「いかなる所ぞ《ここはどういう所ですか》」と問へば、「これはいにしへ《むかし》、竹芝といふ七さかなり。国の人のありけるを《土地の人でここに住んでいた男を》、八火焚屋《ひたきや》の火焚く衛士《ゑじ》にさしたてまつりたりけるに《〔国司が任命して朝廷に〕差し上げたところが》、御前《おまへ》の庭を《御殿の前庭を》掃くとて《掃く時に》、『などや苦しきめを見るらむ《どうしてこんなつらいめにあうのだろう》。わが国に九七つ三つ《幾つも幾つも》造り据《す》ゑたる酒壺《さかつぼ》に、さし渡したる一〇直柄《ひたえ》の瓢《ひさご》の、南風吹けば北になびき、北風吹けば南になびき、西吹けば東になびき、東吹けば西になびく《なびく》を見で《のも見られず》、かくてあるよ《つらい勤めの毎日よ》』と、ひとりごちつぶやきけるを《ぶつぶつひとり言をもらしたのを》、その時、みかどの御むすめ《女宮で》、一一いみじうかしづかれたまふ《たいそう大切にされているお方が》、ただひとり御簾《みす》の際《きは》に立ち出《い》でたまひて、柱に寄りかかりて御覧ずるに、この一二をのこのかくひとりごつを《こうしてひとり言を言うのに》、いとあはれに、いかなる瓢の、いか

一 泥土。
二 紫草《むらさきぐさ》の産地として名の知られる武蔵野も、の意。紫草は野生の多年草で、その根から紫色の染料を採取した。「紫の一本《ひともと》ゆゑに武蔵野の草はみながらあはれとぞ見る」(読人しらず、『古今集』雑上)の歌によって、作者は武蔵野に懐かしい思いを寄せていたのだが、実際に足を踏み入れた武蔵の国の野原は、泥土に丈《たけ》高く蘆《あし》や荻《をぎ》が密生する原野であった。歌枕のイメージと実景とはあまりにも違っていたのである。
三 「蘆」「荻」はともに薄《すすき》に似た草本。原野の水辺または湿地に群生する。
四 東京都港区三田の済海寺《さいかいじ》がその跡といわれる。
五 「ははさう」は未詳。底本も、この部分に朱点を打って疑問としている。
六 「郎」「楼」「領」など諸説があり、一定しない。
七 坂。「さう」(荘園)の誤りとする説もある。
八 夜警の際に篝火《かがりび》を焚く番小屋をいう。諸国の軍団の兵士から選ばれた、宮中警固の「衛士」が詰めていた。
九 「十《とを》」(たくさんの意)を調子よく言ったのであろう。
一〇 瓢箪《ひょうたん》を二つに割ってひしゃくに使用したもの。水を汲《く》む部分がそのまま細くのびて柄となっている。その柄を酒壺のふちにさしかけて酒の上に浮べておくので、風の方向によってあちこちと動くのである。

になびくならむと、いみじう〔ことのほか〕ゆかしくおぼされければ〔好奇心を抱かれたので〕、御簾を押しあげて、『あのをのこ、こち寄れ〔こっちへ来なさい〕』と召しければ、かしこまりて〔恐る恐る〕一三高欄《かうらん》のつらに〔そばに〕参りたりければ、『言ひつること〔［そなたの］言っていたことを〕、いま〔もう〕一《ひと》返り〔いっぺん〕われに言ひて聞かせよ』と仰せられければ、酒壺のことをいま一返り申しければ、『われ率《ゐ》て行きて見せよ。さ言ふやうあり〔これにはわけがあるのです〕』と仰せられければ、かしこくおそろし〔もったいなく恐れ多いと〕と思ひけれど、一四さるべきにやありけむ〔そうなる因縁があったのか〕、負《お》ひたてまつりて〔背負い申し上げて〕下《くだ》るに、ろんなく人追ひて来らむと思ひて〔無論今頃は追手が迫ってきているのだろうと思って〕、その夜、一五瀬田《せた》の橋のもとにこの宮を据ゑたてまつりて〔皇女を坐らせ申し上げておいて〕、瀬田の橋を一六一間《ひとま》ばかりこほちて〔壊して〕、それを飛び越えて、この宮をかき負ひたてまつりて、一七七日《なぬか》七夜《ななよ》といふに、武蔵《むさし》の国に行き着きにけり。

みかど〔帝と〕、后〔后とは〕、皇女《みこ》失《う》せたまひぬとおぼしまどひ〔気も動転なさって〕、求めたまふに〔お捜しになったが〕、『武蔵の国の衛士のをのこなむ、一八いと香《かう》ばしき物を首にひきかけて、飛ぶやうに逃げける』と申し出《い》でて、このをのこをたづぬるに、な〔見あ〕

一一「いみじうかしづかれたまふ」は、すぐ上の「御むすめ」を説明する挿入句。

一二下働きの衛士だから「をのこ」という。一六頁注九参照。

一三殿舎の簀子《すのこ》のまわりや、渡り廊下・橋などに設けてある欄干《らんかん》。

一四「さるべきにやありけむ」は挿入句。衛士の男が皇女を東国に連れ下る、その異常ななりゆきを前世からの約束事とする語り手の解釈。

一五琵琶《びわ》湖を源とする瀬田川に架る、いわゆる瀬田の長橋。京都と関東を往き来する際の関門であった。

一六「間」は柱と柱との間をいう。ここでは橋桁《はしげた》と橋桁の間の橋板をはずし取って、追手が渡れぬようにしたのである。ところが次に「それを飛び越えて」とある。男が飛び越えられるものなら追手にも不可能なはずはないが、次頁ではそれで追手が阻まれたことになっている。理屈の無視されているところに、かえって話の面白さがある。

一七『延喜式《えんぎしき》』主計上によれば、京から武蔵の国までの下向《げこう》日数は十五日。急ぎに急いだ男は、その半分の日数で行き着いた。

一八男が急速度で駆けぬけていったため、路傍の者の目には背負われていた皇女の姿がはっきりとは見定められなかった。ただ皇女の衣裳《いしよう》にたきしめられていた香《こう》のかおりが、男の走り去ったあとに漂っていたというのである。

かりけり《たらなかった》。ろんなくもとの国にこそ行くらめと《むろん生れ故郷の武蔵の国へ行くにちがいないと》、一おほやけより使《つかひ》下りて追ふに、瀬田の橋こほれて《壊れていて》、え行きやらず《渡るに渡れない》。二三月《みつき》といふに、武《む》蔵《さし》の国に行き着きて、このをのこをたづぬるに、この皇女《みこ》、おほやけ使《づかひ》を召して、『われ、さるべきにやありけむ《こうなるように生れ合せたのでしょうか》、このをのこの家ゆかしくて《家を見たいので》、率《ゐ》て行けと言ひしかば率て来たり。三いみじくここありよく《住み心地よく》おぼゆ。このをのこ四罪しれうぜられば、われはいかであれと《私の方は一体どうなれと〔言うのか〕》。これも五前《さき》の世《よ》に、この国に跡を垂《た》るべき宿世《すくせ》こそありけめ。はや《早く》帰りて、おほやけにこのよしを《事の次第を》奏《そう》せよ』と仰せられければ、言はむかたなくて《仕方なくて》、のぼりて《〔勅使は〕》、みかどに、『かくなむありつる《かようの次第でございました》』と六奏しければ、言《是非》ふかひなし《もないことだ》、そのをのこを罪しても、今は《今さら》この宮を取り返し都に帰《お帰》したてまつるべきにもあらず《し申すことができるわけのものでもなく》、竹芝のをのこに、生けらむ世のかぎり《一生の間》武蔵の国を預けとらせて、七おほやけごともなさせじ《させまい》、ただ、宮にその国を預けたてまつらせたまふよしの八宣旨《せんじ》下《くだ》りにければ、

一 朝廷から勅使《ちょくし》が差し遣わされて。
二 出発後三カ月めに。「をのこ」の「七日七夜」と対照的に、要した時間の長さを強調。前頁注一七参照。
三 皇女にとっては、この国は都と異なる自由な別天地だったのである。
四 罪に問われ、仕置きを受けることになったら。「れうず」は「掠《りやう》ず」で罪人を打つ意。「りやうず」が本来の表記。「まのちやう」を「まのてう」と表記した例があった。一五頁注一〇参照。
五 「前の世」は現世に生れる前の世。下の「跡を垂る」は「垂迹《すいじやく》」（仏・菩薩《ぼさつ》が衆生《しゆじやう》を救済するために、仮に神となって姿を現すこと）を和語で言いかえたもの。ここでは尊い身分の皇女がこの武蔵の国に住み変ることをこう言った。「宿世」は前世から定まった運命。この国に土着することになったのは前世からの因縁ゆえ、放置しておいて欲しいというのである。
六 特に天皇・上皇に対して申し上げること。奏聞《そうもん》。
七 租税や労役などの公課。
八 天皇の意命を伝える公文書。ここでは「生けらむ世のかぎり…その国を預けたてまつらせたまふ」までがその内容であるが、九行目の「言ふかひなし…都に帰したてまつるべきにもあらず」との帝の心中から、ひと続きに語り流されている。
九 火《ひ》焚屋《たきや》に男を置くのは危険だということで、女が詰めるようになった、の意。『枕草子』の「なほめでたきもの」にも、この慣例は見えている。

〔男が〕この家を内裏《だいり》のごとく造りて〔皇女を〕住ませたてまつりける家を、宮など失《お亡》せたまひにければ《くなりになったので》、寺になしたるを《寺に改造したものを》、竹芝寺と言ふなり《言うのだそうだ》。その宮の産みたまへる子どもは、〔国名を〕やがて《そのままとって》武蔵といふ姓《さう》を得てなむありける《いただいていたということである》。それよりのち、九火焚屋に女は居るなり《火焚屋には女が詰めているのだそうだ》」と語る。

野山蘆荻《あしをぎ》の中を分くるよりほかのことなくて《かきわけつつひたすら旅を続けて》、武蔵と一〇相模《さがみ》との中にゐて《国境を流れて》、一一あすだ川といふ、一二在五中将《ざいごちゆうじやう》の一三「いざ言問《こと》はむ」と詠み《詠んだ》ける渡り《という渡し場》なり、一四中将の集には隅田《すみだ》川とあり、舟にて渡りぬれば、相模の国になりぬ。

一五にしとみといふ所の山、絵よくかきたらむ《巧みな絵の描いてある》一六屏風《びやうぶ》を立てならべたらむやうなり《立て並べてあるようである》。片つ方《かた》は海、浜のさまも、寄せかへる浪《なみ》のけしきも、いみじうおもしろし《ことのほか眺めがよい》。

＊作者の脳裡《のうり》に刻印されたこの伝説は、衛士が苦役に明け暮れる都から逃亡し、やがて郷国で長者になる話と、皇女が都から流離して地方に住みつく話とが融《と》け合う美しい物語である。当時の院宮分国制の反映ともされているが、この伝承が作者の耳に入るまでには、幾世紀にわたり層々と語り継がれてきた経過が想定される。

一〇 現在の神奈川県とほぼ重なる。

一一 隅田川。ただし実際の隅田川は下総と武蔵との国《くに》境《ざかい》を流れている。「あすだ川」は「隅田《すだ》川」の転訛《てんか》。「あすだ川といふ」は「舟にて渡りぬれば」に続く。

一二 「在五中将」は在原業平《ありわらのなりひら》（八二五～八〇）のこと。「在原氏の五男、右近衛権中将」の略。以下、「隅田川とあり」まで、「あすだ川といふ（川）」を説明する挿入句。

武蔵から相模へ

一三 「名にし負はばいざ言問《こと》はむ都鳥わが思ふ人はありやなしやと」（『古今集』羇旅《きりよ》、『伊勢物語』九段）。

一四 業平の家集。現存本と同じものかどうかは不明。

一五 箱根山中の地名とする説と、神奈川県藤沢市の遊行《ゆぎやう》寺付近とする説とがある。次行に「片つ方は海…」とあるから後者が妥当と思われるが、遠望される山の辺りを称したとすれば、前者でもありうる。

一六 名所の風景や月次《つきなみ》の景物を描いた屏風は貴族の日常生活に欠かせぬ調度であった。作者は実際の風景をその屏風絵の風景にひき比べて見ている。なお漢詩の世界では、よく山そのものを屏風にたとえる。

[一]もろこしが原といふ所も、砂子《すなこ》のいみじう白きを（とても白く続く中を）二三日《ふつかみか》ゆく。「夏は[二]大和撫子《やまとなでしこ》の、濃くうすく錦《にしき》を引けるやうに（引き延べたように）なむ咲きたる。これは秋の末なれば（今は秋の末だから）見えぬ」と言ふに（〔同行の者が〕言ったが）、なほ所々はうちこぼれつつ（それでもやはり所々に点々と）、あはれげに咲きわたれり（いかにも可憐に咲き続いている）。[三]「もろこしが原に、大和撫子しも咲きけむこそ」など、人々をかしがる（うち興じている）。

足柄の遊女

[四]足柄山《あしがらやま》といふは、[五]四五日かねておそろしげに暗がりわたれり（四五日も前からいかにも恐しそうに一面木暗く茂っていた）。ややう入り立つ（だんだんと足を踏み入れる）麓《ふもと》のほどだに（あたりでさえ）、空の気色《けしき》、はかばかしくも見えず、えも言はず茂りわたりて（言いようもなく木々が生い茂って）、いとおそろしげなり。麓に宿りたるに、月もなく暗き夜の（暗い夜で）、闇《やみ》にまどふやうなるに（暗闇に迷うような有様なのに）、[六]遊女三人《あそびみたり》、いづくよりともなく（どこからともなく）出で来たり。五十ばかりなる一人（五十歳くらいの女が）、（〔ほかに〕）二十《はたち》ばかりなる（〔女と〕）、十四五なる（〔女〕）とあり。庵《いほ》の前に[七]からかさをささせて据ゑたり（〔遊女らを〕坐らせた）。をのこども（下男たちが）、

一 神奈川県大磯の辺り一帯が想定される。「二三日ゆく」とあるから、かなり長く広い地帯らしい。
二 「唐撫子《からなでしこ》」（石竹《せきちく》）に対していう。秋の七草の一つで、夏から秋にかけて淡紅色の花をつける。
三 「もろこしが原」なら、当然唐撫子《からなでしこ》が咲いてしかるべきだのに、よくもまあ「大和撫子」なんかが咲いていることよ。「唐土《もろこし》」と「大和」という言葉の対照の面白さが眼目。「咲きけむこそ」の下に「をかしけれ」などを補って読む。なお「けむ」は過去推量の助動詞だが、上の「しも」を受けて、よくもそんなことになったものだ、という驚きを表す。
四 箱根山の北に続いて、相模と駿河（静岡県）との国境を走る連山。東海道は、当時これを横切っていた。
五 「四五日」の「日」を「里」の誤写とする説もある。たしかに足柄越えが四、五日もの日数を要するというのは現実と合わないが、寂しい難渋《なんじゅう》な道中を行く際の、心理的に長い時間の表現と見ておけばよいだろう。
六 「うかれめ」とも。旅客のために歌舞を演じたりして慰めるのを生業《なりわい》とする。
七 「柄笠《からかさ》」で、柄《え》のついた笠のこと。「おおかさ」とも。遊女は傘を負って歩き、客に招かれるとこれをひろげ、その下で芸を披露《ひろう》した。

火をともして見れば、昔、八こはたと言ひけむが孫といふ、髪九いと長く、額一〇《ひたひ》いとよくかかりて、色白くきたなげなくて、「さてもありぬべき下仕一一《しもづかへ》などにてもありぬべし」など、人々あはれがるに、声すべて似るものなく、空に澄みのぼりてめでたく歌をうたふ。人々《ひど》いみじうあはれがりて、け近くて、人々もて興ずるに、「西国《にしぐに》一二の遊女《あそび》はえかからじ」など言ふを聞きて、「難波《なには》一三わたりにくらぶれば」とめでたくうたひたり。見る目のいときたなげなきに、声さへ似るものなくうたひて、さばかりおそろしげなる山中に立ちてゆくを、人人あかず思ひてみな泣くを、幼なき心地には、ましてこのやどりを立たむことさへあかずおぼゆ。

まだ暁《あかつき》一四より足柄を越ゆ。一五まいて山の中のおそろしげなること言はむかたなし。雲は足のしたに踏まる。山のなからばかりの、木《こ》の下のわづかなるに、葵《あふひ》一六のただ三筋ばかりあるを、「世ばなれてかかる

八 「こはた」はこの地方で名の知られた遊女か。
九 この髪の長い遊女は、三人のうちで先に「二十ばかりなる」と見られた女か。
一〇 額髪。額の上から左右両頰《ほお》に幾筋か垂らす髪。
一一 貴族の家に仕えて雑用をする下女。下女とはいえ、遊女からすれば段違いに恵まれた境遇ではある。
一二 上方《かみがた》で名高い江口《えぐち》（大阪市東淀川区）や神崎《かんざき》（兵庫県尼崎市）辺りの遊女でも、これほどすばらしい芸を見せてはくれまい。「かからじ」は「かくあらじ」の約。
一三 「西国の遊女は…」と言ったのに応じて、遊女は即興に今様《いまよう》歌を作り謡うのである。「難波」は現在の大阪地方。
＊ 山麓《さんろく》の寂しい夜の宿、周囲の漆黒《しっこく》の闇の中に突然現れてきた遊女たちは、美しく歌舞を演じ、やがてまた闇の中に吸いこまれていった。この幻想的な場面を作者は忘れることができなかった。
一四 「暁」は現代と違い、まだ夜明けに間のある薄暗い時刻をさした。
一五 麓《ふもと》でさえ無気味だったのだから、なおさらのこと、の意。
一六 二葉葵。山野に自生する多年草。都の賀茂神社の祭りに用いる懐かしい草であり、また男女の「逢ふ日」に掛けて歌にも詠まれた草である。それだけに「世ばなれ」た山中に、人に「逢ふ」こともないまま寂しく生えているさまはいじらしい。

山中にしも生ひけむよ《よくもまあ生えたものだ》」と、人々あはれがる《いじらしく思う》。[一]水はその山に三所《みところ》ぞ流れたる。

からうじて《やっとのことで》越え出でて《〔足柄山を〕》、[二]関山《せきやま》にとどまりぬ。これよりは[三]駿河《するが》なり。[四]横走《よこはしり》の関のかたはらに、[五]岩壺《いはつぼ》といふ所あり。えも言はず《何とも言えぬほど》大きなる石の[六]四方《よはう》なる中に、穴のあきたる中より出《い》づる水の、清く冷たきことかぎりなし。

富士を仰いで

富士の山はこの国《この駿河にある》なり。わが生ひ出でし《私が育ってきた》国にては《上総からは》西おもてに《西向きの部屋で》見えし山なり。その山のさま《姿は》、いと世に見えぬ《まったくこの世に類を見ない》さまなり。[七]さまことなる山の姿の《姿で》、[八]紺青《こんじやう》を塗りたるやうなる《塗ったような色の山肌に》に、雪の消ゆる世もなくつもりたれば《雪が消える時とてなく常に積っているので》、[九]色濃き衣《きぬ》に、白き衵《あこめ》着たらむやうに見えて、山のいただきの少し平《たひ》らぎたるより《平たくなっている所から》、けぶりは立ちのぼる。夕暮は[一〇]火の燃えたつ

一 「水」は川の流れのこと。足柄山の道中で三カ所の流れを見たというもの。野中の丘に木が「三つ」立っている情景（一五頁二行）といい、葵が「三筋」生えている情景（前頁最終行）といい、作者の自然観照には独特の図案があるようだ。

二 関所のある山。この「関」は次行の横走の関。

三 現在の静岡県の中央部に当る。

四 静岡県駿東郡小山町の辺り、酒匂川上流の山中にある関所。ただし関の跡は現存しない。『枕草子』「関は」にその名が挙げられている。

五 所在不明。地名なのかどうかもはっきりしない。「えも言はず」以下の文は、「岩壺」の形状の説明。

六 「四方」は四角の意。

七 一風変った山容。富士山の際立った麗姿《れいし》の形容。

八 鮮やかな青色。コバルト色。「金青」とも表記する。類似表現に、「遠山をながめやれば、紺青を塗りたるとかやいふやうにて」（『蜻蛉日記』中）がある。

九 紺青色の山が白雪を頂いているさまを、童女の衵《あこめ》姿にたとえた。「衵」は表着《うわぎ》と膚着の間に着るものだが、膚着の上に衵だけを着けたのが衵姿である。

一〇 富士山は平安初頭は活火山だったが、一世紀後の『古今集』成立期には休火山となっていた。寛仁四年（一〇二〇）のこの頃には活動を再開していたことになる。

一一 静岡県清水市興津の清見寺《せいけんじ》がその跡という。

も見ゆ。
一一清見《きよみ》が関は、片つ方は海なるに《片側は海であって》、〔そこに〕一二関屋どもあまたありて《たくさん建ち並んでいて》、海まで一三釘貫《くぎぬき》したり。一四けぶり合ふにやあらむ、清見が関の浪《なみ》もたかくなりぬべし。おもしろきことかぎりなし《景色のよさは最高である》。

一五田子《たご》の浦は浪たかくて、舟にて漕《こ》ぎめぐる。

一六大井川といふ渡り《渡し場》あり。水の、世のつねならず《普通の川のようではなく》、一七すり粉《こ》などを濃く《濃く》て流したらむやうに《溶かして流したように》、白き水はやく流れたり。

富士川の伝説

一八富士川といふは、富士の山より落ちたる水なり《流れ下っている川である》。その国の人の出でて語るやう《駿河の国の人が出てきて話すには》、「一九一年《ひととせ》ごろ、物にまかりたりしに《ちょっと他所に出向きましたところ》、いと暑かりしかば、この水のつらに《そばに》休みつつ見れば、川上の方《かた》より黄なる物《何か黄色い物が》流れ来て、物につきてとどまりたるを見れば《何かにひっかかって止ったのに目をとめると》、二〇反故《ほく》なり。取りあげて見れ

一二 関所の番人の詰めている建物。
一三 柱を立て並べ、それに貫《ぬき》（横木）を通した柵《さく》。関屋にはこれをめぐらすのが常であった。
一四 前頁に、富士山の頂から「けぶりは立ちのぼる」とあったが、その煙に対して、海上にも煙霞が立っているというのであろう。引歌がありそうだが未詳。諸注難解とするところで、底本にも不審として朱点を施してある。類想歌「むねは富士袖は清見が関なれや煙も波も立たぬ日ぞなき」（平祐挙《たいらのすけたか》、『金葉集』恋上・『詞花集』恋上）。
一五 現在の「田子の浦」は興津よりは遥《はる》か手前、富士川の東、吉原駅から東田子浦駅辺りまでの浦をいうが、当時は現在陸地となっている庵原川流域の称だったのではないかとする考証がある。これによると海に迫った断崖の下の街道なので高波のため歩行できず、一行は舟で迂回《うかい》したことになる。この一文は「田子の浦波」を詠む多くの古歌をふまえているのだろう。
一六 駿河と遠江《とおとうみ》（静岡県西部）との境を流れている。
一七 米をすり砕いた粉。急流が白く泡立つさまの形容。
一八 山梨県の釜無川・笛吹川が合流したもの。従って「富士の山より落ちたる水」ではない。「富士」という同じ名をもつのでこう理解したか。また大井川を渡ってから富士川になるというのも地理的には誤り。
一九 過去のある年を漠然《ばくぜん》とさす。
二〇 文字などを書いて不用になった紙。

ば、黄なる紙《〔文字が〕》に、丹《に》[一]して濃くうるはしく《濃くきちんと》書かれたり《書いてある》。あやしくて《不思議に思って》見れば、来年[二]なるべき国どもを、除目《ぢもく》[三]のごとみな書きて、この国[四]来年空《あ》くべきにも、守《かみ》なして《国守を任じて》、また添へて二人をなしたり。あやし、あさまし《驚き入ったことだと》と思ひて、取りあげて、乾《ほ》して、をさめたりしを《しまっておいたところが》、かへる年《あくる年の》の司召《つかさめし》[五]に、この文《ふみ》[六]に書かれたりし《書かれていたことが》、一つたがはず《何ひとつ相違なく》、この国の守とありしままなるを《書いてあったとおりだったが》、三月《みつき》[七]のうちに亡くなりて、またなりかはりたるも《それに代って任官した国守も》、このかたはらに書きつけられたりし人なり《書き加えられてあったその人である》。かかることなむ《こうした不思議なことが》ありし。来年の司召などは、今年《ことし》、この山《(富士山)》に、そこばくの《多くの》神々あつまりて為《な》いたまふなりけりと《お決めになるのだなと》見たまへし《わかりました》。めづらか[八]なることにさぶらふ」と語る。

病をおして遠江へ

ぬ[九]まじりといふ所もすがすがと過ぎて《無事にさっさと通過したが〔そのあと〕》、いみじくわづらひ出でて《発病して〔病気のまま〕》、

一 朱書されていたのである。「書かれ」の「れ」は自発の助動詞。自然とそうなっていたという感じ。
二 来年国司が新たに任命されるはずの国々。
三 除目に任官された者の官・姓名を記す文書のように。「除目」は、大臣以外の諸官を任命する公事《くじ》。春の県召《あがためし》（地方官）と秋の司召《つかさめし》（京官）との二種があり、この場合は前者。「ごと」は「ごとく」と同義。
四 国司の席があく予定になっている駿河の国の項にも新任者の名が記され、それに加えてもう一名を書き添えてあり、合計二名が任命してあったというもの。
五 三行目に「守なして」とあるから、この場合春の県召の除目であるが（注三参照）、秋の京官の除目と併せて「司召」と総称したのである。
六 川上から流れついた「反故《ほく》」の文面。
七 新任の国司は赴任してから三カ月とたたぬうちに死亡して。
八 「めづらか」は「めでたし」に比べて意外性が強い。容認しがたい、信じがたい、の意味あいもある。
＊ ある人の実際の経験談として記しとどめられるこの話は、富士山への信仰やその霊験《れいげん》の伝承に裏づけられているはずである。作者がこれに関心を寄せたのは、物語に対する憧憬《どうけい》もさることながら、任官の有無によって一家の運命を左右される国司の娘として、ほとんど震撼《しんかん》すべき話の内容だったからではなかろうか。
九 現在地不明。

[一〇]遠江《とほたふみ》にかかる（さしかかる）。[一一]小夜《さや》の中山など越えけむほど（越えたのだろうが）もおぼえず（覚えがなく）、いみじく苦しければ、[一二]天ちうといふ川のつらに（川のほとりに）、仮屋《かりや》造り設けたりければ（設置してあったので）、そこにて日ごろ（数日間）過ぐるほどに（過すうちに）、やうやうおこたる（次第に回復する）。冬深くなりたれば、川風けはしく（激しく）吹き上げつつ、堪へがたくおぼえけり（たまらない寒さであった）。

その渡りして（天龍の渡しを渡り）[一三]浜名の橋に着いたり。浜名の橋、[一四]下《くだ》りし時は[一五]黒木をわたしたりし（渡してあったが）、このたびは（今回は）、跡だに見えねば（〔その橋の〕跡形さえ見えないので）舟にて渡る。入江に（〔橋とは〕）わたりし橋なり（架っていた橋である）。[一六]外《と》の海は、いといみじく（実にひどく）悪《あ》しく（荒れて）、浪《なみ》たかくて、入江の[一七]いたづらなる洲《す》どもに、こと物もなく松原の茂れる中より（他の物は何もなくただ松原が茂っているその間から）、浪の寄せ返るも、[一八]いろいろの玉のやうに見え、まことに[一九]松の末より浪は越ゆるやうに見えて、いみじくおもしろし（ことのほかよい眺めである）。

[二〇]それよりかみは、[二一]猪鼻《ゐのはな》といふ坂の（坂で）、えも言はず（何とも言えず）わびしき（難儀な坂を）をのぼ

一〇 現在の静岡県西部。「近《ちか》つ淡海《あはうみ》」（都に近い淡水湖、すなわち琵琶湖）が近江《おうみ》の原義であるのに対して、浜名湖のある国をこう呼んだ。

一一 静岡県掛川市日坂と榛原郡金谷町菊川との間の山道。古来有名な歌枕。

一二 天龍川のこと。古くは天中川と呼ばれた。

一三 浜名湖が海に通じる浜名川に架けてあった橋で、名高い歌枕。浜名川は地形の変化で現存しない。

一四 作者が父の上総の国赴任に伴って寛仁元年（一〇一七）に東海道を下った時。

一五 樹皮を削り取ってない丸太。「赤木」に対する語。

一六 入江に対する外海。ここでは遠州灘。

一七 何の風情もない洲。洲は潮の引いたあとの砂地。「洲どもに」は「浪の寄せ返るも」へ続く。

一八 砕け散る波頭が日光を受けて輝くさま。

一九 「君をおきてあだし心をわが持たば末の松山波も越えなむ」（『古今集』東歌）の下句による措辞《そじ》。

＊ この旅の記が基本的には歌枕の地名を連綴《れんてい》するものであることに注意したい。作者は歌枕への関心によって各々の土地とかかわりあってゆくのだが、そのことを突きぬけて随所で独自の斬新《ざんしん》な風景を発見していることも見逃せまい。

二〇 浜名の橋から上り坂を進んでゆくと。「かみ」を上手、つまり向ってゆく都の方とする説もある。

二一 浜名郡新居町の辺りと推定される宿駅。

三河、尾張

りぬれば、[一]三河《みかは》の国の[二]高師《たかし》の浜といふ。
[三]八橋《やつはし》は名のみして《名前だけ残っていて》、橋のかたもなく《跡形もなく》、[四]なにの見どころもなし。
[五]二村《ふたむら》の山の中にとまりたる夜、大きなる柿の木の下に庵《いほ》を造り《設けた》たれば《ので》、夜ひとよ《一晩中》、庵の上に柿の落ちかかりたるを《柿の実が落ちてくるのを》、人々ひろひなどす。
[六]宮路《みやぢ》の山といふ所越ゆるほど《所を越える時分は》、十月つごもりなるに《十月も下旬だというのに》、紅葉《もみぢ》散らで《散らずに》盛りなり。

[七]嵐《あらし》こそ吹き来《こ》ざりけれ宮路山
まだもみぢ葉の散らで残れる

[八]三河と尾張《をはり》となる[九]しかすがの渡り、[一〇]げに思ひわづらひぬべくをかし。
尾張の国、[一一]鳴海《なるみ》の浦を過ぐるに、夕潮《ゆふしほ》ただ満ちにみちて《どんどん満ちてきて》、こよひ宿らむも《泊ろうにも》[一二]中間《ちゅうげん》に、潮満ちきなば《満潮になってしまったら》、ここをも過ぎじと《ここを通り過ぎることもできまいと》、あるかぎり《一行の者》走

一 現在の愛知県東部。
二 愛知県豊橋市の東南部一帯。歌枕として有名。
三 愛知県知立市の東方にその遺跡がある。
四 作者の脳裡《のうり》には、『伊勢物語』をはじめ多くの歌に詠まれた「八橋」の風情が印象づけられていた。その観念の中の風景からすれば、実景はあまりにも風情に乏しかった。
五 従来、愛知県岡崎市付近とされていたが、豊明市沓掛地内の山とする説に従う。
六 愛知県宝飯郡、御津町と音羽町の境にある歌枕。
七 なんと紅葉が冬のさなかなのに散りもせず残っているよ。この宮路山には嵐も吹いてこないのだな。治天の君のおられる「宮」をその名に負う宮路の山ゆえ、凋落《ちょうらく》の影もありえぬ、という感嘆を詠んだとする解に従う。『玉葉集』冬に入集。
八 三河の国と尾張の国との境にある、の意。「尾張」は現在の愛知県西部。
九 宝飯郡豊川の河口にあった渡し場。この地名に副詞「しかすがに」(そうはいうものの、の意)を重ね合せて興趣を覚えたもの。「三河と尾張となる」とあるが、実際は宮路山の東南にあたり、三河の国の歌枕。『枕草子』「渡りは」にもその名が見える。
一〇 その名どおり渡ろうか渡るまいかと悩んでしまいそうな所で、面白く感じた。「行けばあり行かねば苦ししかすがの渡りに来てぞ思ひわづらふ」(『中務集《なかつかさしゅう》』)をふまえ、いかにも頷《うなず》いているのである。

りまどひ過ぎぬ。《は皆あわてて走り抜けた》

美濃、そして近江

美濃[一三]《みの》の国になる境に《入る国境に》、墨俣[一四]《すのまた》といふ渡りして《渡し場を渡って》、野上[一五]《のがみ》といふ所に着きぬ。そこに遊女《あそび》ども出で来て、夜ひとよ歌うたふにも、足柄なり《足柄山にいた》し思ひ出でられて《遊女たちのことが思い出されて》、あはれに恋しきことかぎりなし。雪降り荒れまどふに《激しく降るので》、ものの興もなくて《何の興も感じられず》、不破[一六]《ふは》の関、あつみ[一七]の山など越えて、近江[一八]《あふみ》の国おきなが[一九]といふ人の家に宿りて、四五日あり。《そこで過す》

[二〇]みつさかの山の麓《ふもと》に、夜昼《よるひる》、時雨霰《しぐれあられ》降りみだれて、日の光もさやかならず《はっきり射さず》、いみじうものむつかし《ひどくうっとうしい気分である》。そこを立ちて《出立して》、犬上[二一]《いぬかみ》、神崎[二二]《かんざき》、野洲[二三]《やす》、栗太[二四]《くるもと》などいふ所々、なにとなく過ぎぬ《これということなく》。湖[二五]《みづうみ》のおもてはるばるとして《水面がはるかに遠くまで開けていて》、なで島[二六]、竹生島[二七]《ちくぶしま》などいふ所

一一 名古屋市緑区鳴海町を流れる天白川の河口地帯。現在は陸地だが、昔は干満の差の激しい交通の難所。
一二 中途半端で、の意。
＊ 三河・尾張の実際の道順は、猪鼻・高師の浜・しかすが・宮路山・八橋・二村山・鳴海、となる。
一三 現在の岐阜県南部。
一四 岐阜県安八郡墨俣町にある墨俣川の渡し場。
一五 岐阜県不破郡関ヶ原町。遊女の里として有名。
一六 不破郡関ヶ原町にその関所跡が現存する。
一七 所在不明だが、『和名抄』に見える「厚見郷厚見郡」の山とすれば、墨俣・野上・不破よりは東方。
一八 現在の滋賀県。二七頁注一〇参照。
一九 息長《おきなが》氏。滋賀県坂田郡近江町（旧息長村）にあった旧家。具体的人物としては周防掾《すおうのじょう》息長正則かとする説がある。「にほとりの息長川は絶えぬとも君にかたらふこと尽きめやも」（『古今六帖』三）の歌を念頭に、歓待された数日が思い起されている。
二〇 所在不明。
二一 滋賀県犬上郡の地名。歌枕。
二二 滋賀県彦根市から愛知郡にかけての辺り。
二三 滋賀県野洲郡野洲町の周辺。歌枕。
二四 大津市内にあり、『和名抄』によれば国府所在地。
二五 淡水湖。ここでは琵琶湖。「しほうみ」（海）の対。
二六 未詳。「多景島《たけしま》」「蓼島《たてしま》」などとする説がある。
二七 琵琶湖北部に浮ぶ島。景勝の地として有名。

の見えたる、いとおもしろし（〔その風光は〕実にすばらしい）。瀬田の橋みなくづれて渡りわづらふ（すっかり壊れていて渡るのに難渋する）。

粟津《あはづ》[一]にとどまりて（滞在して）、十二月《しはす》[二]の二日、京に入《い》る。暗[三]く行き着くべく（暗くなって到着するように）と、申《さる》[四]の時ばかりに立ちて行けば、関[五]近くなりて、山づらにかりそめなる（山のそばにほんの間に合せの）切懸《きりかけ》[六]といふものしたる上《かみ》より、丈六《ぢやうろく》[七]の仏の、いまだ荒造りにおはするが（荒造りでいらっしゃるのが）、顔ばかり見やられたり（その顔の部分だけ眺めやられた）。あはれに、人はなれていづこともなくておはする仏かな（人里離れて所在なさそうにして立っていらっしゃる）と、うち見やりて過ぎぬ。

ここらの国々を過ぎぬるに（たくさんの国々を通り過ぎてきたが）、駿河《するが》の清見《きよみ》が関と、逢坂《あふさか》の関とばかりはなかりけり（ほど景色のよい所はなかった）。いと暗くなりて、三条[八]の宮の西なる所に着きぬ（西にあるわが家に）。

（〔三条の家は〕）ひろびろと荒れたる所の（所で）、過ぎ来つる山々にも劣らず（これまで越えてきた山々にも劣らぬほど）、大きにお（大きくいかに）

一　大津市膳所辺りから瀬田の長橋に至る湖岸一帯。

二　九月三日の門出から約九十日の旅であった。因《ちな》みに『延喜式』主計上によれば、武蔵の国から上京に要する日数は三十日。

三　夜の入京は旅やつれを他人に見られぬため。この配慮は当時習慣化していた。

四　午後三時頃から五時頃までの間。

五　逢坂の関をさす。近江の国と山城の国（現在の京都市周辺の地域）の国境で、交通の要衝。歌枕として有名。『枕草子』「関は」にもその名が挙げられている。

旅の終り

六　柱の間に、横板を下から少しずつ重ねて張ってある板塀《いたべい》。「上《かみ》より」とはその板塀越しに、の意。

七　一丈《じょう》六尺《しゃく》（約五メートル）の仏像。「いまだ荒造り」とは未完成の意。この仏像は関寺《せきでら》の弥勒《みろく》仏。『関寺縁起《えんぎ》』によれば身長五丈（約一五メートル）であったという。僧延鏡《えんきょう》が源信の勧めによって寛仁二年（一〇一八）造仏を始め、治安二年（一〇二二）八月に伽《が》藍《らん》に安置されたもの。八七頁一〇～一二行参照。

八　底本の傍注に「一品《いっぽん》脩子内親王」とある。脩子は一条天皇の皇女で、母は皇后定子。長和二年（一〇一三）以降「三条の宮」に住んでいた。次頁四行目「三条の宮」の底本傍注によると、その位置は竹三条。押小路南、東洞院大路の東、即ち左京四坊二町にあった。

＊　以上で道中記は終る。「清見が関」「逢坂の関」の名をあらためて記し

早く物語を

そろしげなる深山木《みやまぎ》[九]どものやうにて、都のうちとも見えぬ所のさまなり。ありもつかず、いみじうものさわがしけれども、いつしかと思ひしことなれば、「物語もとめて見せよ、見せよ」と、母を[一〇]せむれば、三条の宮に、親族《しぞく》なる人の、衛門《ゑもん》[一一]の命婦《みやうぶ》とてさぶらひけるたづねて、文《ふみ》やりたれば、めづらしがりてよろこびて、「御前《おまへ》[一二]のをおろしたる」とて、わざとめでたき冊子《さうし》[一三]ども、硯《すずり》[一四]の箱の蓋《ふた》に入れておこせたり。うれしくいみじくて、夜昼これを見るよりうちはじめ、またまたも見まほしきに、ありもつかぬ都のほとりに、誰かは物語もとめ見する人のあらむ。

も恐しい感じの
とても都の中とは思われない
まだ落着かず
何かにつけてことのほか騒がしいけれども
いつかきっと
物語を捜してきて見せて下さい
せきたてると
親戚の人で
と呼ばれる名で仕えていた人を尋ねて
〔命婦は私たちの帰京を〕
頂戴したのです
特に
立派な
贈ってよこした
うれしくてうれしくてたまらず
夜となく昼となくこれを耽読したのを手始めに
もっと他にも読みたくなるのだが
上京したばかりの都のあたりに
誰が一体
〔私のために〕
物語を捜して見せてくれる人があるだろうか

継母との別れ

継母《ままはは》なりし人は、宮仕《みやづか》[一五]へせしが下《くだ》りしなれば、思ひしにあらぬことどもなどありて、世[一六]の中うらめしげにて、外《ほか》にわたるとて、五つ

不本意なことがいくつか重なって
〔別れて〕
よそへ行くことになり

たのは、両者とも歌枕として古来最も多くの歌が詠まれた名所であったからか。

九 奥深い山に生い茂っている木々。

＊ 孝標《たかすえ》一行の到着した邸は竹三条の西側の三条院。ここは三条上皇が寛仁元年（一〇一七）に崩御するまで住んでいた所だが、上皇崩御後、孝標が買得したか。四十丈（約一二〇メートル）四方の広大な邸で庭木が鬱蒼《うつそう》と茂り合っていたのである。「ひろびろと」以下の印象も納得されよう。

一〇 作者の生母。『蜻蛉日記』の作者、藤原道綱母《みちつなのはは》の異母妹。作者らが帰京するまで都で留守を守っていた。

一一 「衛門」は、この人の父・兄・夫等が衛門府の官人であったことを示す。「命婦」は中流女房の総称。

一二 貴人を婉曲《えんきよく》にさす語。ここでは三条の宮。「おろす」は、貴人の使用品を下賜《かし》すること。

一三 巻子本《かんすぼん》（巻物）に対して綴本《とじほん》の体裁で物語や歌等が仮名で書かれているもの。ここでは物語の冊子。

一四 当時は硯箱《すずり》の蓋を盆代りにして贈答の際使った。

一五 宮仕えの経験があり、後に国司（孝標）の妻となって任国に下った人だから、の意。一三頁注三参照。『枕草子』「位こそ」に、「受領の北の方にて国へ下るをこそは、よろしき人の、幸のきはと思ひて賞《め》で羨《うらや》むめれ」とある。京官と違い、莫大《ばくだい》な収入による豪奢《ごうしや》な生活が期待されたのだが、継母はその夢を裏切られたのである。

一六 父との夫婦仲がうまくいかぬようで。

ばかりなる児《ちご》一どもなどして、「あはれなりつる心のほどなむ、忘れむ世あるまじき」など言ひて、梅の木の、つま近くていと大きなるを、「これが花の咲かむをりは来《こ》むよ」と言ひおきてわたりぬるを、心のうちに恋しくあはれなりと思ひつつ、しのびねをのみ泣きて、その年二もかへりぬ。いつしか梅咲かなむ、来むとありしを、さやあると、目をかけて待ちわたるに、花もみな咲きぬれど、音もせず。思ひわびて、花を折りてやる。

三 頼めしをなほや待つべき霜枯《しもが》れし
梅をも春は忘れざりけり

と言ひやりたれば、あはれなることども書きて、

四 なほ頼め梅のたち枝《え》は契《ちぎ》りおかぬ
思ひのほかの人も訪《と》ふなり

を連れて　思いやり深かったあなたのお心は　片時
も忘れることはないでしょう　軒端近くにあって
〔さして〕この梅の花が咲く時分には　来ますよ　言い残して去っていってしまった
のを〔私は〕　人知れず泣いてばかりいるう
ちに　早く梅の花が咲いてほしい　約束したけれど　本
当かしらと〔梅を〕見守りながらずっと待ち続けていたのに　音信不通で
ある　思い悩んだあげく
と詠み贈ったので　〔継母は〕心のこもった言葉を書き連ねて

一 父と継母との間の子（性別不明）。子供は一人なので、下の「ども」は召使たちを含めた言い方。

二 年が改まる意。新年は寛仁五年（一〇二一）。但し二月二日に改元され治安元年となる。作者十四歳。

三 梅の咲く頃の訪れを約され、あてにさせておいでだったのにまったく音沙汰ない。まだ待ち続けねばならないのですか。霜枯れた梅にさえ春は忘れず巡りきて花を咲かせましたよ。「霜枯れに見えこし梅は咲きにけり春にはわが身あはむとはすや」（紀貫之、『拾遺集』雑秋）「いつぞもや霜枯れしかどわが宿の梅を忘れぬ春は来にけり」（『中務集《なかつかさ》』『一条摂政御集』）。

四 やはりあてにして待っておいでなさい。美しい花を咲かせる梅の高くのびた枝には、私はともかく思いがけない人が訪ねてくるということですから。「わが宿の梅の立枝《たちえ》や見えつらむ思ひのほかに君が来ませる」（平兼盛、『拾遺集』春）による。

＊ 物語への渇望とそれの満たされぬもどかしさを綴った前段から転じて、ここでは物語の世界へと作者を導いた継母との別れを語る。継母は現実には夫孝標との夫婦生活を見限って去ったのだろうが、作者にとっては、夢を植えつけて通過していった美しく慕わしい影であった。

五 疫病が大流行したことをいう。『日本紀略』治安元年二月二十五日の条に「依リ二天下ノ疫病ニ一、奉《ほう》二幣《へい》ス二十一社ニ一」とあり、また『栄花物語』「本《もと》の雫《しずく》」にも「世の中いとさわがしうて、皆人いみじう死ぬれば」とある。

近しい人々の死

その春、世[五]の中いみじうさわがしうて、まつさとの渡りの月かげあはれに見し乳母《めのと》も、三月《やよひ》ついたちに（三月の初めに）亡くなりぬ。せむかたなく思ひ嘆くに（どうしようもなく嘆き悲しんでいると）、物語のゆかしさもおぼえずなりぬ（物語を読みたい気持も失せてしまった）。いみじく泣きくらして（一日中ひどく泣き通して）見出だしたれば（外に目をやると）、夕日[六]のいとはなやかにさしたるに、桜の花残りなく散り乱《みだ》る。

散[七]る花もまた来《こ》む春は見もやせむ
　やがて別れし人ぞ恋しき

また聞けば（また聞くところでは）、侍従[八]《じじゆう》の大納《だいな》言《ごん》の御むすめ[九]亡くなりたまひぬなり（お亡くなりになったという）。殿[一〇]《との》の中将《ちゆうじやう》のおぼし嘆くなるさま（お嘆きだと聞くご様子を）、わがものの悲しきをりなれば（私自身〔乳母を亡くして〕悲しんでいる時なので）、いみじくあはれなりと聞く（おいたわしいことと）。のぼり着きたりし時（〔私が〕京に到着した時）、「これ手本にせよ」（〔父が〕）とて、この姫君の御手をとらせたりしを（この姫君のご筆跡を与えてくれたのだが）、（〔それには〕）「さよふけてねざめざり[一一]せば」など書きて、「とりべ[一二]山たにに煙《けぶり》のもえ立たばはかなく見え

六『源氏物語』「薄雲《うすぐも》」に、光源氏が藤壺《ふじつぼ》に先立たれた春、二条院の桜を見ながら過去を偲《しの》び、念誦《ねんじゆ》堂に籠《こも》って泣き暮す場面があり、そこにも「夕日はなやかにさして」とある。

七 散りゆく花も、巡りくる来年の春には再び見ることができようが、あのまま別れてしまった人には二度と逢うことができないと思うと、恋しくてならない。「散る花にまたもやあはむおぼつかなその春とまで知らぬ身なれば」（『実方朝臣《さねかたあそん》集』）。

八 藤原行成（九七二～一〇二七）。文芸に秀で、源俊賢《としかた》・藤原公任《きんとう》・藤原斉信《ただのぶ》と並ぶ四納言《しなごん》の一人。また小野道風《みちかぜ》・藤原佐理《すけまさ》とともに三蹟《さんせき》に数えられた能書家。寛仁四年（一〇二〇）に権大納言となる。侍従は前年に辞しているが長年その職にあったのでこう呼ばれたらしい。

九 行成の女《むすめ》。十二歳で藤原道長の末子長家《ながいえ》と結婚、十五歳で没。底本傍注に「権大納言記　三月十九日卯ノ刻　病者気絶ス　悲嘆之甚シキコト不レ知ラレ可キヲレ為ナス」とある。

一〇 殿（藤原道長）の子息の中将、長家。当時十七歳。『栄花物語』「浅緑《あさみどり》」は若い二人の結婚を雛遊びにたとえたが、同「本の雫」では、この幼妻を失った長家の悲嘆を縷述《るじゆつ》している。

一一「さよふけてねざめざりせば時鳥《ほととぎす》人づてにこそ聞くべかりけれ」（壬生忠見《みぶのただみ》、『拾遺集』夏）の一、二句。

一二 読人しらずの歌。『拾遺集』哀傷。「鳥辺山《とりべ》」は京都市東山区今熊野の地名で、当時の火葬場。

しわれと知らなむ」と、言ひ知らずをかしげに、めでたく書きたまへるを見て、いとど涙を添へまさる。

（言いようもなく美しい風情に　上手に　お書きになっているのを見ては　ますます涙が流れつのる）

源氏に夢中

かくのみ思ひくんじたるを、心もなぐさめむと心苦しがりて、母、物語などもとめて見せたまふに、[一]げにおのづからなぐさみゆく。[二]紫のゆかりを見て、つづきの見まほしくおぼゆれど、[三]人かたらひなどもえせず、たれもいまだ都なれぬほどにてえ見つけず、いみじく心《もど》もとなく、ゆかしくおぼゆるままに、「この源氏の物語、[四]一の巻よりしてみな見せたまへ」と、心のうちに祈る。親の[五]太秦《うづまさ》にこもりたまへるにも、ことごとなくこのことを申して、出でむままにこの物語見はてむと思へど見えず、いとくちをしく思ひ嘆かるるに、[六]をばなる人の田舎《ゐなか》よりのぼりたる所にわたいたれば、「いとうつくしう

（〔私が〕ただこうしてふさぎこんでいるので　心配して　実母が　捜してきて見せて下さるので　その続きが読みたい気持になるけれども　〔家の者は〕誰もまだ都に馴染んでいない頃だから見つけ出すこともできないので　もどかしく　読みたくてならないので　親が　参籠なさる時にも　〔一緒に籠って〕他はさておき物語のことばかりをお願いして　寺を下がったらすぐにこの物語を終りまで読んでやろうと思うが見られないので　まったく残念で　嘆かわしい気持でいると　〔親が私を〕さし向けたところ　ほんとにかわいらしく）

＊乳母の死と行成の女《むすめ》の死。前段の離別からこの段の哀傷へと、悲しみを生きることで作者は成長するかのようだが、それも物語（特に『源氏物語』）に吸引されていく人生を染めあげる彩りに他ならない。世間の涙を誘った行成の女の夭折《ようせつ》にしても、彼女の書いた手本の歌にその運命がはしなくも予示されていたというのは甚だ物語的である。

一　物語を与えれば悲しみも紛れるだろうとの母の思惑どおり、私の気持は自然と晴れてゆく。

二　下に「つづきの見まほしく」とあるから『源氏物語』の一部であることは明らか。「若紫《わかむらさき》」の一帖であろう。藤壺《ふじつぼ》を思慕した光源氏が代りにその姪《めい》の紫の上を手に入れる物語。当時、『源氏物語』は五十四帖の揃《そろ》い本としてよりも、こうして各巻がばらばらに流布《るふ》していたのである。

三　人にかけあって入手を頼みこむことも、そうした相手がいないのだからできない、の意。

四　最初の「桐壺《きりつぼ》」から、とも解せるが、ここでは初めから終りまで全部を、という気持であろう。

五　京都市右京区太秦《うずまさ》の広隆寺《こうりゅうじ》。「こもる」は何日間か寺等に宿泊して勤行《ごんぎょう》し祈願すること。作者も一緒に参籠《さんろう》したことは、下の「出でむままに」からも明らか。

六　この「をば」については未詳。地方官の妻として任国にあったが、久しぶりに帰京したもの。

七　成人すること。久しく会わないでいるうちに娘らしくなったのに驚いたのである。

[七]生ひなりにけり」など、あはれがりめづらしがりて（懐かしがったり）、帰るに（帰りがけに）、「何（何を）をか奉らむ（差し上げようか）。まめまめしき物は、まさなかりなむ（実用的なものでは〔あなたには〕つまらないでしょう）。ゆかしくしたまふなる物を奉らむ（欲しがっておいでと伺っている品を差し上げましょう）」とて、[八]源氏の五十余巻《よまき》、[九]櫃《ひつ》に入りながら（〔さらに〕）、[一〇]在中《ざいちゆう》将《じやう》、[一一]とほぎみ、せりかは、しらら、あさうづなどいふ物語ども、一ふくろ（一袋）とり入れて（に入れてくれたが）、得て帰るここちのうれしさぞいみじきや（〔それを〕もらって帰る時のうれしい気持はどう言い表したらよいか）。

[一二]はしるはしる、わづかに見つつ（〔これまで〕ごく一部を読んでは）[一三]心も得ず心もとなく思ふ（もどかしく思っていた）源氏を、一の巻よりして（最初の巻からはじめて）、人もまじらず（誰にも邪魔されず）[一四]几帳《きちやう》の内にうち臥《ふ》して、引き出《い》でつつ見るここち、[一五]后《きさき》の位も何にかはせむ（問題にならない）。昼は日ぐらし（一日中）、夜は目の覚《さ》めたるかぎり、灯《ひ》を近くともして、これを見るよりほかのことなければ（読むこと以外何もしないで過しているので）、おのづから[一六]などは、[一七]そらにおぼえ浮ぶを、いみじきことに思ふに（たいしたことのように思っていると）、夢に（夢の中に）、いと清げなる僧の黄なる地の（すっきりした感じの僧で黄色い地の）[一八]袈裟《けさ》着たるが来て、「[一九]法《ほ》華経《けきやう》五の巻をとく（早く）習へ」と言ふと見れど（〔私に〕言う夢を見たが）、人にも語らず、習はむと（〔法華経を〕習おうと）も思ひかけず（いう気にもならず）、物語のことをのみ心にしめて（しか念頭にはなく）、われはこのごろ（今は〔まだ幼いから〕）わろ

八　現行の五十四帖の形態とほぼ同じだったらしい。了悟《りようご》『光源氏物語本事《ひかるげんじものがたりほんじ》』によればこの個所「光源氏の物語五十四帖に譜具《ふぐ》して」という異文を有する伝本のあったことが知られる。「譜」は系図のことらしい。

九　「櫃」は上に蓋《ふた》のついた大型の箱。櫃に入ったままのものをそっくり貰ったのである。

一〇　底本は二字分空白となっており右傍に「中将」と細字で記してある。在五中将（在原業平）の物語、すなわち『伊勢物語』のこと。

一一　「とほぎみ」「せりかは」「しらら」「あさうづ」はいずれも現存しない物語名。

一二　胸をどきどきさせながら。「はしるはしる」は「引き出でつつ見る」にかかる。

一三　前後の筋が分らないため、納得がいかなくて。

一四　木組みに垂れ布をかけた移動可能の調度。外から見られぬためのもの。

一五　最高の感動であることをいう。「天下の后の位も何かはせむ」（『宇津保物語』「蔵開《くらびらき》」）。

一六　事もあろうにと、自分をとがめ反省する語調と考えられる。

一七　冊子を開いてみなくても物語の文章や内容が自然に頭に浮んでくるようになったというのである。

一八　僧が衣の上に肩から斜めに掛ける布。

一九　『法華経』は八巻から成るが、その第五巻は女人の成仏《じようぶつ》のことが説かれ、非常に重視された。

きぞかし（器量がよくないのだ〔でも〕年頃になったら）、さかりにならば、かたちもかぎりなくよく（顔だちも至極よくなり）、[一]髪もいみじく長くなりなむ（すばらしく長くなるにちがいない）、光の源氏の[二]夕顔《ゆふがほ》、[三]宇治《うぢ》の大将の[四]浮舟《うきふね》の女君《をんなぎみ》のやうにこそあらめと思ひける心（きっとなるのだと考えていた私の心は）、[五]まづいとはかなくあさまし（まずもって実に他愛なくあきれ果てたものだ）。

五月《さつき》ついたちころ（五月の上旬）、つま近き（軒端近い）[六]花橘《はなたちばな》のいと白く散りたるをながめて、

[七]時ならず降る雪かとぞながめまし
花たちばなの香らざりせば

[八]足柄《あしがら》といひし山の麓《ふもと》に、暗がりわたりたりし木のやうに（一面に鬱蒼と茂っていた木立ちのように）、茂れる〔わが家は〕所なれば、十月《かみなづき》ばかりの紅葉《もみぢ》、四方《よも》の山辺《やまべ》よりも異《け》に（格別）いみじくおもしろく、錦《にしき》を引けるやうなるに（引き延べたようであるのに）、外《ほか》より来たる人の、〔こちらへ〕「今、参りつ（参ります）

一 髪の長いことは当時美人の資格の一つであった。
二 「夕顔」巻の女主人公。頭中将《とうのちゆうじよう》の隠し妻だったが中将の正妻の怒りを憚《はばか》って身を隠し、やがて光源氏に愛されたものの、某院《なにがしのいん》で物怪《もののけ》にとりつかれ急死する。
三 宇治十帖の主人公、薫《かおる》大将。
四 宇治十帖の最後の女主人公。薫大将と匂宮《におうのみや》とに愛され、板挟みになって入水《じゆすい》自殺をはかるが、横川僧都《よかわのそうず》に救われ、小野の山里に籠って出家する。
五 物語の世界に耽溺《たんでき》したその頃を、わが人生を見果てた晩年の心境から悔恨している。
＊ 作者の共感するのが、映えばえしい女主人公ではなく、特に夕顔や浮舟である点に注意したい。

花橘のかおり

六 橘は初夏に白い花をつけ芳香を放つ。その時期のものが「花橘」で、夏の歌の題材として重んじられた。
七 もしも花橘が香っていなかったら、白い花びらが散るのを季節はずれに降る雪かと思って眺めもするだろうに。「時ならぬ雪とや人の思ふらむ籬《まがき》に咲ける白菊の花」（『落窪物語』巻三）「卯の花の咲けるあたりは時ならぬ雪ふるさとの垣根とぞ見る」（『能宣《よしのぶ》集』）。
＊ 前後の脈絡なく歌が置かれている場合が少なくない。本日記の土台として、備忘録ないし家集の存在が想定される。

わが家の紅葉

八 作者の住まいは、足柄山の記憶をよび起すほど、木々の生い茂る広大な邸である。三〇〜三一頁参照。
九 わが家の晩秋の景色ばかりはどこにも劣るまいと

る道に《途中に》、紅葉のいとおもしろき所のありつる《実に美しい所がありましたよ》」と言ふに、ふと《〔私は〕とっさに》、

九いづこにも劣らじものをわが宿の

世をあきはつるけしきばかりは

夢のお告げ

物語のことを、一〇昼は日ぐらし思ひつづけ、夜も目の覚めたるかぎりは、これをのみ心にかけたるに《物語にばかり熱中していると》、夢に見ゆるやう《〔ある夜の〕夢に見えたことだが》、「このごろ《近ごろ》、皇一一《くわう》太后宮《たいごうぐう》の一二一品《いつぽん》の宮の御料《ごれう》一三に、六角堂一四に遣水《やりみづ》一五をなむ造る」と言ふ人あるを《いるので》、「そはいかに《それはどういうわけですか》」と問へば、「天照御神《あまてるおほんかみ》一六を念じませ一七」と言ふ《答えた》と見て《そんな夢だったが》、人にも語らず、なにとも思はでやみぬる《何ら気にもとめずにやり過してしまったのは》、いと言ふかひなし《まことにふがいないことに思われる》。

春ごとに《春が巡ってくるたびに》、この一品の宮をながめやりつつ、

一八咲くと待ち散りぬと嘆く春はただ

思いますのに、途中の紅葉ばかりをおほめになるとは納得できません。「あき」に「秋」と「飽き」とを掛け、「はつる」に秋が果てる意と、すっかり何々する意とを掛けた。「世を飽きはつ」といっても、決してそう実感するのではなく、仏教的な観念による言葉の洒落《しやれ》。

一〇 昼夜を分かぬ物語への耽溺。物語の世界と現実とのけじめもなかったのである。

一一 底本の傍注に「妍子 枇杷《びは》殿」とある。三条天皇皇后藤原妍子のこと。道長の二女。長和五年（一〇一六）三条天皇退位の後、寛仁二年（一〇一八）十月皇太后（先代の天皇の后の称）となる。

一二 底本傍注「禎子 陽明門院」。藤原妍子腹の第三皇女禎子内親王のこと。後三条天皇の母。一品（親王の位。一品から四品まである）に叙せられたのはこの記述当時の翌年の治安三年（一〇二三）。

一三 ご用のために。「料」は特定の目的のための物。

一四 京都市中京区堂之前町の頂法寺《ちようほうじ》。本尊は如意輪観音《によいりんかんのん》。洛陽《らくよう》七観音の一つで、当時広く信仰を集めた験仏《げんぶつ》所。本堂の構造が六角形なのでこう呼ばれる。

一五 庭に水を引き込んだ細い流れ。

一六 元来は自然神。七世紀末に皇室の祖神として伊勢神宮に祀《まつ》られた天照大御神《あまてらすおおみかみ》とは一応区別しておくべきか。この夢の記事から、観音を本地仏《ほんじぶつ》として日神《ひのかみ》を祀る民間の祭祀《さいし》活動が想定される。

一七 「申《まう》せ」をこのように表記した。

一八 花が咲くといってはそれを待ち、また散ったとい

わが宿がほに花を見るかな

春の土忌

三月《やよひ》つごもりがた（三月の末ごろ）、土忌《つちいみ》[一]に人のもとにわたりたるに（ある人の家に移っていたところ）、桜さかりに（桜が満開に美しく咲いており）おもしろく、今まで（［春の終りの］）散らぬもあり。帰りて、またの日、

あかざりし宿の桜を春暮れて[二]
散りがたにしも一目《ひとめ》見しかな

と言ひにやる[三]。

愛《いと》しい迷い猫

花（(桜)）の咲き散るをりごとに（時節になるたびに）、乳母《めのと》[四]亡くなりしをりぞかしとのみあはれ（そればかりが　せつなく思い出されて）なるに、同じをり亡くなりたまひし侍従《じじゆう》の大納言《だいなごん》の御むすめの手[五]を見つつ、すずろにあはれなるに（何がなし悲しい気持になっていたが）、五月《さつき》ばかり（五月ごろ）、夜更《ふ》くるまで物語

っては嘆き、春はただこうして宮家の桜をわが家のものであるかのように眺めている。禎子内親王の邸は、作者の住まいの西側に接する三条三坊十町か十一町辺りであったらしい。

一　陰陽道《おんみようどう》の信仰で、土公《つちぎみ》（土公神《どくじん》）という地の神のいる方角を忌み避けること。やむを得ずその方角を犯して家の手入れなどをする際は、家人はしばらく他所へ方違《かたたがえ》するのが常であった。

二　いくら見ても飽きなかったあなたの家の桜を、春も終りになって散りかけようとする折も折、一目見たことでしたよ。

三　使者に口上または手紙の形式で、和歌などを伝えさせること。土忌の際世話になった家へ謝礼の歌を贈ったのである。

四　「乳母」も次行「侍従の大納言の御むすめ」も、治安元年（一〇二一）三月にそれぞれ病死している。三三頁参照。

五　筆跡。上京した年、父から「これ手本にせよ」と与えられたもの。三三頁一〇行参照。

六　どこからやって来たのかその方角も分らぬが。

七　「和《なご》く」のウ音便で、ものやわらかに、の意。

八 作者と一緒に上総《かずさ》に下っていた姉。継母と同様、作者に物語のことを語って聞かせるなど（一三頁参照）、文学好きな浪漫的気質の人であったことが、以下に語られる数々の場面からも想像される。

九 しっ、静かに。猫の飼主に気取られるとまずいという配慮。「かま」は「かま（囂）し」（やかましい意）の語根。

一〇 下仕えの、身分の低い者。「上衆《じやうず》」の対。下衆に寄りつかず、「きたなげなる」食物に見向きもしないこの猫の自尊心はどういう理由によるものか、それが徐々に明かされてゆく。

一一 「おとうと」に同じ。性別に拘《かかわ》らず兄弟姉妹の年下の者をいう。ここでは妹である作者自身。

一二 北向きの部屋。使用人等の住む所。

一三 それでもやはり、特に理由があるのではなく、主人のそばを離れていてさびしいためにあのように鳴いているのだろうと考えていたところ。

一四 こちらへ連れていらっしゃい。

一五 「おのれ」は自称。男女老幼を問わず用いられる。

一六 このように猫の姿に生れ変ったのだろう、の意。仏教の輪廻《りんね》転生《てんせい》思想では、すべての生き物はその業《ごう》によって地獄・餓鬼・畜生・修羅・人間・天の六種の世界を、停止することなく流転《るてん》する。侍従大納言の女《むすめ》は人間世界から畜生の世界に転生したことになる。

一七 こういうことになる前世の因縁が少しばかりあって。作者と侍従大納言の女との縁をさす。

を読みて起きゐたれば、来《き》[六]つらむ方《かた》も見えぬに、猫《ねこ》のいとなごう[七]鳴《鳴い》いたるを《たので》、おどろきて《〔その声の方を〕はっとして》見れば《見ると》、いみじうをかしげなる《いかにもかわいらしい》猫あり《猫がいる》。いづくより来つる《どこからやって来た》猫ぞと見るに《猫かしらと》、姉[八]なる人、「あなかま[九]、人に聞かすな《誰にも言わないで》。いとをかしげなる猫なり。飼はむ《〔私たちで〕》」とあるに《と言うと》、いみじう《〔猫は〕》人馴れつつ《人馴れた様子で》、かたはらに《私たちのそばに》うち臥《ふ》したり。尋ぬる人《〔猫の行方を〕》やあると、これを隠して飼ふに、すべて《まったく》下衆《げす》[一〇]のあたりにも寄らず《そばには寄りつかず》、つと《じっと》前にのみ《〔私たちの〕》ありて《そばを離れず》、物もきたなげなるは《食べ物もきたならしいものは》、ほかさまに顔を向けて食はず《顔を横に背けて食べようとしない》。姉おとと[一一]の中につとまとはれて《離れずつきまとって》、をかしがりらうたがるほどに《〔私たちが〕面白がりかわいがっているうちに》、姉のなやむことあるに《姉が病気になることがあって》、もの《〔家中が〕》のさわがしくて《ごたごたと取り込んでいて》、この猫を北面《きたおもて》[一二]にのみあらせて呼ばねば《ばかりいさせて〔こちらに〕》、かしかましく《やかましく》鳴きののしれども《鳴き騒いだが》、なほさるにてこそはと思ひてあるに[一三]、わづらふ姉おどろきて《ふと目を覚まして》「いづら《どこにいるの》、猫は。こち率《ゐ》て来《こ》[一四]」とあるを《と言うので》、「など《なぜ》」と問へば、「夢に《夢の中で》、この猫のかたはらに来て《猫が私のそばにやって来て》、『おのれ[一五]は、侍従の大納言殿の御むすめの、かくなりたる[一六]なり。さるべき[一七]縁《えん》のいささかありて、[一]この中の君のすずろにあはれと思ひ出でたまへば、ただしばしここにあるを、このごろ下衆《げす》の中にありて、いみじうわびしきこと』と言ひて、いみじう泣くさまは、あてにをかしげなる人と見えて、うちおどろきたれば、この猫《ねこ》の声にてありつるが、いみじくあはれなるなり」と語りたまふを聞くに、いみじくあはれなり。そののちは、この猫を北面《きたおもて》にも出《い》ださず、思ひかしづく。ただ一人ゐたる所に、この猫が向ひゐたれば、かいなでつつ、「侍従《じじゅう》の大納言の姫君のおはするな。大納言殿に知らせたてまつらばや」と言ひかくれば、顔をうちまもりつつなごう鳴くも、[二]心のなし、目のうちつけに、例の猫にはあらず、[三]聞き知り顔にあはれなり。

中の君が〔私を〕無性にいとおしんで思い出して下さるので　ほんのしばらくの間ここにおりますのに　ひどくつらいことです　気品があっていかにも美しい人と見受けられたが　はっと目覚めてみると　〔その声は〕　〔そのことが〕たいそう身にしみて悲しく感じられたのです　胸をつかれる気持である　大切に世話をする　〔私が〕一人きりで坐っている所に　かきなでかきなでして　姫君がここにいらっしゃるのね　お知らせ申したいものです　話しかけると　私の顔を見つめたまま　穏やかに鳴くのも　ちょっと見たところ　普通の猫とは違っていて　しみじみいとおしい

長恨歌の物語

世の中に、[四]長恨歌《ちやうごんか》といふふみを[五]物語に書きてあるところあんなり

漢詩を　所持している家があるそうだ

一 作者をさす。姉妹の場合、上から順に大君《おおいぎみ》、中《なか》の君、三の君、四の君、…と呼んだ。
二 そう思って見るせいか。「思ひなし」に同じ。
三 畜生ながら人間の言葉を聞き分けるようで。
＊「花の咲き散るをりごとに」（三八頁）は、以下の内容が何度かめぐり来た年ごとに繰り返されたとする筆致《ひっち》だが、実際には乳母・行成の女《むすめ》の死は前年春のこと。日記執筆時における記憶として記されているわけである。この猫の話もそうした記憶の中のある年の一齣《ひとこま》として語られる。遅くまで物語を読み耽《ふけ》り現実ならぬ別世界に遊弋《ゆうよく》するという、五月の一夜の体験（三八〜九頁）とひと続きにこの幻想的な物語は綴《つづ》られる。
四 中唐の詩人白楽天《はくらくてん》の七言百二十句の長詩。玄宗《げんそう》皇帝は楊貴妃《ようきひ》を溺愛《できあい》して国政を顧みなかったため、安禄《あんろく》山《ざん》の反乱を招き、長安の都を捨てて蜀《しょく》の国に落ちて行く途中、臣下に迫られてやむなく彼女を殺す。乱が治まった後、都に帰還した玄宗は、楊貴妃への思慕やまず、道士に命じてその魂のありかを捜させる。道士は海上の仙山にこれを見出だし、玄宗の意を伝え、彼女の形見として鈿合《でんごう》（青貝細工の小箱）と金釵《きんさい》（金のかんざし）のそれぞれ半分を持ち帰る。『白氏文集《はくしもんじゅう》』巻一二に収められ、平安貴族に愛誦された。『源氏物語』「桐壺」他にその趣向・筋立てが採用され、『伊勢集』『道命阿闍梨集《どうみょうあじゃりしゅう》』『大弐《だいに》高遠《たかとお》集』等では和歌の素材をこの詩に仰ぐなど、この

と聞くに《と聞いたので》、いみじくゆかしけれど《読んでみたくてたまらないけれども》、六え言ひよらぬに、さるべき《適当な》たより《つてを》を尋ねて《求めて》、七七月七日《ふみづき》言ひやる。

八契りけむ昔の今日のゆかしさに
天《あま》の川浪《かはなみ》うち出《い》でつるかな

返し、

九たち出づる天《あま》の川辺《かはべ》のゆかしさに
つねはゆゆしきことも忘れぬ

その《その月の》十三日の夜、月いみじくくまなく明かきに《月が一点の曇りもなく皎々と照っているので》、みな人も寝たる《家中の誰もが寝静まった》夜中ばかりに、縁に出でゐて《〔姉と二人で〕縁側に出て坐っていると》、姉なる人、空をつくづくとながめて、「ただ今《今この時》、ゆくへなく飛び失せなば《〔私が〕どこへともなく飛び去ってしまったら》、いかが思ふべき《〔あなたは〕どんな気がするかしら》」と問ふに、なまおそろしと思へる《うす気味わるく思っている》気色を《〔私の〕面持ちを》見て、異《こと》ごとに言ひなして《話題をそらせてその場をつくろい》笑ひなど

時代の『長恨歌』に対する異常な好尚《こうしょう》が知られる。

五『長恨歌』を物語に翻案したもの。絵物語に仕立てられていたものか。「長恨歌王昭君《わうせうくん》などやうなる絵」(『源氏物語』「絵合《えあわせ》」)「長恨歌の御絵」(『夜の寝覚』巻三)などの例が見える。

六 先方が作者とさほど親しい間柄ではなく、貸して欲しいと申し入れることが遠慮されたのである。

七『長恨歌』に「七月七日長生殿 夜半無《ク》レ人私語《スル》時 在《リテハ》レ天《ニ》願《ハクハ》作《なラン》二比翼《ノ》鳥《ト》一 在《リテハ》レ地《ニ》願《ハクハ》為《なラン》二連理《ノ》枝《ト》一」とある。それに因《ちな》みこの日に借用を申し入れたもの。

八 玄宗皇帝と楊貴妃が深く契り交したという七月七日という日に心ひかれ、思いきって拝借を申し出たわけです。「契り」「天の川浪」「うち出づ」などは、七月七日に牽牛《けんぎゅう》・織女《しょくじょ》が天の川に出て逢うという故事をふまえた縁語。「天の川浪」は「うち出づ」の序。

九 牽牛と織女が出て行って逢うという天の川辺に心ひかれる日ですから、本来なら不吉な悲恋の物語ですがそれも忘れてしまいます。お貸ししましょう。「わびぬればつねはゆゆしき七夕《たなばた》もうらやまれぬるものにぞありける」(読人しらず、『拾遺集』恋二、『古今六帖』一)。

月夜の夜語り

＊『源氏物語』の世界に心酔した作者が、格別に関心をそそられたであろう『長恨歌物語』。それを歌によって手許に引き寄せることができた。折を心得た巧妙な趣向の歌によって、物語の持主との心の交流が得られたのである。

して聞けば、かたはらなる所に《すぐ近くの家に》、[一]さきおふ車とまりて、「[二]荻《をぎ》の葉、荻の葉」と呼ばすれど《「供人に」呼ばせるけれど》、[三]答へざなり。呼びわづらひて《呼びあぐねて》、笛をいとをかしく[四]吹きすまして、過ぎぬなり《行ってしまったようだ》。

[五]笛の音《ね》のただ秋風と聞こゆるに
など荻の葉のそよとこたへぬ

と言ひたれば《詠んだところ》、[六]げにとて、

[七]荻の葉のこたふるまでも吹き寄らで
ただに過ぎぬる笛の音《ね》ぞ憂《う》き

かやうに明くるまで《夜が明けるまで》[八]ながめ明かいて、夜明けてぞ[九]みな人寝ぬる《床についた》。

自宅炎上

一〇そのかへる年、四月《うづき》の夜中ばかりに火の事《火事が》ありて、大納言殿の姫君と思ひかしづきし猫も焼けぬ《思って大事に世話していた猫も焼け死んだ》。「大納言殿の姫君」と呼びしかば《呼ぶと「いつも」》、

一 先払いの声を立てさせて来た車。高貴な人の通行の際は、供人が路上の通行人に道をあけさせる。
二 「かたはらなる所」に住む女の呼び名。車の主の恋人である。
三 女の方からは返事をする様子がない。「答へざんなり」の撥音便《はつおんびん》無表記の形。
四 清らかに澄みとおる音色である様子。
五 笛の音がまるで秋風のように聞えるのに、秋風に葉ずれの音をたてるはずの荻の葉は、どうして「そよ」とも答えないのかしら。「そよ」は、荻の葉ずれの音と、「其《そ》よ」（相手に対する相槌《あいづち》の語）とを掛ける。「荻の葉のそよと告げずは秋風を今日から吹くと誰か言はまし」（『躬恒《みつね》集』）。
六 なるほどと作者の歌の趣向に感心した姉は、それなら私はと、趣向を変えて次の歌を詠む。
七 相手の「荻の葉」が「そよ」と答えてくれるまで吹きつづけ言い寄ることもせず、そのまま通り過ぎてしまった笛の主が私には恨めしく思われる。
八 姉と二人して夜空を眺めつつ空想にふけりながら夜明かしをした。「明かいて」は「明かして」の音便。
九 前頁八行目の「みな人」とは異なり、自分たち姉妹のことをさす。
＊ 先に猫の夢の主であった姉が、ここでは十三夜の月に思いをそそられて自分の昇天を夢想する人として描かれる。姉の念頭に「かぐや姫」が想起されていたものか。作者

[一一]聞き知り顔に鳴きて歩み来《き》などせしかば、父《てて》なりし人も、「[一二]めづらかにあはれなることなり（いじらしい話だ）。大納言に申さむ（お話し申そう）」などありしほどに（などと言っていた時なので）、いみじうあはれに（ことのほか不憫であり）、くちをしくおぼゆ（また残念に思われる）。

狭苦しい新居

[一三]ひろびろともの深き深山《みやま》のやうにはありながら（〔わが家の景色は〕）、[一四]花紅葉《はなもみぢ》のをりは、[一五]四方《よも》の山辺《やまべ》も何ならぬを見ならひたるに（見馴れてきたのに）、たとしへなくせばき所の（〔今度移った家は〕比べようもなく狭苦しい所で）、庭のほどもなく（庭のゆとりもなく）、木などもなきに、いと心憂きに（実に情けなく思っていると）、向ひなる所に（向いの家に）、[一六]梅紅梅など咲きみだれて、風につけてかかへ来るにつけても（〔匂いが〕吹く風につけて漂ってくる）、住み馴《な》れし[一七]ふるさとかぎりなく（〔恋しく〕）思ひ出《い》でらる。

[一八]にほひくる隣の風を身にしめて
ありし軒端《のきば》の梅ぞ恋しき

同様物語好きの空想家であり、やがて夭折《ようせつ》した姉と一緒に過したひとときの思い出が、いたわしく懐かしく回想されている。

一〇 底本傍注によると、治安三年（一〇二三）に当る。

一一 四〇頁注三参照。

一二 この父の言葉は、「侍従の大納言の姫君のおはするな。大納言殿に知らせたてまつらばや」（四〇頁七～八行）に照応。猫をいとおしむ娘に調子を合わせたもの。「めづらか」については二六頁注八参照。

＊ 一時《いつとき》空想を刺激したこの猫の死も、若き日の哀惜に堪えぬ思い出の一齣《ひとこま》であった。

宏壮《こうそう》な邸宅の焼亡は、作者の一家にとって深刻な打撃だったはずだが、そのこと自体にはさりげなく触れる程度にすぎない。日記の主題の何たるかがおのずから読み取れよう。

一三 もと住んでいた住居の描写。三〇頁最終行にも「ひろびろと荒れたる所の…」とあった。

一四 桜咲く春や紅葉の秋などには。「花紅葉」で一語。

一五 近郊の山辺も、作者の家の風情に比べれば取るに足りないというのである。

一六 単に「梅」とあれば白梅をさす。

一七 以前の住まい。上京以来二年五カ月住んでいた。

一八 梅の香を運んでくる隣家からの風をわが身にしみるほど受けていると、もと住んでいた家の軒端の梅が恋しく思われてくる。この「梅」には継母の思い出もまつわっていよう。

姉の出産そして死

その五月《さつき》[一]のついたちに、姉なる人、子うみて亡くなりぬ。よそのことだに、幼なくよりいみじくあはれと思ひわたるに、[二]まして言はむかたなく、あはれ悲しと思ひ嘆かる。母などは皆亡[三]くなりたる方《かた》にあるに、形見《かたみ》[四]にとまりたる幼なき人々を左右《ひだりみぎ》に臥《ふ》せたるに、荒れ[五]たる板屋のひまより月のもり来て、児《ちご》の顔にあたりたるが、いとゆゆしくおぼゆれば、袖《そで》[六]をうちおほひて、いま一人をもかき寄せて、[七]思ふぞいみじきや。

五月の月初めに　「人の死は」他人のことでさえも　悲しいことと思い続けてきたのだが　しみじみ悲しく嘆かずにはいられない　幼な児たちを　寝かせていると　隙間から月の光がもれてきて　「そのことが」ひどく　不吉な感じだったので　もう一人の子をも引き寄せて

新たな涙

[八]そのほど過ぎて、親族《しぞく》なる人のもとより、「昔の人の、『かならずもとめておこせよ』とありしかば、もとめしに、そのをりは、え見出でずなりにしを、今[九]しも人のおこせたるが、あはれに悲しきこ

亡き姉上が　ぜひ捜し求めてこちらに届けてください　言っていたので　捜してはみたものの　当時は　見つけ出せぬままになっていたのを

一 治安四年（一〇二四）五月。この後に「幼なき人々」（四行目）「母亡くなりにし姪《めひ》ども」（七一頁二行目）とあるから、姉は二人目の女児を生んで死んだらしい。

二 特に睦《むつ》み交した姉の死なのでなおさら悲嘆は言いようがなく。参考「よろしきことにだに、かかる別れの悲しからぬはなきわざなるを、ましてあはれに言ふかひなし」（『源氏物語』「桐壺」）。

三 亡くなった姉の部屋。遺体が安置してあるので、そこに詰めているのである。

四 姉の忘れ形見となってしまった幼な児たち。

五 荒れた板屋根。焼け出されたあとの仮住まいだったからか、かなり傷んだ粗末な家だったらしい。

六 袖で幼な児の顔を覆って月光を遮《さえぎ》ったのである。

七 姉のこと、子供たちの将来のことなど、あれこれと思案して悲嘆にくれている様子。

＊ 二年前の七月十三夜の月明りの夜、「ただ今、ゆくへなく飛び失せなば…」と言い出した姉の言動は、実はその死の予兆だったことがいまさらながら思い起される。月光の洩《も》りくる板屋で、この姉の遺児を左右に寝かせる場面は、火災の後の仮住まいのせいというよりは、いわば荒涼の風趣の脚色をさえ感じさせる。

八 姉の死に際しての取り込みも過ぎた頃。四十九日の法要を済ませて後、というほどの意。

九 それを求めた当人が死去した今ごろになって。

と」とて、一〇かばねたづぬる宮といふ物語をおこせたり。まことにぞ
〔その人の言葉どおり〕本当に

あはれなるや。返りごとに、
悲しいことではある　返事に〔このような歌をしたためた〕

一一うづもれぬかばねを何にたづねけむ
苔《こけ》の下には身こそなりけれ

鎮魂歌

一二乳母《めのと》なりし人、「一三今は何につけてか」など、泣く泣くもとありけ
以前住んでいた

る所に帰りわたるに、
という家に　帰って行くので〔私は〕

「一四ふるさとにかくこそ人は帰りけれ
あはれいかなる別れなりけむ

一五昔の形見には、いかでとなむ思ふ」など書きて、「一六硯《すずり》の水の凍《こほ》れば、

一七皆とぢられてとどめつ」と言ひたるに、
筆を置きました　書いたその末尾に〔また筆をとって〕

一八かき流すあとはつららにとぢてけり

一〇 散佚《さんいつ》物語。『源氏物語』以後に作られたらしい。主人公の三の宮と女主人公とは人目を憚《はばか》る関係にあったが、女は宮との仲をはかなんで池に入水《じゅすい》する。三の宮は夢枕に現れた女の亡霊によってその死を知り、女のかばね（亡骸《なきがら》）を捜し求めて埋葬しようとするが叶《かな》わず、ついに出家して女の成仏を願う。『風葉集《ふうようしゅう》』所収の二首の歌から以上の大筋が推定される。

一一 ありかも分らず埋葬されないでいる女の亡骸を求めたというこの物語を、どんなつもりで姉は入手しようとしたのか。今は当人こそが苔《こけ》の下に埋められる身となってしまったよ。「もろともに苔の下には朽《く》ちずして埋《うづ》もれぬ名を見るぞ悲しき」（『和泉式部《いずみしきぶ》集』）。

一二 姉の乳母。姉の成人後も姉を主人として仕え、この家に同居していた。

一三 お嬢様が亡くなられた今となっては、この家に留まっている理由がなくなってしまいました、との意。

一四 こうしてあなたはもとの家に帰ってしまうのですね。こんな別れをまねくなんて、姉との死別は何と悲しいものだったことでしょう。

一五 亡き人を偲《しの》ぶよすがとして何とかここに居残っていて欲しいと思います。

一六 悲しみに閉ざされた心であることの誇張表現。乳母は冬頃まで作者の家に留まっていたらしい。

一七 「とづ」は「凍る」の縁語。悲しみに心がふさがって訴えようもない、の意をこめる。

一八 筆にまかせて書く文字の跡も氷に閉ざされて、も

なにを忘れぬ形見《かたみ》とか見む

と言ひやりたる（詠み贈った）返りごとに、（その返事に）

一 慰《なぐ》さむるかたもなぎさの浜千鳥
なにかうき世に跡もとどめむ

この乳母《めのと》、墓所《はかどころ》見て、泣く泣く帰りたりし、（去って行ったが）（「それにつけて私は」）

二 昇《のぼ》りけむ野辺《のべ》は煙《けぶり》もなかりけむ
いづこをはかとたづねてか見し

これを聞きて、三 継母《ままはは》なりし人、（「はこう詠んで寄せてくれた」）

四 そこはかと知りてゆかねど先に立つ
なみだぞ道のしるべなりける

かばねたづぬる宮、（「という物語を」届けてくれた親戚の人は）おこせたりし人、

五 住みなれぬ野辺の笹原《ささはら》あとはかも
なくなくいかにたづねわびけむ

う何も書けないのです。あなたに去られたら私は何を形見として姉を偲《しの》んだらよいのでしょう。

一 主人を失った私は、悲しみを慰めるすべもない渚《なぎさ》の浜千鳥のようなものです。どうしてこの憂き世にながらえておられましょう。「かた」「なぎさ」「浜千鳥」「うき」「跡」などは縁語。「潟《かた》」に「方」（方法の意）を、「なぎさ」に「無き」を、「浮き」に「憂き」を、「あと」（鳥の足跡の意）に「跡」（形見の意）を掛ける。乳母はやがて出家したか。次頁の「吉野山に住む尼君」を彼女の後の姿と見たい。「浜千鳥跡もなぎさにふみ見ぬはわれを越す波うちや消《け》つらむ」（『蜻蛉日記』上）。

二 姉が煙となって空に昇ったという野辺では、もう煙も消えてしまっていたでしょうに。姉の乳母はどこを目あてにお墓を尋ねあてていったのかしら。「今日過ぎば死なましものを夢にてもいづくをはかと君が訪《と》はまし」（中将更衣《ちゅうじょうのこうい》、『後撰集』恋二）。

三 作者の父とは離婚したが作者等とは接触があったらしい。

四 そこが墓だとはっきり見当をつけて尋ねて行ったのではなく、先に立つ涙が道案内だったわけですね。「そこはかと」に「墓」を掛ける。「先に立つ涙を道のしるべにて我こそ行きていはまほしけれ」（『後拾遺集』哀傷）。

五 野辺の笹原は人の住むような所ではなく、道もついていないので、乳母は泣きながら、どんなに墓を尋

ねあぐんだことでしょう。「あとはかもなく」は、人の歩いた形跡もなく、の意だが、「はか」に「墓」を、「なく」に「泣く」を掛ける。

六 底本傍注は兄の定義《さだよし》とする。一六頁注一〇参照。

七 眼前で、見る見る火葬の煙は燃えつきてしまったのに、乳母はどんなふうにして、目あてのない野辺の笹原を尋ねていったのだろう。

＊ 去りゆく乳母との哀切な贈答に続き、継母・「かばねたづぬる宮、おこせたりし人」・兄の詠歌が、「野辺」「煙」「はか」「笹原」「たづね」などを共通用語として唱和され、いわば交響楽的に鎮魂の調べが奏でられる趣《おもむき》。かくて姉の死は作者の人生史に悲傷の一齣《ひとこま》として定位される。以後姉に関する記述はない。

吉野の雪

八 出家した、姉の乳母か。吉野は古くから雪深い所として知られていた。都に降り続く雪から自然に吉野が連想されたのである。

九 こう雪が降っては、ふだんでさえ稀《まれ》な人の往き来も絶えてしまっていることでしょう。吉野の山のあの険しい山道では。「雪降りて人も通はぬ道なれや跡はかもなく思ひ消ゆらむ」（凡河内躬恒《おおしこうちのみつね》、『古今集』冬）。

悲願成らず

一〇 万寿二年（一〇二五）。作者十八歳。

一一 任官のあてがはずれた早朝。司召の儀は夜間に三日間行われ、結果は最後の夜が明ける頃発表される。

一二 作者一家と悲喜を同じくするような親しい人。

これを見て、六 兄人《せうと》は、その夜おくりに行きたりしかば、（葬送の夜〔遺骸を火葬場へ〕）〔それを思い出して〕

七 見しままに燃えし煙は尽きにしを
いかがたづねし野辺の笹原

雪の、日を経て降るころ、（幾日も降り続いている頃）八 吉野山に住む尼君《あまぎみ》を思ひやる。（思いやって〔こう詠んだ〕）

九 雪降りてまれの人めも絶えぬらむ
吉野の山の峰のかけみち

一〇 かへる年、一月《むつき》の司召《つかさめし》に、親のよろこびすべきことありしに、（父の国司任官という慶事の実現を期待していたのに）一一 かひなきつとめて（早朝）、一二 同じ心に思ふべき人のもとより、「さりともと思ひつつ、明くるを待ちつる心もとなさ」と言ひて、（いくら何でも今度こそはと〔結果のわかる〕夜明けを待っていたもどかしさといったら と書いて〔次の歌を寄こした〕）

一 明くる待つ鐘の声にも夢さめて
秋の百夜《ももよ》のここちせしかな

と言ひたる返りごとに、
（と詠んだ返事として）

二 暁をなに待ちけむ思ふこと
なるともきかぬ鐘の音《おと》ゆゑ

四月《うづき》つごもりがた、さるべきゆゑありて、三 東山なる所へうつろふ。道のほど、田の、四 苗代水《なはしろみづ》まかせたるも、植ゑたるも、なにとなく青みをかしう見えわたりたる。山のかげ暗う、前近う見えて、心ぼそくあはれなる夕暮、五 水鶏《くひな》いみじく鳴く。
（四月の末頃　ある事情があって　引越す　道中は　何となく青々として　一帯が趣深く見渡された　［その家では］山の姿が陰濃く　家の前に迫って見え　けたたましく鳴く［それを聞きつつ］）

六 たたくとも誰《たれ》かくひなの暮れぬるに
山路《やまぢ》を深くたづねては来《こ》む

一 司召《つかさめし》の結果はいかがと夜明けを待っていたのですが、暁の鐘の音に夢も破れました。まるで秋の長夜を百夜も重ねたようなもどかしくつらい昨夜でした。結果を尋ねたのではなく、すでに不首尾を知っていて同情を寄せたもの。

二 暁を何だってこんなにも待っていたのでしょう。願いの成就を告げるでもない暁の鐘なのに。「鳴る」に「成る」（成就する意）を掛ける。

＊ 受領《ずりよう》層の人々にとって自家の経済生活にかかわる司召がいかに切実な関心事であったか、『枕草子』「正月一日は」「すさまじきもの」などから如実に知られよう。上総《かずさ》から帰任して五年目、孝標《たかすえ》はしかるべき筋への働きかけによって明るい見通しを立てていたのだろうが、予期に反して選に洩《も》れたのである。生別・死別を連綴《れんてい》しその悲哀を基調として語られてきたこの日記に、さらに失意が加えられたのである。

東山へ転居

三 賀茂川の東方に低く連なる丘陵地帯をさす。西山・北山に対する呼称。当時人家は稀《まれ》であった。

四 苗代水を引き入れてある苗代田も、すでに田植えの済んでいる本田も。「苗代」は稲の苗を育成する所。

五 水辺に住む、鶏の雛《ひな》に似た鳥。鳴き声が戸を叩《たた》く音に似るところから、この鳥の鳴くのを「たたく」という。夏の歌の題材として頻用《ひんよう》される。

六 水鶏《くいな》が戸を叩くように鳴いたところで、こんな日暮れ時に奥深い山路を誰が訪ねて来るものか。「たた

霊山《りやうぜん》[七]近き所なれば、詣《まう》でて拝みたてまつるに、いと苦しければ、
参拝申し上げたが　〔山路が〕実に難儀だったので

山寺なる石井《いしゐ》に寄りて、手にむすびつつ飲みて、「[八]この水のあかず
山寺にある　立ち寄って　手にすくっては飲んでいると

おぼゆるかな」と言ふ人のあるに、
人がいたので〔私が〕

[九]奥山の石間《いしま》の水をむすびあげて
あかぬものとは今のみや知る

と言ひたれば、水飲む人、
と詠みかけると　水を飲む人が〔こう詠んだ〕

[一〇]山の井のしづくに濁る水よりも
こはなほあかぬここちこそすれ

帰りて、夕日けざやかにさしたるに、都の方《かた》も残りなく見やらるるに、このしづくに濁る人は、京に帰るとて、[一一]心苦しげに思ひて、
〔霊山から〕帰ると　夕日があかあかと射しているので　すっかり見はるかせる頃に　〔と詠んだ〕

またつとめて、
京に帰っていった翌朝〔次の歌を寄こした〕

くとも誰か」「くひなの暮れぬるに」とそれぞれ頭韻を踏み、さらに「くひな」に「来《く》」を掛ける。

七　霊山（霊鷲山《りようじゆせん》の略称）の中腹にある霊山寺。東山区清閑寺霊山町にある正法寺《しようぼうじ》の前身。次行「山寺」も同様。「石井」（岩に囲まれた湧水《わきみず》）で有名で「山の井寺」の俗称もある。

山の井のしずく

八　この水はおいしくていくら飲んでも飲み飽きない気がしますね。「むすぶ手のしづくに濁る山の井のあかでも人に別れぬるかな」（紀貫之、『古今集』離別）をふまえる。この引歌は、『貫之集』では「人」を「君」とし、女への贈歌という形で収められているが、この場合も、水を賞味するとともに二人でいつまでもこうしていたいとの気持がこめられている。この「人」は作者と特別な関係にある男と想像されよう。

九　奥深い山の岩の間から湧き出る水をすくいあげていくら飲んでも飲み飽きないということを今はじめてお気づきなのですか。「この水のあかず…」に応じて、やはり注八の貫之の歌をふまえて詠みかけた。「あかぬ」は、いつまでも別れたくない意を含む。「むすぶ手の石間《いしま》をせばみ奥山の岩垣清水あかずもあるかな」（『古今六帖』五）。

一〇　おっしゃるような、「しづくに濁る」と古歌に詠まれた山の井の水よりも、この石井の水のほうがずっと飲み飽きない心地がします。ここにこうしていたいという私の気持はもっと強いのですよ。

一一　去りがたく、見るからにいたいたしい面持ちで。

山[一]の端《は》に入日の影は入りはてて
　心ぼそくぞながめやられし

山里の時鳥《ほととぎす》

〔近くの寺から〕念仏する僧の暁[二]にぬかづく音の尊《たふ》とく聞こゆれば、戸[三]を押しあけたれば、ほのぼのと明けゆく山際《やまぎは》[四]、こぐらき〔暗く茂った〕梢《こずゑ》ども霧《き》りわたりて、花紅葉《はなもみぢ》の盛りよりも、なにとなく〔木々が一面に〕茂りわたれる〔今の夏の〕空のけしき〔空の様子は曇り加減で〕曇らはしく、をかしきに〔風情のあるうえに〕、ほととぎす[五]さへ、いと近き〔すぐその〕梢にあまたたび鳴いたり〔幾度も繰り返し鳴いている〕。〔そこで私は次のように詠じてみた〕

誰《たれ》[六]に見せ誰に聞かせむ山里の
　このあかつきもをちかへる音《ね》も

一　昨日お別れしての帰途、夕日は山の端にすっかり沈んでしまい、あなたのお住まいの方角を心細い気持で眺めずにはいられませんでした。
二　晨朝《じんちょう》（午前八時頃）の勤行《ごんぎょう》の際の、額を地につける音や念仏・読経する声。勤行は一昼夜のうち、晨朝・日中・日没・初夜・中夜・後夜《ごや》の六度行われた。
三　「天の戸を押しあけがたの月みれば憂き人しもぞ恋しかりける」（読人しらず、『新古今集』恋四）をふまえるか。帰京した「しづくに濁る人」への思いが底流にあるのだろう。この歌は『源氏物語』「賢木《さかき》」にも引歌として使われている。
四　空の、山に接する部分。これに対し、注一の歌の中の「山の端」は、空に接する山の稜線《りょうせん》をさす。この語の下に「見え」などを補い読むとよい。
五　晩春に渡って来て、秋に南方へ去る渡り鳥。夏の歌の素材として馴染《なじ》み深いが、都でその声を聞けるのは五月。この場合は四月末のことでもあり、山に隠れ鳴く山時鳥《やまほととぎす》をさす。東山の山中ゆえ、いちはやく鳴声が聞かれたわけである。すぐ後の「さへ」の語に注意。都人に先立ってその声を聞き得た感動がこもる。
六　この山里の景色を、繰り返し鳴いている時鳥の声を、一体誰に見せ、誰に聞かせたらよいのか。一緒に賞美する人のいないのがさびしい。ここでも「しづくに濁る人」への思いがこめられているのであろう。なお「をちかへる」（復《を》ち返る）は、元へ戻る意。時鳥が繰り返し鳴くことを表現する歌語。

都が気掛り

この[七]つごもりの日、谷の方《かた》なる木の上に、ほととぎす、かしかま（やかましく）しく鳴いたり。〔そこで私は〕

[八]都には待つらむものをほととぎす
　けふ日ねもすに鳴き暮らすかな

などのみ（などと詠み）[九]ながめつつ、[一〇]もろともにある人、（一緒にいる人が）「ただ今、（〔ほととぎすを〕今この時）京にも聞きた（京でも聞いて）らむ人あらむや。（いる人があるでしょうか）[一一]かくてながむらむと思ひおこする人あらむや」（〔私たちに〕思いを寄せてくれる人があるでしょうか）など言ひて、

[一二]山ふかく誰か思ひはおこすべき
　月見る人は多からめども

と言へば、（と詠んだので〔私はこう応じた〕）

[一三]深き夜に月見るをりは知らねども
　まづ山里ぞ思ひやらるる

七　晦日《みそか》をさす。四月三十日。単に「つごもり」とあれば、下旬、月末の意。

八　都では時鳥の初声を待ちかねているだろうに、この山里では一日中さかんに鳴き続けている。都をよそに山籠《ごも》りする自分の身の上への嘆きもこもる。「都には待つ人あらむ時鳥すさめぬ草の宿にしも鳴く」（『長《なが》能《とう》集』）。

九　都の人を思い虚脱したような気持で過しているのである。

一〇　作者の心の底をよく理解する人である。

一一　あなたの気持はあの人にはなかなか通じないでしょうとの気持がこもる。次の歌と併せて解すべき所。

一二　こんな山奥で嘆いていても、誰が思いを馳せてくれるでしょう。都で月を眺める人は多いでしょうが。

一三　夜遅く月を眺める時、人がどんな気持になるのか知らないけれど、私ならまっさきに山里のことが思いやられます。「ふかき夜の月見る人の心をばわが思ふさまに通ふらむやは」（『大弐《だいに》高遠《たかとお》集』）。

＊　右の二首、月のない晦日の詠歌なので不審とされる。なお、「遅く出づる月にもあるかな山の端のあなたの里も惜しむなるべし」（『古今六帖』二）などをこれらの背後に想定することによって、月もない頃だから山の端の彼方《かなた》に思いを馳せる人などいるはずがないとする揶揄《やゆ》に対して作者が、月があろうとなかろうと山里を思う気持は変らないはず、と切り返したものと解する説がある。

暁の来訪者

暁《あかつき》[一]になりやしぬらむ《なったであろうかと》と思ふほどに《思う時刻に》、山の方《かた》より人あまた《大勢の人が》来る音す。おどろきて《はっとして》見やりたれば《そちらを見ると》、鹿《しか》[二]の縁のもとまで《鹿が縁先まで》来て、うち鳴いたる、近うてはなつかしからぬものの声なり《近くで聞いたのではどうも親しみにくい声である》。

[三]秋の夜の妻恋ひかぬる鹿の音《ね》は
遠山にこそ聞くべかりけれ

知りたる人の《ある知人が》、近きほどに来て帰りぬと聞くに《近くまで来ながらそのまま帰ってしまったと聞いて「こう詠み贈った」》、

[四]まだ人め知らぬ山辺《やまべ》の松風も
音して帰るものとこそ聞け

有明の月

八月《はづき》になりて、二十余日の暁[五]がたの月、いみじくあはれに《ことのほか哀趣が身にしみて》、山の方はこぐらく《こんもりと暗く》、滝[六]の音も似るものなくのみながめられて、

一 季節は秋、七月のある日の夜明け前。
二 妻を恋う牡鹿《おじか》の鳴声は秋の景物として古来和歌の素材となってきた。この場面は「奥山に紅葉踏み分け鳴く鹿の声聞く時ぞ秋は悲しき」（読人しらず、『古今集』秋上）などの歌を念頭に、同じ奥山でも鹿は遠くでその声を耳にしてこそ哀れをもよおすもの、まのあたりに鳴声を聞くのでは風《ふ》情《ぜい》がないというのである。参考「片崖《かたきし》に、草の中に、そよそよ白みたる物、あやしき声するを、こは何ぞと問ひたれば、鹿のいふなりと言ふ。などか例の声には鳴かざらむと思ふほどに…」（『蜻蛉日記』中）。
三 秋の夜の妻恋しさに堪えかねて鳴く鹿の声は、遠山の彼方《かなた》に聞いてこそ感興もわくものだったのだ。
四 まだ人の姿を見たこともないような山辺の松風でさえも、帰る時は音をたてて吹き過ぎてゆくというではありませんか。知らぬ仲ではないはずのあなたが、音沙汰なしとはどういうことですか。「まだ人の知らぬ山辺の松風は言問《こととと》ふさへぞ身にはしみける」（『風葉集』雑二所載『みづからくゆる』）。
＊ この七月の記は、四月の記事（四八頁六行〜五一頁一二行）が「しづくに濁る人」とのかかわりを底流とする独特の気分を持っていたのとは趣《おもむき》を異にし、山里の秋の捨てがたい歌とその詠作事情が詞書《ことばがき》ふうに語られているにすぎない。
五 有明《ありあけ》の月。二十日過ぎの月は夜遅く出て、明け方

七 思ひ知る人に見せばや山里の
秋の夜ふかき有明《ありあけ》の月

八 京に帰り出づるに、わたりし時は（〔かつてこの東山に〕移ってきた道中には）、水ばかり見えし田どもも、皆刈りはててけり（刈入れがすっかり終っていた）。

九 苗代《なはしろ》の水かげばかり見えし田の
刈りはつるまで長居《ながゐ》しにけり

十月《かみなづき》つごもりがた（十月末ごろ）に、一〇 あからさまに（ほんのかりそめに）来てみれば、一一 こぐらう茂れりし木《こ》の葉ども残りなく散りみだれて、いみじくあはれげに見えわたりて（あたり一帯の様子がことのほか心にしみて）、ここちよげにささらき（さらさら音を立てて）流れし水も木《こ》の葉にうづもれて、あと（ただ流

まで空に残っている。
六 滝の音もたぐいない風情を添えているので、ついたとえようもないほど心を奪われて。「似るものなく」は「滝の音も」の述語であると同時に「ながめられて」の修飾語となっている。
七 物の情趣の分る人に見せたいものよ。山里の秋の夜更けの有明の月を。『玉葉集』秋下に、第一句を「あはれ知る」として入集。「あたら夜の月と花とをおなじくは心知れらむ人に見せばや」（源信《さね》明《あきら》、『後撰集』春下）。

帰京の道端

八 帰京する道中の風景。東山には四、五カ月在住したことになる。
九 東山へ転居する際にはただ苗代の水ばかりが見えていた田も、今は刈入れがすっかりすんでいる。こんなにまでこの山里に長居してしまったのか。さきに「道のほど、田の、苗代水まかせたるも、植ゑたるも、なにとなく青みをかしう見えわたりたる」（四八頁）とあった。「きのふこそ早苗《さなへ》とりしかいつのまに稲葉そよぎて秋風ぞ吹く」（読人しらず、『古今集』秋上）「苗代の水かげ青みわたるなりわさ田の苗の生ひいづるかも」（花山《かざん》院、『夫木《ふぼく》抄』春五）。

旧居を再訪

一〇 京の家から、以前住んでいた東山の家をちょっと訪れてみたのである。
一一 東山の住まいの様子は「山のかげ暗う、前近う見えて」（四八頁）「こぐらき梢《こずゑ》ども」（五〇頁）「山の方はこぐらく」（五二頁）などと記されていた。

ばかり見ゆ。（れの跡だけが見える）

一 水さへぞすみたえにける木《こ》の葉ちる
あらしの山の心ぼそさに

東山の尼

二 そこなる尼に（東山に住む尼に）、「春まで命あらばかならず来む（来春まで生きながらえていられたら必ずお訪ねします）。花ざかりはまづ告げよ（花盛りになったら何よりまずお知らせ下さい）」など言ひて帰りにしを、三 年かへりて三月《やよひ》十余日になるまで音もせねば、

四 契りおきし花のさかりを告げぬかな
春やまだ来《こ》ぬ花やにほはぬ

浅茅《あさぢ》が宿

五 旅なる所に来て、六 月のころ、竹のもと近くて（その家が竹林のすぐそばなので）、風の音に目のみ覚（ただ目ばかり）

一 木の葉が散り嵐《あらし》の吹き荒れるこの山里の心細さに、私たちばかりか今では水の流れまで絶えてしまった。「住《す》み」に「澄《す》み」（水の縁語）を掛ける。

二 作者の東山在住中親交のあった人か。あるいは東山の移転先というのが実はこの尼の庵《いおり》だったものか。

三 万寿三年（一〇二六）。作者十九歳。

四 お約束の花の盛りを知らせてはくださらないのですね。山里にはまだ春が来ないのでしょうか。それとも花がまだ咲いていないというのでしょうか。

＊ 尼の返歌は記されていない。「春まで命あらば」といった思わせぶりな言葉を使うなど、物語好きで歌がちな作者を、この世を捨てた尼は相手にしなかったものか。

五 当時は、方違《かたたが》え・物忌《ものいみ》等で他家に滞留してもやはり「旅」であった。ここではその旅先の家をさす。

六 十五夜前後の数日。後に「秋ごろ、そこを立ちて」（次頁）とあるから、この時期は夏。

七 毎夜毎夜竹の葉のそよそよという音に目を覚まして、わけもないのに無性に悲しい気持になっている。「夜《よ》」に「節《よ》」（竹の縁語）を掛ける。『続後拾遺集』雑中に、第二句を「さやぐ夜ごとに」として入集。参考「女君も目をさまして、風の音の竹に待ちとられてうちそよめくに、（中略）幼なき心地にも、とかく思《おぼ》し乱るるにや…」（『源氏物語』「少女《おとめ》」）。

八 「旅なる所」をさす。この家にはかなり長期の逗留《とうりゅう》である。三条の自宅が焼

失したあと不安定に方々を転々としているようだが、これが作者および侍女たちだけの移動なのか、孝標《たかすえ》一家をあげてのものなのかは不明。

九 「旅なる所」の主人。

一〇 秋の野に降りる露の哀趣は場所柄にはよらないでしょうが、特にお世話になったお宅の浅茅が原の秋の風情が恋しく思われます。「浅茅が原」は、丈の低い茅《ちがや》の生えている原。荒れさびれた景観の場所をいう歌語。相手の家の形容としては失礼なので、この語を含む歌が先方から寄せられ、それに返歌したものかと解されている。あるいは滞在中、主人との会話などに用いられていた語かも知れない。ただし、荒涼も一種の美的風趣として認めておくべきだろう。

一一 継母は、孝標と共に下向《げこう》した国名に因《ちな》む「上総大輔《かずさのたいふ》」の呼称で後一条天皇の中宮威子に出仕していた。

一二 「通はして」とあるのは、夫が妻の家に通うため。

一三 今は新しい夫のある身でありながら、前夫の旧官名がその呼称となっているのは不都合だと言ってやろう。

父の腐れ縁

一四 今は私と遠く離れて宮中にお仕えする身の上と聞いていますが、それでもまだ私に縁のある名を用いておられるのですか。「朝倉や」は「木のまろ」の序。「木のまろ」に自称代名詞「麿《まろ》」を掛ける。「朝倉や木の丸殿に我が居れば名のりをしつつ行くは誰《たれ》」（神楽《かぐら》歌「朝倉」。『新古今集』雑中では天智天皇御製として入集。ただし第五句「行くは誰が子ぞ」）をふまえる。

めて（さえて）、うちとけて寝られぬころ（くつろいで眠られない時に）、〔こう詠んだ〕

[七]竹の葉のそよぐ夜ごとに寝ざめして
なにともなきにものぞ悲しき

秋ごろ、そこ[八]を立ちて外《ほか》へうつろひて（居を移して）、その[九]あるじに、〔こう詠み贈った〕

[一〇]いづことも露のあはれはわかれじを
浅茅《あさぢ》が原の秋ぞ恋しき

継母《ままはは》なりし人、下《くだ》[一一]りし国の名を宮にも言はるるに、異人《ことひと》[一二]通はして（父とは別の男を夫として後も）のちも、なほその名を言はると聞きて（相変らずその名で呼ばれていると聞き）、親の（父親が）、「今[一三]はあいなきよし言ひにやらむ」とあるに、〔父に代ってこう詠んで贈った〕

[一四]朝倉や今は雲居《くもゐ》に聞くものを
なほ木《こ》のまろが名のりをやする

将来を夢想

一かやうに、そこはかなきことを思ひつづくるを二役《やく》にて、三物詣《ものまうで》をわづかにしても、四はかばかしく、人のやうならむとも念ぜられず、五このごろの世の人は十七八よりこそ経よみ、六おこなひもすれ、さることと思ひかけられず、からうじて思ひよることは、「いみじくやむごとなく、かたち有様、物語にある光源氏などのやうにおはせむ人を、七年《とし》に一たびにても通はしたてまつりて、八浮舟《うきふね》の女君《をんなぎみ》のやうに山里に隠し据ゑられて、九花紅葉月雪をながめて、いと心ぼそげにて、めでたからむ御文《ふみ》などを時々待ち見などこそせめ」とばかり思ひつづけ、一〇あらましごとにもおぼえけり。

何ということもないことを思い続けてばかりいて　しっかり身を入れて　世間並みの人間でいたいと祈る気にもなれず　近頃世間では　するものだが　そんなことはする気になれず　どうにかこうにか考えつくことといえば　ことのほか高貴な身分で　顔だちや風采が　でいらっしゃる人を　年に一度でいいから　ひっそりと住まわせられ　〔男からの〕すばらしいお手紙　などが時々届くのを待ち受けてそれを読みなどしたいもの　いつかそうなることと期待していたのである

一　「かやうに」以下は、必ずしもこれまでの記述を直接受けるのではなく、あれこれと綴《つづ》られてきたことを包括し、その頃の自分のありよう全体を日記執筆時から回想したもの。『蜻蛉《かげろう》日記』冒頭の「かくありし時過ぎて…」と同趣であろう。
二　「役」は仕事の意。それればかりして。
三　寺社に参詣すること。
四　「はかばかしく」は「念ぜられず」にかかる。
五　ここから次行「思ひかけられず」までは挿入句。
六　勤行《ごんぎょう》。一定の時間に仏前で念仏・読経すること。
七　牽牛《けんぎゅう》と織女《しょくじょ》が、年に一度天の川で逢うという七夕《たなばた》の伝説をふまえた表現。参考「げに七夕ばかりにても、かかる彦星の光をこそ待ち出でめ、とおぼえたり」（『源氏物語』「総角《あげまき》」）「この御有様を見るには、天の川を渡りても、かかる彦星の光をこそ待ちつけさせめ」（同「東屋《あずまや》」）。
八　『源氏物語』宇治十帖に登場する女主人公のひとり。父は宇治の八の宮、母は中将の君。「東屋」で三条の小家から薫《かおる》大将に連れ出されて宇治の山里に隠し住まわせられた。
九　各々の季節の美しい風物に物思いを託し、しみじみと寂しさにひたり、男主人公から時折寄せられる手紙を見て憂いを慰める、といった浮舟のような境涯を自分の将来に空想し続けているのである。
一〇　前述のごとき将来の実現を期待していたその頃の自分がいかに他愛なかったか、という執筆時の悔恨がこもる。
一一 解釈の困難な部分。底本は「おや」の下が二字分空白となっており、右傍に細字で「と」と記されている。「と」は「とかく」の「と」と解くのが一般的だが、ここでは文脈上、立派な官職を得たならば、の意でなければならず、やはり脱字があると見るべきだろう。
一二 底本傍注に「長元五年二月八日任ズ二常陸ニ一六十 女子廿五」とある。孝標《たかすえ》は上総介《かずさのすけ》解任後十二年間逼塞《ひっそく》の後、辛うじて常陸《ひたちの》介に任官したのである。畿内《きない》の大国《たいこく》(大和《やまと》・河内《かわち》など)か上国《じょうこく》(山城《やましろ》・摂津《せっつ》など)の国司を期待していたのに、あての外れたその無念の思いが「はるかに遠き…」の表現にこもっている。
一三 受領《ずりょう》の望ましい職として『枕草子』「受領は」は、伊予守《いよのかみ》、紀伊守《きの》、和泉守《いずみの》、大和守を挙げている。
一四 自分は受領程度の身でも、娘の方は贅《ぜい》を尽して粧《よそお》いたて、身分の高い婿を迎えてやりたいという気持。
一五「ありありて」は、結果が不本意だった時に用いる慣用句。とどのつまり。
一六 ここより次行「と思ふ」までは挿入句。
一七 他国。京の外、特に畿外《きがい》は別世界との観念が強い。
一八「まいて」は「まして」の音便。なおさら、の意。次頁二行目「いみじかるべし」にかかる。「今はまいて…率て下りて」は、七行目「幼なかりし時、…率て下りてだに」と照応。
一九 ここから次頁一行「例のこと」までは挿入句。

不本意な任官

親、[一一]となりなば、いみじうやむごとなくわが身もなりなむなど、ただゆくへなきことをうち思ひすぐすに、親からうじて、[一二]はるかに遠きあづまになりて、「年ごろは、いつしか思ふやうに[一三]近き所になりたらば、まづ胸あくばかりかしづきたてて、率《ゐ》て下りて、海山《うみやま》のけしきも見せ、それをばさるものにて、[一四]わが身よりも高うもてなしかしづきてみむとこそ思ひつれ、われも人も宿世《すくせ》のつたなかりければ、[一五]ありありてかくはるかなる国になりにたり。幼なかりし時、あづまの国に率て下りてだに、[一六]ここちもいささか悪《あ》しければ、これをやこの国に見捨てまどはむとすらむと思ふ、[一七]ひとの国のおそろしきにつけても、わが身一つならば、安らかならましを、ところせう引き具して、言はまほしきこともえ言はず、せまほしきこともえせずなどあるがわびしうもあるかなと心をくだきしに、今は[一八]まいて、おとなになりにたるを率て下りて、[一九]わが命も知らず、京のうちに

私自身もことのほか高い身分になれるにちがいないなどと あてどのないことを思ったりして過しているうち 父がどうにかこうにか 東国の国司に任官して 〔父は〕これまで長年 何とか早く望みどおりに 近い国の国司に任官したら 何よりもそなたを思う存分大事に世話して 〔任国に〕連れて下って それはもちろんのこととして と思っていたのだが 私もそなたも 宿運に恵まれなかったので 待ちに待った挙句こんなにも遠国に任官することになった 〔そなたが〕 連れて下った時でさえ 気分がちょっとでも すぐれないと この娘をこの国に残して先立ったら途方にくれることだろうと思ったりして 〔人情の〕恐しさを思うにつけ 私一人だけだったら 気楽だったろうものを 家族を大勢引き連れているので 言いたいことも思うように言えず したいことも思いきってできなかったりするのがなんともつらいことだと 気苦労だったものだが 大人になっているそなたを連れて任国に下って 私はいつ死ぬとも知れぬ老齢だし

てさすらへむは例のこと、あづまの国、田舎人《ゐなかびと》になりてまどはむ、いみじかるべし。京とても、たのもしう迎へとりてむと思ふ[一]類親《るいし》族《ぞく》もなし。さりとて、わづかになりたる国を辞し申すべきにもあらねば、京にとどめて、[二]永《なが》き別れにてやみぬべきなり。京にも、さるべきさまにもてなしてとどめむとは、思ひよることにもあらず」と、夜昼嘆かるるを聞くここち、[三]花紅葉《はなもみぢ》の思ひもみな忘れて、悲しく、いみじく思ひ嘆かるれど、いかがはせむ。

身寄りのない身となるのはよくあることだが　〔路頭に〕迷うようなこと
になればたいへんだ　〔もっとも〕京にだって　安心して引き取ってもらえるだろうと
そうかといって　やっとありついた国司の職を　辞退申すわけにもいかないから
〔結局はそなたを〕京に残して　京に置くにしてもし
かるべき暮しができるようにして残していくなんて　まったくできそうもないことだ
嘆いておられるのを
ことのほか嘆かずにはいられないけれども　どうにもなるものではない

涙の別離

七月《ふみづき》十三日に下る。五日かねては、[四]見むもなかなかなべければ、内にも入らず。まいて、その日はたち騒ぎて、時なりぬれば、[五]今はとて簾《すだれ》を引き上げて、うち見あはせて涙をほろほろと落して、やがて出でぬるを見送るここち、目もくれまどひて、やがて伏されぬる

〔父は任国に〕　出発前の五日間は　〔父は〕
私の部屋にも　まして当日は騒がしくて〔顔も合わせられなかったが〕時刻がくると
顔を見合せて　そのま
ま出立したが〔それを〕　目の前がまっくらになって　そのままうつ伏してしまっ

一　同類、縁者。「親族」と同じ。同義語を重ね、下の「なし」の否定を強める。

二　これが今生《こんじよう》の別れで、そのまま会えずじまいになるにちがいない。今回は赴任先の常陸《ひたち》の国に骨を埋めることになるかも知れず、この生別が死別となることを覚悟するほかないというのである。

三　自分を物語の中の女主人公に擬しての、あらぬ空想など消しとんでしまったというもの。

＊　物語の世界と現実とのけじめに思い至ることなく『源氏物語』の女主人公である浮舟に、わが身の将来を重ね合せていた、そのような自分を前段で回想した作者は、ここではその浮薄さを打ち砕く父の常陸介《ひたちのすけ》任官のことを語る。長々と綴《つづ》られる父の言葉が実際にそのまま語られたのかどうかは別にして、この嘆きは、空想に生きる作者のありようを揺がし否定する、苛酷《かこく》な現実としてかたどられている。前段の「花紅葉月雪をながめて」（五六頁七行）とこの段の「花紅葉の思ひもみな忘れて」の照応は、夢に生きた青春時代とのわびしい訣別《けつべつ》を際立たせる文飾である。

四　私と顔を合わせるのもかえって辛いらしく。

五　以下と同様の表現が『蜻蛉日記』における類似場面（天暦八年父倫寧《ともやす》との別離の件り）にも見いだされる。「今はとて皆出で立つ日になりて、行く人もせきあへぬまであり、とまる人はたまいていふかたなく悲

に《たが》、六 とまるをのこの送りして帰るに《「託して」》、七 懐紙《ふところがみ》に、

八 思ふこと心にかなふ身なりせば

　　秋の別れをふかく知らまし

とばかり《とだけ》書かれたるをも《「父が」書いておられるのをも》、九 え見やられず。事よろしき時《通常であれば》こそ一〇 腰折れかかりたることも思ひつづけけれ《詠もうと思案したものだが》、ともかくも言ふべきかたもおぼえぬままに《「今は」どうにもこうにも言い表す適当な方法も思いつかないままに》、

一一 かけてこそ思はざりしかこの世にて

　　しばしも君に別るべしとは

とや《とでも》書かれにけむ《「今から思えば」われ知らず書きつけたものだったろうか》。

一二 いとど人めも見えず《ますます訪れる人もなくなり》、さびしく心ぼそくうちながめつつ《ぼんやり物思いに沈んでは「父は今頃」》、いづこばかりと《どの辺りだろうかと》明け暮れ思ひやる。一三 道のほども知りにしかば、はるかに恋しく心ぼそきことかぎりなし。明くるより暮るるまで、東《ひむがし》の山際《やまぎは》をながめて過ぐす。

しきに、時たがひぬるといふまでも、え出でやらず、かたへなる硯《すずり》に文を押し巻きてうち入れて、またほろほろとうち泣きて出でぬ」。

六 任国へは伴われず京に居残ることになった下男で父を途中まで見送りに行った者が邸に戻ってくる。父はその者に作者への歌を託したのである。

七 「畳紙《たたうがみ》」ともいい、畳んで懐《ふところ》に入れておき、和歌を書きつけたり、メモ用に使ったりしたもの。

八 思うことがそのまま叶《かな》う身であったなら、この秋の別れの哀趣を味わい得たことだろうに。不本意な遠国への旅立ちとあってはそんなゆとりもない。五七頁の「いつしか思ふやうに近き所になりたらば」と響きあう。「もろともに鳴きてとどめよきりぎりす秋の別れは惜しくやはあらぬ」(藤原兼茂、『古今集』離別)。

九 悲嘆に目もくらみ、終りまで見られない様子。

一〇 和歌の第三句を腰句といい、それと第四句との続きの悪いのを「腰折れ歌」という。下手な歌のこと。「かかり」とは、……しそうになる意。

一一 今までかりそめにさえ思いもしないことでした。来世《らいせ》ではともかく、この世でしばらくの間でもこうして父上とお別れすることになろうとは。

一二 父の在京中も人の訪れはまれであった。

一三 かつて作者も往還《おうかん》した東海道、その記憶の中のさまざまの風景を通り過ぎて日一日と遠ざかってゆく父の姿。毎日父の去っていった東の空を眺めながら、慕わしさをかみしめているわびしさが読みとれる。

参籠の道中で

八月《はづき》ばかりに、太秦《うづまさ》[一]にこもるに、一条[二]より詣《まう》づる道に、男車《をとこぐるま》[三]二つばかり引き立てて、物へ行くにもろともに来《く》べき人待つなるべし、過ぎて行くに、随身《ずいじん》[四]だつ者をおこせて、

途中に　停めてあって　どこかへ行くのに同行する筈の　人を待っているのだろう　［私が傍を］　［こちらへ］寄こして

[五]花見に行くと君を見るかな

と言[六]はせたれば、「かかるほどのことはいらへぬも便《びん》[七]なし」などあれば、

こんな場合のことに応答しないでいるのも　不都合だ　などと　［供人が］言うので

[八]ちぐさなる心ならひに秋の野の

とばかり言はせて行き過ぎぬ。七日さぶらふほども、ただあづま路《ぢ》[九]のみ思ひやられて、よしなし[一〇]事からうじてはなれて、「平《たひ》らかにあひ見せたまへ」と申すは、仏もあはれと聞き入れさせたまひけむかし。

とだけ［従者に］返事させておいて通り過ぎた　七日間参籠している間も　他愛ない　空想をようやく忘れて　無事に［父に］会わせて下さい　という私の祈りは　不憫に思ってきっとお聞き入れになられたことであろう

一　三四頁注五参照。

二　「より」は経由地を示す。この頃の作者の家の所在は不明だが、一条大路を西に向って行ったもの。

三　男の乗っている牛車《ぎっしゃ》。「女車」の対。構造的には同じだが、女車には下簾《したすだれ》などの装飾を施すので区別できる。

四　貴人の外出時、護衛に当った近衛府《このえふ》の下級官人。貴人の身分に応じて人数が決っていた。この場合は単に従者の意であろう。「だつ」は、…といった様子の。

五　花見に行こうとして、はからずもここで花を見ましたよ。作者を花に見立てて言いかけたのである。「百草《ももくさ》の花のひもとく秋の野に思ひたはれむ人なとがめそ」（読人しらず、『古今集』秋上）の気分であろう。下の句を提示して相手に上の句をもって応答させようとしたもの。いわゆる短連歌。

六　「随身だつ者」に口上で取り次がせたのである。

七　応答しないのはいかにも無風流のようでみっともないし、また相手にばつの悪い思いをさせることにもなる、という気持。

八　色々と移り気なご性分から、秋の野の花見に行こうとなさるのですね。「秋の野」の縁語「千草」に「千種《ちぐさ》」を掛けた。「ちぐさなる心ならひ」は、多くの女性にあれこれと心を移す浮気な習性の意。そんなあなただから、この寺参りの私をまで花に見立ててお戯れなのです、といなしたのである。この返しは明らかに注五に記した引歌が念頭にあると見てよかろう。機知に

冬になりて、日ぐらし（一日中）雨降り暮らいたる[一一]夜、雲かへる風（雲を吹き払う風が）はげしううち吹きて、空晴れて月いみじう明かうなりて（ことのほか明るく照ってきて）、軒近き（軒先の）荻《をぎ》の、いみじく風に吹かれて砕けまどふがいとあはれにて（吹き折られ乱れているのが実にいたわしくて）、

[一二]秋をいかに思ひ出《い》づらむ冬深み
　嵐《あらし》にまどふ荻の枯葉は

[一三]あづまより人来たり（父の手紙）。「[一四]神拝《じんぱい》といふわざして（行事をして領内を巡察していたところ）国のうち歩きしに、水をかしく流れたる野のはるばるとあるに（川のきれいに流れている野原がはるばると広がっている中に）、木《こ》むらのある（森がある）、をかしき所かな（「それを見て」景色のよい所だなあ）、見せで[一五]、とまづ思ひ出でて、『ここはいづことか言ふ』（ここは何という所か）と問へば、『[一六]子しのびの森となむ申す』と答へたりしが、身に[一七]よそへ

富む達者な応答、相手を唸《うな》らせたに違いない。

＊ 行きずりの男女の贈答の例は『伊勢物語』や『平中物語』などに見られる。日常のなかで日常から切り離された交流を演出するこうした作法も、貴族のいわゆる「みやび」のわざであった。

嵐にまどう荻

九 遠い常陸《ひたち》に赴任していった老父へ思いを馳せているのである。

一〇 物語にうつつを抜かし、夕顔や浮舟の身の上に同化して空想をほしいままにしていた日頃の習性（五六頁参照）から、やっと現実に目覚めたというもの。

一一 「暮らしたる」の音便。

一二 冬深まって嵐に吹かれ乱れる荻の枯葉は、こころよげにそよいでいた秋風の頃をどんなに懐かしく思い出していることか。冬枯れの荒涼たる風景に今のわが思いを託し、父とともにあった日々を回想する。

一三 常陸の国から使者が父の手紙を持参したもの。

一四 国司が着任後行う定例行事。国内の所定の神社を巡拝し、五穀の豊穣《ほうじょう》や民生の安定などを祈願した。

子しのびの森

一五 娘に見せてやれないで残念だ、と真先にそなたのことを思い出して。

一六 茨城県西茨城郡岩間町に「押辺《おしなべ》」の地名がある。これを「こしのび」と聞き違えたか、あるいは故意に改めたか、と解するのが通説。

一七 遥《はる》かに娘を思う自分の境遇にひき比べられて。

一 「時」は一昼夜を十二分した時間の単位。「二時」は四時間だが、ここでは長い間、というほどの意。
二 この森も自分の子を家に残しておいて、私と同じようにせつない物思いをしたのであろう。見るにつけ悲しい子しのびの森よ。
三 その気持を言葉にすれば、いかにもいまさらめいている。何とも言い表せぬほど悲しい。
四 子しのびの森のことを聞くにつけても、子の私を京に残して秩父の山のある東国に下られた父上が恨めしく思われます。「秩父」は常陸の国ではなく武蔵《むさし》の国の山だが、「あづま路」の縁語で、「父」を掛けた。
五 「かやうに」（五六頁注一参照）と同意。
六 太秦参籠《うずまささんろう》の記事（六〇頁）と矛盾するようだが、「かやうに」の場合と同様、執筆時における全体的回想と解すべきところ。
七 「いみじかりし」には執筆時の回想の筆致が表れている。「古代の人」は、昔風の人。ここでは、女子が遠出の旅に出ることを穏やかでないと考えていた時代遅れの人として幾分非難めいた気持がこもる。
八 奈良県桜井市初瀬の長谷《はせ》寺《でら》観音。次行の石山寺とともに観音信仰の中心的霊場。
九 「あなおそろし」は挿入句。
一〇 奈良市北方の坂。盗賊の出没する恐しい所とされていた。『今昔物語集』巻第一二（三九話）、巻第一九（三一・三五・三六話）など参照。
一一 大津市にある石山寺。ここへ行くには関山（逢坂《おうさか》
られていみじく悲しかりしかば《ひどく悲しい気持になったので》、馬より降りて、そこに[一]二時《ふたとき》なむながめられし《つい物思いにふけっていた》。

[二]とどめおきてわがごと物や思ひけむ
見るにかなしき子しのびの森

となむおぼえし《と思われたことだった》」とあるを見るここち《と書いてあるのを見る私の気持は》、[三]言へばさらなり。返りごとに《その返歌として》、

[四]子しのびを聞くにつけてもとどめ置きし
秩父《ちちぶ》の山のつらきあづま路《ぢ》

清水の夢告

[五]かうて《このように》、つれづれとながむるに《所在なく物思いにふけっている間》、[六]などか《なぜ》物詣《ものまうで》もせざりけむ《しなかったのだろうか》。母[七]いみじかりし古代《こだい》の人にて、「[八]初瀬《はつせ》には、[九]あなおそろし《ああ怖いこと》、[一〇]奈良坂《ならさか》にて人にとられなばいかがせむ《悪人にさらわれたらどうしよう》。[一一]石山《いしやま》、関山《せきやま》越えていとおそろし。[一二]鞍《くら》

馬《ま》は、さる山、率《ゐ》て出でむ〔（そなたを）連れて行くなど〕いとおそろしや。親のぼりて〔父親が上京したら〕、ともかくも〔何とでもなる〕」と、さしはなちたる人のやうに〔（私を）まるでのけもののように〕[一三]わづらはしがりて〔めんどうがって〕、わづかに〔かろうじて〕[一四]清《きよ》水《みづ》に率《ゐ》てこもりたり〔参籠した〕。それにも〔その時にも〕、[一五]例のくせは、[一六]まことしかべいこと〔まじめなちゃんとした事〕も思ひ申されず〔も祈願する気になれない〕。[一七]彼岸《ひがん》のほどにて〔頃なので〕、いみじう騒がしうおそろしきまでおぼえて〔（参拝人が多く）ひどく騒然としていて恐しく感じられるほどだったが〕、うちまどろみ入りたるに〔ついとろとろと眠りこんだところ〕、[一八]御帳《みちやう》のかたの[一九]いぬふせぎのうちに、青き[二〇]織物の衣《ころも》を着て、錦《にしき》を頭《かしら》にもかづき〔かぶり〕、足にもはいたる僧の、[二一]別当《べつたう》とおぼしき〔思われる人が〕が寄り来て〔近寄って来て〕、「[二二]ゆくさきのあはれならむも知らず、[二三]さもよしなし事をのみ〔そんなつまらぬことにばかり没頭して〕」と、うちむつかりて〔と不機嫌に言って〕、御帳のうちに入《い》りぬと見ても〔夢に見たが〕、うちおどろきても〔目を覚ましてからも〕、「かくなむ見えつる〔こんな夢を見た〕」とも語らず〔（人に）〕、心にも思ひとどめでまかでぬ〔また気にもしないで（寺から）退出してしまった〕。

初瀬の夢告

母、[二四]一尺《いつさく》の鏡を鋳《い》させて、え率て参らぬかはりにとて〔（私を）連れてお参りできない代りにと〕、僧を出《い》だ

の関のある逢坂山）を越えなければならない。この山を越えれば他国となる。一三頁注一、三〇頁注五参照。
一二 京都市左京区鞍馬本町の鞍馬寺。本尊は毘沙門《びしやもん》天《てん》。京都北方の守護神として信仰を集めた。「さる」はあの通りの、の意。「おぼつかな鞍馬の山の道知らで霞の中に迷ふ今日かな」（安法《あんぽう》法師、『拾遺集』雑春）。
一三 「わづらはしがりて」とあるのは、作者が物詣《ものもうで》に連れて行ってくれるようせがんだからだろう。それも流行に従ってのこと、真摯《しんし》な信仰からではあるまい。
一四 京都市東山区清水の清水寺。長谷寺・石山寺とともに観音の霊場。近距離ゆえ連れて行かれたもの。
一五 浮ついた物語好みの性癖。
一六 「まことしかるべきこと」の音便形。
一七 彼岸会《ひがんえ》。春分の日、秋分の日を中日として前後三日ずつ合わせて七日間仏事を行う。
一八 貴人の御座所《おましどころ》の帳《とばり》。ここでは仏前に垂らした幕。
一九 内陣（仏壇の前の、僧が読経する場所）と外陣（参拝者の坐る場所）との境に設けた低い柵《さく》。
二〇 紋様を織り出した絹布。豪華な衣料である。
二一 寺の事務を統轄する僧。
二二 そなたの将来がどんなにいたわしく不幸なものになるかも知らずに。「ゆくさき」を来世と解する説もあるが従えまい。
二三 五六頁に記されているような作者の状態をさす。
二四 直径一尺（約三〇センチメートル）の鏡。長谷観音に奉納するためのもの。

し立てて[一]初瀬に詣《まう》でさすめり。[二]「三日さぶらひて、[三]この人のあべからむさま、夢に見せたまへ」など言ひて、詣でさするなめり。[四]その[五]ほどは精進《さうじ》せさす。

この僧帰りて、「夢をだに見でまかでなむが、本意《ほい》なきこと、いかが帰りても申すべきと、いみじうぬかづきおこなひて、寝たりしかば、御帳《みちやう》の方より、いみじうけだかう清げにおはする女の、うるはしく[六]さうぞきたまへるが、奉りし鏡をひきさげて、『この鏡には[七]文《ふみ》や添ひたりし』と問ひたまへば、かしこまりて、『文もさぶらはざりき。この鏡をなむ奉れとはべりし』と答へたてまつれば、『あやしかりけることかな。文添ふべきものを』とて、[八]『この鏡を、こなたにうつれる[九]影を、見よ。これ見れば、あはれに悲しきぞ』とて、さめざめと泣きたまふを、見れば、伏しまろび泣き嘆きたる影うつれり。『この影を見れば、いみじう悲しな。これ見よ』とて、[一〇]いま

参籠して
不本意なことだ　帰京して何とご報告すればよいだろうと
夢のお告げさえ見ず退出してしまうとしたら
一心不乱に　礼拝し　勤行して
事のほか気品がありいかにも清楚でいらっしゃる女人で　きちんと
正装していらっしゃる方が　奉納した　手に提げて
ございません　〔私は〕謹んで
合点　返答申し上げたところ
でした　「ただ」この鏡を奉納せよとのことでございました
こち　願文を添えるのが当然ですが
のいかぬことですね
らにうつっている
身にしみて悲しくなりますね
お泣きになるので　〔私がそれを〕　倒れ伏して
も　ひどく悲しいことですね

一　この寺については『源氏物語』「玉鬘《たまかずら》」に「仏の御中《なか》には、初瀬なむ、日本《ひのもと》の中《うち》には、あらたなる験《しるし》あらはしたまふと、唐土《もろこし》にだに聞こえあんなり」とある。

二「めり」は、母の処置に対して作者が傍観者であったという筆致。

三　娘の将来がどういうことになるのか、あなた（代参の僧）が初瀬で得るであろう夢のお告げでお示しください。作者の直接参詣を許さなかった「古代《こだい》」の母親も、すでに二十歳半ばになった娘の定まらぬ身の上を心配し、長谷寺の観音に縋《すが》ろうとしたのである。

四「なるめり」の撥音便無表記。「めり」については注二参照。

五　僧を代参させた期間中、母は作者にも心身のけがれを清めるための物忌《ものいみ》の生活をさせた。

六「さうぞき」は、「装束《さうぞく》」という名詞の語尾を四段活用化させた自動詞。

七　奉納する鏡に添えて祈願の趣旨を記した願文《がんもん》。

八「この鏡を」と「こなたにうつれる影を」とは、並列の関係で「見よ」に続く。

九　人の姿。女の姿が鏡の中に映っているのである。

一〇「いま片《かた》つ方」は、「こなた」（一〇行目）に対して、同一鏡面を別の角度から見ていることを示す。

一二「簾《すだれ》」の尊称。「青やかに」とあるのは、編んだ細竹が真新しくすがすがしい感じであることを示す。

一三　御簾の内側に立てられた几帳の垂れ布が端近く出してあり、その下からさまざまな色彩の裾《すそ》や袖口など

片つ方にうつれる影を見せたまへば、[一一]御簾《みす》ども青やかに、[一二]几帳《きちやう》押し出《い》でたる下より、いろいろの衣《きぬ》こぼれ出で、[一三]梅桜咲きたるに、鶯《うぐひす》、木《こ》づたひ鳴きたるを見せて、『これを見るはうれしな』とのたまふとなむ見えし」と語るなり。[一四]いかに見えけるぞとだに耳もとどめず。

（う一方／枝から枝へと鳴き渡っているところを見せて／と夢に見ました／と語ったという〔私は〕）

[一五]ものはかなき心にも、つねに、「[一六]天照御神《あまてるおほんかみ》を念じ申《まう》せ」と言ふ人あり。いづこにおはします神仏にかはなど、さは言へど、やうやう思ひわかれて、人に問へば、「神におはします。[一七]伊勢におはします。[一八]紀伊《き》の国に、[一九]紀《き》の国造《こくざう》と申すはこの御神なり。さては[二〇]内侍所《ないしどころ》に[二一]すくう神となむおはします」と言ふ。伊勢の国までは、思ひかくべきにもあらざなり、内侍所にも、いかでかは参り拝みたてまつらむ、

（どこにいらっしゃる神様仏様なのかなどと〔分別もなかったが〕そうはいっても／だんだん理解がついてきて／神様でいらっしゃる／そしてまた／としていらっしゃる／〔参拝など〕とても思い及ぶべきものでもなさそうだ／どうして／参拝申し上げることができようか）

がはみ出している。いわゆる出衣《いだしぎぬ》で、その衣料の質や配色の意匠が賞美された。御簾の中の女主人の威儀もおのずと推測されるのである。

一三 庭前の風情の善美を描いたもの。『源氏物語絵巻』「竹河一」の画面などを連想させる。

一四 作者はどのような自分の運勢が予示されていたのかということすら、心にとめて聞こうともしない。

一五 信心に身の入らぬ浮ついた気持の私に対しても。

一六 三七頁注一六参照。

一七 現在の三重県伊勢市にある伊勢神宮をさす。

一八 現在の和歌山県。

一九 和歌山市秋月の日前国懸宮《ひのくまくにかかすのみや》の神官、紀氏。「国造《こくざう》」(訓読みはクニノミヤツコ)はもと国郡の支配者で、大化改新後国造制が廃され郡司《ぐんじ》制が布《し》かれてからもその地方での強固な勢力を承認され、特例として神の祭祀《さいし》者たる地位の世襲が制度的に保証されていた。「天照御神《あまてるおほんかみ》」はこの「紀の国造」によって祀《まつ》られる神。しかし両者の混同はごく一般的だったらしい。この神は元来、紀伊地方の自然神、日《ひの》神《かみ》であるが、皇室と紀氏との古来の密接な関係から、皇室の祖神として神格化された伊勢の「天照大御神《あまてらすおおみかみ》」と同体であることが公認されていた。ただしここで語られる「天照御神」には、自然神としての印象が強い。

天照御神

二〇 宮中の温明殿《うんめいでん》の別称。神体の神鏡が祭られ、内侍と呼ばれる女官が奉仕した。

二一 守宮《すくう》神。天皇を守護する神。神鏡のこと。

一 空の光を念じ申すべきにこそはなど、二 浮きておぼゆ。（より所もなく心細い気持であった）

修学院の尼

親族《しぞく》なる人、尼《あま》になりて、三 修学院《すがくゐん》に入《い》りぬるに、冬ごろ、（「その尼に」）

四 涙さへふりはへつつぞ思ひやる
　　あらし吹くらむ冬の山里

返し、（「尼の」返歌は）

五 わけて訪《と》ふ心のほどの見ゆるかな
　　木陰《こかげ》をぐらき夏のしげりを

父の帰京

あづまに下りし親、（東国の任地に下っていた父が）六 からうじてのぼりて、七 西山なる所に落ち着き（西山にある家に）たれば、そこにみなわたりて見るに、（家族一同そちらに引き移って父と対面したが）いみじううれしきに、月の明《明る》

一 太陽のこと。「天照御神」を、皇室の祖神としてよりは自然神（日神）と見る常識的観念があったことが分る。

二 「天照御神」を祈念しようにも、伊勢には参れず内侍所にも参入できない、という不安定な精神状態。

三 京都市左京区修学院にあった寺。勝算《しようさん》僧正を開基とし、佐伯公行が建立《こんりゆう》。但し現存しない。

四 冬の山里にはどんなにか嵐が吹き荒れているだろうと、涙を流しつづけてまでお偲《しの》びしております。涙の縁語「降《ふ》り」に「ふりはへ」（わざわざ…する意）を掛ける。

五 夏の木陰のうす暗い茂みをかき分けて、わざわざお見舞くださるあなたのご親切のほどがよく分ります。「わけて」は、茂みをかき分ける意と、特別に、の意とを掛ける。この返歌は冬の歌に対して夏の歌となっており不審である。「あらし…冬の山里」に対して故意に「木陰…夏のしげり」と応じたものと解し、「夏のしげり」は鬱屈《うつくつ》した思いの比喩《ひゆ》であるとする説もあるが無理だろう。底本にも「下句本」（下の句は親本《おやほん》のまま、の意）と傍書してあり、疑問としている。

六 四年の任期を終えた父の孝標《たかすゑ》は長元九年（一〇三六）常陸の国より上京した。当時六十四歳。作者は二十九歳になっている。「からうじて」には待ちに待っていた気持が表れている。

七 京都市北区、衣笠山《きぬがさ》の辺り。六八頁の叙述によってその位置を知り得る。ひとまずここに落着いたのは

かき夜《い夜》ひとよ《一晩中》、[八]物語などして、《［私が］》

[九]かかるよもありけるものをかぎりとて
きみに別れし秋はいかにぞ

と言ひたれば《と詠んだところ》、《［父は］》いみじく泣きて、《［こう詠み返した］》

[一〇]思ふこと叶《かな》はずなぞといとひこし
命のほども今ぞうれしき

[一一]これぞ別れの門出《かどで》と言ひ知らせしほどの悲しさよりは《［私に］言い聞かせた時の》、《［父を］無事に》平らかに待[一二]ちつけたるうれしさもかぎりなけれど、《［父は］》「[一三]人の上にても見しに、老いおとろへて[一四]世に出《い》で交《まじ》らひしは、《身の程知らずでみっともなく思われたから》をこがましく見えしかば、われはかくて閉ぢこもりぬべきぞ」《このまま引退してしまうつもりだ》とのみ、[一五]残りなげに世を思ひ言ふめるに、《［私は］心細さに堪えられない》心ぼそさ堪へず。

方角の吉凶からであろうか。

八 別れて暮していた間の積る話を語り合ったもの。

九 このようにうれしい再会の時にめぐりあえましたが、これでもうお目にかかれないと思ってお別れしたあの秋はどんなに悲しい思いをしましたことか。「よ」は「世」と「夜」とを掛ける。

一〇 願いの叶《かな》えられぬ身の不如意《ふにょい》から、生きていることを厭《いと》わしく思ってきた私も、今日まで命永らえてほんとうにうれしい。「永らふる命をなどて厭ひけむかかる夕《ゆふべ》もあればありけり」（『無名草子《むみょうぞうし》』所載『夜の寝覚』）。

一一 さきに「永き別れにてやみぬべきなり」（五八頁四行目）とあった。参考「逢ふを限りに隔たり行かむも、定めなき世に、やがて別るべき門出にもやといみじうおぼえたまへば」（『源氏物語』「須磨《すま》」）。

一二 待ちに待って、ついにその状態になること。

一三 これまで他人の進退の例として見てきたのだが。

一四「世に出で交らふ」は、単なる世間付き合いではなく、官途に就くことをさす。

一五 官途に未練もなさそうに。

＊ 待ちに待った父の帰京であったが、その喜びにすぐ続くのは、すでに気力も失せて引退を口にする父の姿を見る心細さである。この父や「古代」の母とともに生きるほかない作者は、おのずから一家の支え手となってゆく。彼女の魂を占有していた物語も次第に追放されてゆくことになる。

西山からの眺望

一東《ひむがし》は野のはるばるとあるに（野原が遠くまでひらけていて）、東の山際《やまぎは》は、二比叡《ひえ》の山よりして（をはじめ）、稲荷《いなり》などいふ山まであらはに見えわたり（はっきりと見渡すことができ）、南は、三双《ならび》の丘の松風いと耳近う（耳もと近くに）心ぼそく聞こえて、四内には、五いただきのもとまで、田といふものの（ものがあり）、六引板《ひた》ひき鳴らす音など、田舎《ゐなか》のここちして（ひなびた風情があって）、いとをかしき（興を催させる）に（ので）、月の明かき（明るい）夜などは、いとおもしろきをながめ（景色に気持を奪われて）明かし暮らすに、知りたりし人（知り合いだった人で）、七里遠くなりて音もせず、たよりにつけて（ついでがありそれに託して）、八「なにごとかあらむ」と九伝ふる人におどろきて（はっと「その人を」思い出して）、

一〇思ひ出でて人こそ訪《と》はね山里の
　まがきの荻《をぎ》に秋風は吹く

と言ひにやる。

一家の主婦として

十月《かみなつき》になりて、京にうつろふ（「西山から」京に引越す）。母、一一尼になりて、同じ家の内なれ

一 西山の家から見た風景の描写。
二 北は比叡《ひえい》山から南は稲荷山（京都市伏見区。その西麓に稲荷神社がある）まで、東山の連峰が望見されることになる。
三 京都市右京区御室《おむろ》、仁和《にんな》寺の南にある丘。この辺りは古くから貴族の山荘が営まれていた。
四 諸注疑問とする部分。遠景に対する近景の意と解されてもいるが、「双の丘」は大小三つの丘が南北に並ぶので、その懐《ふところ》にあたるような所をさすか。
五 丘の頂の近くまで耕地となっているのである。「田といふもの」という言い方は、自分たちとかけ離れた庶民の生業にかかわるものをぼかして表現しようとする貴族的感覚による。
六 鳴子《なるこ》。鳥獣を追うために大きな音を立てるよう工夫されている。参考「引板ひき鳴らす音もをかしく、見しあづま路のことなども思ひ出でられて」（『源氏物語』「手習」、洛北小野の風情の描写）。
七 作者一家が人里離れた西山に移り住んでしまったため、その人からの便りも絶えていたが、の意。
八 無事にお過しですか、というほどの挨拶《あいさつ》の言葉。
九 言伝《ことづて》してきた人。「知りたりし人」である。
一〇 誰も私どもを思い出して訪ねてくれませんが、秋風だけは山里の垣根に生えている荻の葉を吹きそよがせています。こんな寂しい者どもにうれしくもお便りを下さったのですね。「秋風」に「飽き」を掛けているとする解も

あるが、そう見ないほうがよい。
一一 出家といっても尼僧《にそう》になるのではなく、受戒《じゆかい》して髪を短くそぎ、家にあって仏に仕える生活に入るのである。夫とは同居でも夫婦関係を断ち、別室に住む。
一二「おとな」は、成人の意ではなく一家の中心、主婦の意。「据《す》う」は、ある立場や位置に就かせること。
一三 底本傍注に「祐子内親王」とし、「当今ノ第三皇女　母中宮嫄子崩ジテ後也　御㆓坐シテ于関白殿㆒ニ号㆓ス一ノ宮㆒ト」と注を加えてある。「当今」は後朱雀《ごすざく》天皇。嫄子は敦康親王の女《むすめ》で、藤原頼通の養女となって長暦元年（一〇三七）入内《じゆだい》し、翌年四月に祐子内親王を生み、翌年八月禖子内親王を生んだ後に崩御。「関白殿」は藤原頼通の邸の高倉殿。ここに当年二歳の祐子が養われていた。
一四 六二頁注七参照。ここでは父親も含めた言い方。
一五 宮仕えに反対し、そのまま家で過させたが。
一六「さ」は宮仕えをさす。「のみ」は全体を強調。
一七 祐子内親王の御所の高倉殿に初見参したもの。長暦三年（一〇三九）、作者三十二歳の冬のこと。
一八 襲《かさね》の色目《いろめ》。表白《しろ》、裏蘇芳《すおう》（黒味がかった紅《くれない》）。菊《きく》襲《かさね》の袿《うちき》を濃淡に配色して八枚ほど重ね、その上に濃い紅の掻練を着た。
一九 練ってしなやかにした絹の袿。打衣《うちぎぬ》とも。参考「菊の色々を、濃く薄く、こちたくこきまぜて、濃き掻練に蘇芳の織物の袿、青色の無紋の唐衣にて」（『夜の寝覚』巻一）。

ど、方《かた》ことに住みはなれてあり。（別々の場所に離ればなれに住んでいる）父《てて》は、ただわれをおとなにし[一二]すゑて、われは世にも出で交らはず、（自分自身は世間にも顔出ししないで）かげに隠れたらむやうにてゐたる（私のうしろに隠れてでもいるようにじっとしている）を見るも、（〔私は〕のを見るにつけ）頼もしげなく心ぼそくおぼゆるに、聞[一三]こしめすゆかりある所に、（私のことをお聞き及びの縁故あるお邸に）「なにとなくつれづれに心ぼそくてあらむよりは」（何をするでもなく手持無沙汰で頼りなく暮しているよりは〔宮仕えに出なさい〕）と召すを、古代《こだい》[一四]の親は、宮仕《みやづか》へ人《びと》はいと憂きことなりと思ひて、（実につらいものだと）過《す》[一五]ぐさするを、「今の世の人は、さ[一六]のみこそは出でたて。（ああして皆出仕するものですよ）さてもおのづからよきためしもあり。（そうすれば自然に幸運をつかむ例もある）さてもこころみよ」（そうしてごらんなさい）と言ふ人々ありて、しぶしぶに出だしたてらる。（〔父は私を〕気のすすまぬまま宮仕えにお出しになる）

初出仕

まづ[一七]一夜《ひとよ》参る。菊[一八]の濃く薄き八つばかりに、濃き掻練《かいねり》[一九]を上に着たり。さこそ物語にのみ心を入れて、（あれほどに物語にばかり熱心になって）それを見るよりほかに、（物語を）行き通ふ類《るい》親族《しぞく》などだにことになく、（交際する親戚などさえこれといってなく）古代の親どものかげばかりに（時代遅れの両親の陰に隠れてばかりいて）

て、月をも花をも見るよりほかのことはなきならひ（以外は何もしたことがない習慣だったので）に、一立ち出づるほどのここち、二あれかにもあらず、うつつともおぼえで、暁には（「早々に」）まかでぬ（退下してしまった）。

三里びたるここちには（世間知らずの私の気持では）、四なかなか（かえって）、五定まりたらむ里住みよりは（単調な私宅での生活よりは「宮仕えの方が」）、をかしきことをも見聞きて（面白いことでも見聞することができて）、心もなぐさみやせむと思ふをりをりありしを（気の晴れることもあろうかと思う折がしばしばだったのだが）、（「実際は」）六いとはしたなく、悲しかるべきことにこそあべかめれ（悲しい思いをしなければならぬものであるらしい）、と思へど、いかがせむ（いまさらどうしようもない）。

気づまりな勤め

十二月《しはす》になりて、七また参る。八局《つぼね》して、このたびは（今度は）日ごろさぶらふ（何日も続けてお仕えする）。九上には、時々、夜々《よるよる》ものぼりて（幾夜も伺候して）、知らぬ人の中に（見知らぬ人に交って）うち臥《ふ》して（横になり）、つゆ（まるで）まどろまれず（眠ることもできず）、恥づかしう（きまりがわるく）もののつつましきままに（何かと遠慮されるので）、一〇忍びてうち泣かれつつ、暁には一一夜深《よぶか》く下《お》りて、一二日ぐらし（一日中）、一三父《てて》の、老いおとろへて、

一 御所の晴れがましい世界にとび込んでゆく気持といったら。

二 「あれ」は「我」に同じ。自分で自分自身かどうかさえ分らない気持。「うつつともおぼえで」も同様。『枕草子』「宮にはじめて参りたる頃」にも、初出仕の清少納言の「あれにもあらぬ心地」が語られている。

三 「里び」は「みや（宮）び」に対する語。私宅で暮してきて宮廷の風儀などには無知である意。『枕草子』「宮にはじめて参りたる頃」に、やはり「見知らぬ里び心地」とある。

四 この語は二行後「いとはしたなく…」にかかる。

五 「定まりたらむ…ありしを」は挿入句で、宮仕えに出ることになった現在からみて過去のこと。

六 宮仕えの生活に馴染《なじ》みがたく、間《ま》の悪い中途半端な気持にさせられて。

七 さきの参上はお目見えであったが、いよいよ本式に女房としてのお勤めが始まる。

八 局を与えられて。「局」は女房の私室。一個の部屋の場合もあるが、屏風《びようぶ》や几帳《きちよう》などで仕切った空間であることも多い。

九 「上」は主人の部屋。そこで宿直《とのい》の奉仕をする。

一〇 情けなくて人知れず泣けてくるのである。

一一 明け方までには時間があるまだ暗い時分に、主人の部屋から自分の局に退出してきて。

一二 この言葉は、次頁二行目の「恋しく…」に続く。

一三 さきに「父は、ただわれをおとなにしすゑて…隠

われを[一四]ことしも頼もしからむかげのやうに思ひ頼み向ひゐたるに、恋しくおぼつかなくのみおぼゆ。[一五]母亡くなりにし姪《めひ》どもも、生《むま》れしより一つにて、夜は左右《ひだりみぎ》に臥し起きするも、あはれに思ひ出でられなどして、心もそらにながめ暮らさる。[一六]立ち聞き、かいまむ人のけはひして、いといみじくものつつまし。

十日ばかりありて、まかでたれば、父母《てては》、[一七]炭櫃《すびつ》に火などおこして待ちゐたりけり。[一八]車より降《お》りたるをうち見て、「おはする時こそ人めも見え、さぶらひなどもありけれ、この日ごろは人声もせず、前に人影も見えず、いと心ぼそくわびしかりつる。[一九]かうてのみも、[二〇]まろが身をばいかがせむとかする」とうち泣くを見るもいと悲し。つとめても、「今日はかくておはすれば、内外《うちと》人多く、こよなくにぎ

頼りになりそうなより所のように頼み　膝つき合せて暮していた　「そのよう
な父のことが」恋しく気がかりでならない　母に先立たれた　生れ
た時から一緒に暮し　寝起きしてきたことも　不憫に
うつけたような気持で一日を過してしまう　のぞき見する人
何かにつけてことのほか気づまりである
お仕えして　実家に下がってくると
「私が」　「そなたが家に」　人も
訪ねて来て　召使の者なども　いたけれども　この何日間かは人声もなく静まりかえり　近
くに
「そなたは」この私をどうしてくれるつもりなのか　翌朝
になると　「そなたが」　こうしておいでだから　家の内にも外にも人が多く　格別

れたらむやうにてゐたるを」（六九頁）とあった。
一四「事《こと》しも」。事もあろうに、の意。「子としも」と読む解もあるが当るまい。
一五 四四頁参照。姉の死去から十五年の歳月が流れている。作者が母親代りに養育したその遺児たちはすでに妙齢の娘になっているはずだが、その間のことはこれまで語られてこなかった。
一六 作者は自分の一挙手一投足が常に周囲から監視されているような気がしている。「里びたるここち」（前頁四行）がそう思わせるのである。

実家の桎梏《しっこく》

＊「古代《こだい》」の父母をかかえて、いつか主婦の立場に立たせられていた作者が、祐子内親王家に出仕したのは、このままではいたずらに命を枯死させるほかない逼塞《ひっそく》からの脱出でもあっただろう。しかしその宮仕えの世界には、彼女の心の安住しうる席はなかったのである。結局、彼女は家の中で生き、そこで孤独の心をいたわり、想像の世界を紡《つむ》いでゆくことを身の上とする人であった。清少納言や紫式部の心性と思い比べられる。
一七 囲炉裏《いろり》。据えつけてある大きな角火鉢。
一八「けり」には、ずっと自分を待っていた父母の姿を見出だした際の感動がこめられる。
一九 こうして宮仕えに出て、家をあけてばかりでは。「のみ」「も」ともに強意。
二〇 気楽に相手に接するとき用いる自称代名詞。

「ははしくもなりたるかな《にぎやかになったではないか》」とうち言ひて向ひゐたるも、いとあはれに《実にいたわしく》、なにの《〔私に〕どんな》にほひ[一]のあるにかと《あるというのかと》涙ぐましう聞こゆ。

前世の夢

ひじり[二]などすら、前《さき》[三]の世のこと夢に見るはいとかたかなるを《むずかしいというが》[四]、いとかう、あとはかない[五]やうに、はかばかしからぬここちに、夢に見るやう《夢に見たことには》、清水《きよみづ》の礼堂《らいだう》[六]にゐたれば、別当《べつたう》[七]とおぼしき人《思われる人が》出《い》で来て、「そこは《そなたは》、前《さき》の生《しやう》に、この御寺《みてら》の僧にてなむありし《この清水寺の僧であったのだ》。仏師《ぶつし》[八]にて仏をいと多く造りたてまつりし功徳《くどく》[九]によりて、ありし[一〇]素姓《すざう》《〔菅原家の〕》まさりて人と生《むま》れたるなり。この御堂《みだう》の東におはする丈六《ぢやうろく》[一一]の仏は、そこの造りたりしなり《そなたの造ったものなのだ》。箔《はく》[一二]をおしさして亡くなりにしぞ《はっているうち途中で死んでしまったのだ》」と《と〔言う〕》。「あないみじ《まあ大変》。さは《それでは》、あれに《その仏像に》箔おしたてまつらむ《〔私が〕》」と言へば、「亡くなりにしかば、こと人《〔別当は〕その僧が死んでしまったので別の人が》箔おしたてまつりて、こと人供養《くやう》[一三]もしてし」と見てのち《というそんな夢を見てから》、清水にね《清水》

一 「にほひ」の原義は色が美しく映えること。転じて人の優れた気性や威力の意にも使われるようになる。

二 この時代の聖《ひじり》とは、既成の教団に属して貴族化した僧ではなく、教団を離脱して僧綱《そうごう》（僧官・僧位）をもたず、山中に修行し、また民間での布教活動に専念する僧をさす。単に徳の高い僧の意ではない。

三 現世に生れる前の世。六行目「前の生」も同意。

四 「かたかるなる」の撥音便《はつおんびん》無表記の形。

五 この先どうなるのか手掛りもつかめぬ有様で、道心もあやふやな私なのに。

六 本堂前の、本尊を礼拝するお堂。八行目「御堂」も同様。

七 六三頁にも「別当とおぼしきが…」とあった。

八 仏像を彫造する職人。

九 善行を積んだ功績によって生ずる力。これによって現世または来世で益を受けることができる。

一〇 前世で仏師であったのが、現世では家柄がまさって貴族の娘に生れ変ったというもの。

一一 三〇頁注七参照。なお、この「仏」は「御堂の東におはする」とあるから、阿弥陀《あみだ》堂の本尊であろう。

一二 金属を打ち延ばして薄くしたもの。ここでは木彫の仏像にはる金箔。

一三 仏像の開眼供養《かいげんくよう》もすませてしまっている、の意。

一四 いまさら言ってもはじまらないことだが。その後ふがいない人生を経験した末の、執筆時における悔恨をこめて、この頃の不信心が回想されている。

むごろに参りつかうまつらましかば《に心をこめて参詣し仏にお仕えしていたのだったら》、前の世に《前世で「私が」》その御寺に仏念じ申《清水寺で仏にお祈り申》しけむ力に《したとかいう功徳で》、おのづからようもやあらまし《よい事もあっただろうに》、いと言ふかひなく、一四 詣《まう》でつかうまつることもなくてやみにき《そのままになってしまった》。

一五 十二月《しはす》二十五日、一六 宮の御仏名《ごぶつみやう》に召しあれば《お召しを受けたので》、その夜ばかりと《その晩かぎりと》思ひて参りぬ。一七 白き衣《きぬ》どもに、濃き掻練《かいねり》をみな《一様に》着て、四十余人ばかり出でゐたり。一八 しるべし出《い》でし人のかげに隠れて、あるが中にうちほのめいて、暁にはまかづ《大勢いる女房たちの中にちょっと顔を出しただけで暁には退出する》。雪うち散りつつ、いみじくはげしく《ひどくしんしんと》冴《さ》え凍る《冷え凍る》暁がたの月の《月が》、ほのかに濃き掻練の袖にうつれるも、一九 げに濡《ぬ》るる顔なり。道すがら、《退出する道々「こう詠んだ」》

二〇 年は暮れ夜は明け方の月影の
袖にうつれるほどぞはかなき

一五 長暦三年（一〇三九）は閏《うるう》年。ここは閏十二月。

一六「仏名」とは、十二月十九日から三夜の間、宮中清涼殿《せいりようでん》で過去・現在・未来の三千の諸仏の名を唱え、その年内の罪業を懺悔《ざんげ》し消滅させる法会《ほうえ》。宮中の行事が終って後、皇后や中宮の里邸での仏名がある。「宮の御仏名」は、祐子内親王の外祖父関白頼通邸の高倉殿での法会。六九頁注一三参照。

一七 裏表ともに白い袿《うちき》。その上に「濃き掻練」（六九頁注一九参照）を着た。

一八 作者に出仕の案内をしてくれた人。先輩の女房。

宮の御仏名

一九「あひにあひて物思ふころのわが袖に宿る月さへ濡るる顔なり」（伊勢、『古今集』恋五。物思いをしているこの頃の、涙に濡れた私の袖に宿る月までが、そろいもそろってこんな涙顔だよ）をふまえた情景。「げに」は、いかにもその古歌にあるとおり、の意。参考「女君の濃き御衣にうつりて、げに濡るる顔なれば」（『源氏物語』「須磨《すま》」）。

二〇 年も暮れてゆき、夜は明け方、有明《ありあけ》の月の光がほんのしばらくの間袖に宿っているのも何とはかないことか。「明け」と「暮れ」とを対照的に用いている。紫式部の「年暮れてわが世ふけゆく風の音に心のうちのすさまじきかな」（『紫式部日記』寛弘五年十二月二十九日の件り）の歌に見られる凄絶《せいぜつ》な寂寥《せきりよう》感はないが、式部と同様に、やはり宮仕えの世界に対して他者であるほかなかった作者の悲哀の流露する歌といえよう。

結婚し家庭へ

かう立ち出でぬとならば〔こうして宮仕えに出たからには〕、[一]さても宮仕への方《かた》にもたち馴れ〔生活にもとけこみ〕、[二]世にまぎれたるも、[三]ねぢけがましきおぼえもなきほどは、[四]おのづから〔自然に〕人〔他の〕のやうにもおぼしもてなさせ〔女房並みに目をおかけになり〕たまふやうもあらまし〔お引き立て下さるようなこともあっただろうに〕、親たち[五]も、[六]いと心得ず、ほどもなく〔まもなく〕[七]籠《こ》め据《す》ゑつ。[八]さりとて〔そうしたところで〕、その有様の〔その境遇が〕、たちま〔急に〕ちにきらきらしき勢ひなどあんべいやうもなく〔華々しく羽振りのよいものになるわけのものでもなく〕、[九]いとよしなかりけるすずろ心にても、ことのほかにたがひぬる有様なりかし〔あまりにも期待とかけ離れた境遇となってしまった〕。

[一〇]幾千《いくち》たび水の田芹《たぜり》を摘《つ》みしかは
　思ひしことのつゆもかなはぬ

とばかりひとりご[一一]たれて〔「思わず」独り言をもらして〕やみぬ。

一「さありても」の約。それならそれでまあ。裏に、いかに自分が世間知らずでも、という気持がこもる。
二 俗事にかまけて宮仕えに専念できぬにしても。
三「ねぢけがまし、とのおぼえ」と同意。偏屈だ、ひねくれているなどと人から評判されること。
四 この個所の主語は、形の上では幼ない主君の祐子内親王だが、実際には、祐子の代りに女房たちを宰領《さいりょう》する人。
五「も」は、次行の「籠め据ゑつ」という強い表現と響きあう強意の間投助詞。
六 まったく合点がゆかぬことだが。そのままにしておいてくれたら、曲りなりにも宮仕えを続けていけただろうに、という気持。
七 宮仕えを退《ひ》かせて家に閉じこめた、との意。具体的には結婚させたことを示すとの説に従う。夫は橘俊《とし》通《みち》（「勘物《かんもつ》」一六八頁参照）。「据ゑつ」の「つ」は、意志的にある動作をしおおせることを表す。「親たち」によって（おそらく父の一存であろうが）作者は夫を迎える妻としての身の上に追い込まれた。喜びの乏しい結婚生活であったらしく、夫との交渉そのものについて今後も触れられることはない。
八 結婚して人妻となったけれども、境遇の変りうるはずもなかったのである。
九 これまでの自分の考えは、思えば他愛ない浮ついたものであったが、それにつけても。

現実に目覚める

そののちは、一二なにとなくまぎらはしきに、物語のこともうちたえ忘られて、ものまめやかなるさまに心もなりはててぞ、一三などて、多くの年月《としつき》を、いたづらにて臥し起きしに、おこなひをも物詣《ものまうで》をもせざりけむ、このあらましごととても、思ひしことどもは、この世にあんべかりけることどもなりや、一四光源氏ばかりの人はこの世におしけりやは、薫大将《かをるだいしやう》の宇治に隠し据ゑたまふべきもなき世なり、一五あなものぐるほし、一六いかによしなかりける心なり、と思ひしみはてて、まめまめしく過ぐすとならば、さてもありはてず。

雑事に取り紛れて　まるっきり　いかにも地道なありさまに　すっかり落着いて　どうして　これといってなすこともなく暮している間に　空想していた様々の夢にしても　これまであれこれ考えていた事は　現実の世にあり得るようなことだったろうか　なんとつまらぬことを考えていた私なのだと　心底からそう思い至って　それで地道に暮すというのなら〔結構だが〕　そういうふうにもなりきらない

姪《めい》にひかれて

参りそめし所にも、かくかきこもりぬるを、まこととおぼしめしたらぬさまに人々も告げ、たえず召しなどするなかにも、わざと召して、「一七若い人参らせよ」と仰せらるれば、えさらず出《い》だし立つ

出仕し始めた宮家でも　〔私が〕こうして家に籠ってしまったのを　本気だとも思っていらっしゃらぬご様子だと他の女房たちも知らせてくれ　〔宮からも〕絶えずお召しなどあるがその中で　特にお召しがあって　を出仕させよ　やむをえず　出仕させたが

一〇 私はこれまでどんなに懸命に苦労を重ねて生きてきたことか。それなのに願っていたことはまるで叶《かな》えられもしなかった。「水の田芹」は水田に生える芹。「摘みしかは」の「は」は詠嘆。「芹を摘む」は、誠意を尽してもそれが無駄になってしまう意に用いられる。「芹摘みし昔の人もわがごとや心にものの叶はざりけむ」という古歌をふまえているが、この古歌とそれにまつわる故事は、『俊頼髄脳《としよりずいのう》』他、多くの歌学書に記され、また『枕草子』「一条院をば」や『狭衣《さごろも》物語』巻三などにもこれをふまえた文章がある。

一一 格別のこともなくそのままに過ぎた。

一二 夫のある主婦として家事に埋もれていたもの。

一三 以下、七行目「…心なり」までは心の中で思ったことを記したもの。身を入れて勤行《ごんぎやう》に励み、寺社にお参りするという堅実な生活を続けていたら、もっとましな境涯《きやうがい》に恵まれ、こうも幻滅の悲哀を味わうことはなかったろうに、という悔恨。

一四 五六頁参照。かつて本気で期待していた光源氏や薫大将のような人とのめぐりあいは、現実に起りうるはずもなかったのである。

一五 ああ気狂いじみたことを考えていたものだ。物語にうつつを抜かした自分を責める。

一六 六一頁注一〇、七四頁注九参照。

一七 作者が母親代りになって育ててきた姪。二人いる姉妹のうちの姉の方か。七一頁注一五参照。

るにひかされて、また時々出で立てど、一過ぎにし方のやうなるあいなだのみの心おごりをだにすべきやうもなくて、さすがに、若い人にひかれて、をりをりさし出づるにも、二馴《な》れたる人は、こよなくなにごとにつけても三ありつき顔に、われはいと四若人《わかうど》にあるべきにもあらず、また五おとなにせらるべきおぼえもなく、時々のまらうとにさし放たれて、すずろなるやうなれど、六ひとへにそなた一つを頼むべきならねば、われよりまさる人あるもうらやましくもあらず、なかなか心やすくおぼえて、七さんべきをりふし参りて、八つれづれなるさんべき人と九物語などして、めでたきことも、をかしくおもしろきをりをりも、わが身はかやうにたちまじり、いたく人にも見知られむにも、はばかりあんべければ、ただ大方のことにのみ聞きつつ過ぐすに、一〇内裏《うち》の御供に参りたるをり、一一有明《ありあけ》の月いと明かきに、わが念じ申す一二天照御神《あまてるおほんかみ》は内裏《うち》にぞおはしますなるかし、かかるをりに参り

それに引かれて　「私も」出仕したが　過ぎ去った日々のような　あてにならぬことを期待するといったうぬぼれ心をさえおこすこともなくなり　といってやはり　時々　参上するにつけても　「私とは」段違いに　私はといえば　若い身であるはずもない　し「といって」　時々出仕する客分の女房とし　て別扱いされて　どうでもよい曖昧な存在なのだが　私より重んぜられている女房がいるのも　そのほうがかえって気楽に思われるので　適当な時に　参上して　世間話を交して　「宮家で」慶び事があるとか　風情ある楽しい催しのある数々の折も　世間に顔出しして　あまり人目に際立つようなことがあるのも　遠慮しなければならない身なので　通り一遍のこととして聞き聞き過しているうちに　実に明るかったので　私の信仰している　この宮中にいらっしゃるとのこと　こうした機会に

一 執筆時の現在からすれば他愛ない妄想《もうそう》にすぎなかったにしても、かつては本気になって物語の女主人公のごとき人生が開けてくることへの期待や願望に生きていたのである（五六頁参照）。自分を宮仕え生活から遠ざけるという行為も、そうした期待・願望と現実との食違いゆえであったが、今となっては現実を拒否するだけの自負も失《う》せてしまったというのである。

二 宮仕えの生活が板についた古参の女房。

三 馴れきった自信たっぷりの物腰であるが。

四 若輩の新参者。

五 古参株の女房として待遇を受けるのでもなく。

六 宮仕え生活に一途《いちず》にしがみついていなければならない身の上ではないのだから。それとは別個に、人妻としての、また姪《めい》たちの後見としての役柄があるというゆとりともいえるが、女房としては中途半端な自分の在り方への自己弁護でもある。

七 「さるべき」の撥音便《はつおんびん》。何か事のある場合。

八 手持無沙汰な様子の適当な相手。

九 一一行目「聞きつつ過ぐす」に続いてゆく。

一〇 主人、祐子内親王が宮中に参上なさる際のお供として私も参内した時。底本傍注に「長久三年四月十三日宮達入内《じゆだいシ》給《フ》　藤壺《ニ》儲《まうク》レ饗《きやうヲ》　十四日主上渡御《とぎよセラル》　廿日両宮自《より》レ内令《させ》レ出《デ》給《フ》」とある。「宮達」とは祐子・禖子の両内親王。それぞれ五歳、四歳。六九頁注一三参照。

一一 十五日以後、特に二十日以後の月。五二頁注五参照。以下の記述は参内の日から数日を経た夜のこと。

て拝みたてまつらむと思ひて、四月《うづき》ばかりの月の明かきに、いと忍びて参りたれば、一三博士《はかせ》の命婦《みやうぶ》は一四知るたよりあれば、一五燈籠《とうろ》の火のいとほのかなるに、あさましく老い神さびて、さすがにいとよう物など言ひゐたるが、人ともおぼえず、神のあらはれたまへるかとおぼゆ。

ごく内々で
仄暗い中で
驚くほど年老い神々しい姿をしており
それでいて実に上手にあれこれ話しながら坐っていた姿が
この世の人とも思われず

梅壺の女御

またの夜も、月のいと明かきに、一六藤壺《ふぢつぼ》の東《ひむがし》の戸を押しあけて、一七さべき人々物語しつつ月をながむるに、一八梅壺《うめつぼ》の女御《にようご》ののぼらせたまふなる音なひ、いみじく心にくく優《いう》なるにも、一九故宮のおはします世ならましかば、かやうにのぼらせたまはましなど、人々言ひ出《い》づる、げにいとあはれなりかし。

二〇天《あま》の門《と》を雲居《くもゐ》ながらもよそに見て

その翌晩も
参上なさるらしい物音が
ことのほか奥ゆかしく優雅に聞えてくるにつけても
亡き中宮がご存命であったなら
同じように　参上なさっただろうになどと
なるほどと実に胸うたれることであった「そこで私はこう詠んだ」

一三 三七頁注一六、六五頁注一九参照。
一三 内侍司《ないしのつかさ》の女官である女史《じよし》（掌侍《ないしのじよう》に次ぐ官）の称。
一四 知人であるという便宜があったので、その人と落ち合うと。
一五 金属・木・竹などの枠《わく》に紙や薄い布を張った照明具。内侍所《ないしどころ》の神前にともしてある燈明。
一六 清涼殿《せいりようでん》の北側にある飛香舎《ひぎようしや》の別名。庭に藤が植えられてあったのでこの称がある。祐子内親王の生母の中宮嫄子が生前ここに住んだので、中宮の崩御後、内親王が参内した際の御座所《おましどころ》にあてられた。従って女房たちもここにいるのである。
一七 祐子内親王付きの女房たち。作者もその一人。「さべき」は「さるべき」の撥音便無表記の形。
一八 女御《にようご》生子のこと。底本傍注に「女御藤生子　長暦三年十二月廿一日入内　内大臣教通《のりみち》女」とある。中宮嫄子崩御の後に入内し、梅壺に住んだ。「梅壺」は藤壺の北隣りの凝花舎《ぎようかしや》。庭に梅が植えられていたのでこの称がある。
一九 底本傍注「中宮嫄子　長暦元年正月七日入内　廿九日為リ㆓女御ト㆒　関白女　三月立后　同三年八月廿六日崩廿四」。六九頁注一三参照。
二〇 天の門をよそのこととして眺め、同じ空にありながら昔の人を恋しがっている月よ。「天の門」は天界への戸口の意で、帝《みかど》の御座所の入口の比喩《ひゆ》。「雲居」は空、宮中両意を掛ける。「むかしのあと」とは亡き中宮嫄子。「月」に作者ら女房たちをなぞらえている。

むかしのあとを恋ふる月かな

冬の夜の語らい

冬になりて、月なく、雪も降らず（降らないなりに）ながら、星の光に、空さすがにくまなく冴《さ》えわたりたる夜のかぎり（一晩中）、一殿の御方《おほんかた》にさぶらふ人々と（お仕えしている女房たちと）物語し明かし二つつ、明くればたち別れたち別れしつつまかでしを（夜が明けると一人去り二人去りして退下したのであったが）思ひ出でければ、（「関白殿の女房が」それを思い出し「私にこう詠んでよこした」）

三月もなく花も見ざりし冬の夜の
心にしみて恋しきやなぞ

われもさ思ふことなるを、同じ心なるもをかしうて、（そう感じていたから「その女房が」同じ気持であるのも面白く思われて「こう詠んだ」）

四冴えし夜の氷は袖にまだ解《と》けで
冬の夜ながら音《ね》をこそは泣け

一「殿」は関白藤原頼通《よりみち》。その邸は東洞院大路《ひがしのとういんおおじ》の東、土御門《つちみかど》大路を隔てて南北にわたり、北が高陽院《かやのいん》、南が高倉殿であった。頼通は高陽院に、祐子内親王は高倉殿に住んでいたため、双方の女房たちは常時往き来していたのである。

二「つつ」は反復を示すので、「殿の御方」の女房たちとのこうした交遊が何回かあったことになる。

三 月が輝いていたわけでもなく花を賞美したのでもない、あの風情のない冬の夜が心にしみ入って恋しく思われるのはなぜでしょうか。

四 あの冷えきっていた夜、あなたと語りあって流した涙の氷は、私の袖にまだ解けずにいますが、当夜のことを思い出しては声をあげ泣き明かしております。

＊「殿の御方」の女房たちとのある年の冬の交遊を思い出して、歌を贈答したのだから、これは少なくとも一年後の冬のことだろう。仮に長久三年（一〇四二）のこととすれば、二行目の「冬」はそれ以前の年の冬ということになる。

五 祐子内親王の御前。夜、内親王の寝所の近くに宿直《とのい》して仮寝するのである。

六 仮寝の床におちおち眠ることもできない私と同様、あの水鳥も羽の上に置く霜をなかなか振り払うことができず、水の上の浮寝に眠られぬ夜を明かしているらしい。「浮き」に「憂き」を掛ける。

水鳥の浮寝

[五]御前《おまへ》に臥《ふ》して聞けば、池の鳥どもの、夜《よ》もすがら〔一晩中〕こゑごゑ〔声々に鳴き〕羽《は》ぶきさわぐ〔羽ばたきして騒ぐ〕音のするに、目も覚めて、

[六]わがごとぞ水のうきねに明かしつつ
　上毛《うはげ》の霜をはらひわぶなる

とひとりごちたるを〔とひとり言を言ったのを〕、かたはらに臥したまへる〔やすんでおられた女房が〕人聞きつけて、

[七]まして思へ水の仮寝《かりね》のほどだにぞ
　上毛の霜をはらひわびける

気のおけぬ交遊

[八]かたらふ人どち、局《つぼね》のへだてなる〔仕切りである〕遣戸《やりど》[九]をあけあはせて〔双方から開け払って〕、物語などし暮らす日、[一〇]またかたらふ人の上《うへ》[一一]にものしたまふを〔伺候していらっしゃるのを〕、たびたび呼び[一二]おろすに、「切《せち》[一三]に来《こ》とあらば、行かむ」とあるに〔と言ってよこしたので〕、枯れたる薄《すすき》のあ

七 水の上の仮寝のような、ほんの時たまの宿直でさえも、水鳥が羽の上の霜を払いかねているように安らかには眠れないとあなたはおっしゃるのですね。それなら常時お仕えしている私がどんなに辛い思いをしているかを、なおさらお察しください。

＊ 水鳥に寄せて自らの孤独の心を凝視する紫式部の次のような歌が思い起される。「水鳥を水の上とやよそに見むわれも浮きたる世を過ぐしつつ」（『紫式部日記』）。寛弘五年十月、一条天皇の土御門殿（藤原道長邸）への行幸も間近い頃の、はなやかに浮きたつ邸内の雰囲気《ふんいき》から疎外された紫式部の心懐である。また同日記には、里居の式部と大納言の君という同輩女房との間にとり交された次のような贈答も記されている。「うきねせし水の上のみ恋しくて鴨《かも》の上毛に冴えぞ劣らぬ」（紫式部）「うち払ふ友なき頃の寝覚《ねざめ》にはつがひし鴛《を》鴦《し》ぞ夜はに恋しき」（大納言の君）。

八 作者が親しく付き合っている女房同士。

九 引戸。敷居や鴨居《かもい》の溝を滑らせて開閉する仕組になっている。

一〇 別の親しい女房が。下に敬語「たまふ」があるので身分ある上臈《じようろう》女房であろう。

一一 七〇頁注九参照。

一二 局に退《さが》ってくるよう呼びにやること。

一三 ぜひ来いとおっしゃるのであれば。

るにつけて（結びつけて〔こう詠んでやった〕）、

冬[一]枯れの篠《しの》のをすすき袖たゆみ
　まねきも寄せじ風にまかせむ

時雨《しぐれ》の夜《よ》の恋

上達部《かんだちめ》[二] 殿上人《てんじやうびと》[三]などに対面[四]する人は（女房は）、定まりたるやうなれば、[五]うひうひしき里人《さとびと》は、ありなしをだに知らるべきにもあらぬに（そんな者がいるのかどうかさえ知られるはずもないのだが）、十月《かみなづき》ついたちごろの（十月の上旬の）いと暗き夜、[六]不断経《ふだんぎやう》に、[七]声よき人々読むほどなりとて（声のよい僧達の読経する時刻というので）、[八]そなた近き戸口に二人ばかり（〔私ともう一人の女房と〕）たち出《い》でて聞きつつ（〔読経を〕）、物語して[九]寄り臥《ふ》してあるに、[一〇]参りたる人のあるを、「逃げ入りて（〔局に〕）、[一一]局《つぼね》なる人々呼び上げなどせむも見ぐるし。[一二]さはれ、[一三]ただ折からこそ。かくてただ（このままこうしていましょう）」と言ふいま一人のあれば（と一緒にいる女房が言うので）、かたはらにて（〔その人の〕）聞きゐたるに、おとなしく（落着いた）静やかなるけはひにて（物静かな様子で）ものなど言ふ（話などする）、くちをしからざなり（〔その態度は〕なかなか好もしい感じである）。

一　あなたをお招きして袖を振るうち、私はこの冬枯れの篠薄《しのすすき》のように疲れてしまいました。これ以上はお呼びしないで、風にまかせて待っていましょう。薄の靡《なび》くさまを人を招く袖と見立てる伝統的趣向による。「篠のをすすき」は、ここでは冬枯れで穂のそがれた薄。「枯れたる薄」につけて贈歌したとあるが、相手の心が自分から「離《か》れ」たとの意をこめている。「秋の野の草の袂《たもと》か花薄穂に出でて招く袖と見ゆらむ」(在原棟梁《ありわらのむねやな》、『古今集』秋上)。

二　公卿の意。三位以上の人。但し四位参議を含む。

三　四、五位の人のうち、昇殿（清涼《せいりよう》殿《でん》の殿上の間に昇ること）を許された人、および六位蔵人《くろうど》。

四　上達部・殿上人が訪れた時、その応対には心得のある特定の女房が当る。『紫式部日記』にも、大納言や上達部が、定まったひいきの女房の不在の折、不機《ふき》嫌《げん》になって退出してしまう、という件りがある。

五　物馴《な》れない田舎《いなか》者。作者自身のこと。

六　現世の利益や死者の追善などのため、一定期間、間断なく読経すること。一昼夜を十二等分し、僧が輪番で『法華経』『最勝王経』『大般若《はんにゃ》経』などを読誦《どくじゅ》する。この場合は故中宮嫄子の追善供養か。

七　読経は美的に享受される声楽でもあった。一般に仏教行事の荘厳は美的陶酔を誘発すべく粧《よそお》い立てられていた時代である。参考「御読経の僧の、声よき賜はせたれば、几帳《きちやう》ひき寄せて据ゑたり。ほどもなき狭さ

「一四いま一人は」など問ひて、世のつねのうちつけのけさうびてなども言ひなさず、世の中のあはれなることどもなどこまやかに言ひ出でて、一五さすがにきびしう引き入りがたいふしぶしありて、われも人も答へなどするを、「まだ知らぬ人のありける」などめづらしがりて、とみに立つべくもあらぬほど、星の光だに見えず暗きに、一六うちしぐれつつ、木《こ》の葉にかかる音のをかしきを、「なかなかに艶《えん》にをかしき夜かな。月のくまなく明からむも一七はしたなくまばゆかりぬべかりけり」。一八春秋《はるあき》のことなど言ひて、「時にしたがひ見ることには、春霞《はるがすみ》おもしろく、空ものどかに霞み、月のおもてもいと明かうもあらず、遠う流るるやうに見えたるに、一九琵琶《びは》の二〇風香調《ふかうでう》ゆるるかに弾き鳴らしたる、いといみじく聞こゆるに、また秋になりて、月いみじう明かきに、空は霧《き》りわたりたれど、手にとるばかりさやかに澄みわたりたるに、風の音、虫の声、取りあつめたるここちするに、

もう一人はどなたですか
世間の男にありがちな場当りの好色めいた物言いなども
ことさらにせず
しみじみと心打たれる世間話の数々を
情味をたたえて話しかける
ので
私ももう一人
の女房も
〔その方は〕
すぐには腰を上げそうもない様子でいると
暗いところへ
〔その方は〕かえって
風情
があり興をそそられる夜ですね
明るいのも
季節に応じて目にする風情としては
月の顔も
あまり明るく輝
かず
〔月光が〕空遠く流れるように眺められる
〔そんな夜〕
ゆっくりと
弾き鳴らしているのは
実にすばらしく
聞えますが
〔月が〕
〔が加わり秋の情趣を〕
感じがするときに

なれば、とぶらひ人あまた来て、経聞きなどする…」(『枕草子』「病は」)。
八 「そなた」は、不断経の行われている場所。
九 物にもたれかかってくつろいでいる様子。
一〇 「参りたる人」は源資通《すけみち》。「勘物《かんもつ》」一六九頁参照。
一一 応対に当るべき女房を局から呼び出したりするのも気がきかぬようでみっともない。
一二 「さはあれ」の約。どうにでもなれ。構うものか。
一三 場合に応じて適当に振舞うことにしよう、の意。下に「事はあるべけれ」などを補い読むとよい。
一四 初めに応対した女房(前頁八行目「逃げ入りて…」の言葉の主)に向って、そのそばにいる作者を誰なのかと尋ねたのである。
一五 自分がお相手を勧めるのは筋ちがいだとは思うが、とはいえ身を固くして黙りこくっているわけにはいかぬように話しかけてくるのである。
一六 時雨(秋から冬にかけて降る通り雨)が何度もさっと過ぎてゆく。木の葉に降りかかる音でそれが分るのである。
一七 お互いの容姿や表情があらわになって、きっと間《ま》が悪く面映《おもは》ゆい気持になるにちがいない。
一八 この直前に「とて」などを補い読む必要がある。「春秋のこと」は、春秋の風情の優劣についての判定。
一九 撥《ばち》で弾く四絃《げん》の絃楽器。
二〇 琵琶の調子の一つ。参考「弾くものは琵琶、調べは風香調」(『枕草子』「弾くものは」)。

箏《さう》[一]の琴かき鳴らされたる[二]、横笛《やうでう》[三]の吹き澄まされたるは、なぞの春とおぼゆかし。また、さかと思へば、冬の夜の空さへ冴《さ》え[四]わたりいみじきに、雪の降りつもり光りあひたるに、篳篥《ひちりき》[五]のわななき出でたるは、春秋もみな忘れぬかし[六]」といひつづけて、「いづれにか御心とどまる」と問ふに、秋の夜に心を寄せて答《こた》へたまふを、さのみ同じさまには言はじとて、

（〔秋に比べれば〕春など何がよいものかと思われる　そうかと　〔月光に〕照り映えているところに　〔寒々と〕震えるような音が　聞えてくるのは　〔あなた方は春と秋と〕どちらをお好みになりますか　〔一緒にいる女房が〕　軍配をあげて　〔私は〕そうそう同じようには言うまいと）

[七]あさみどり花もひとつに霞みつつ
おぼろに見ゆる春の夜の月

と答へたれば、かへすがへすうち誦《ずん》じて、「さは、秋の夜はおぼし捨てつるななりな。

（〔その歌を〕何度も何度も　口ずさんで　それでは　お見限りになったということなのですね）

[八]今宵《こよひ》より後《のち》の命のもしもあらば
さは春の夜を形見《かたみ》と思はむ」

と言ふに、秋に心寄せたる人、

（と詠んだので　〔一緒にいる女房〕）

一　十三絃の琴《こと》。「琴」は絃楽器の総称で、他に七絃のものは「琴《きん》の琴《こと》」、四絃のものは「琵琶《びわ》の琴」と呼ばれ区別されていた。
二　「鳴らされたる」の「れ」は自発の助動詞。いつのまにか耳に聞えてくるといった趣《おもむき》。下の「吹き澄まされたる」も同様。
三　七孔《こう》の横笛。字音読みの「おうてき」が「王敵」の意に通じるのでこのように読み換えたといわれる。
四　月影はもとより、空まで一面に冷え冷えとして。
五　竹製の管楽器で縦に吹くもの。音色は鋭く、哀調を帯びる。
六　春や秋の風情をよしとする常識も消しとんでしまうような風趣だというのである。
七　浅緑の空と桜の花とが一様に霞んだ中で朧《おぼ》ろに見えている春の夜の月に、私はいちばん心ひかれるのです。「浅緑霞にまがふ月見れば見し夜の空ぞいとど恋しき」（『浜松中納言物語』巻一）。
八　それでは今夜から後は、いつまでの寿命かは分らぬ私であるにしても、もし生き永らえていたならば、春の夜というものを、あなたにお逢いした思い出のよすがとすることにしましょう。
九　お二人とも春に軍配をあげておしまいになったようですね。秋の夜の月は、この私だけが眺めることになるのでしょうか。「人はみな花に心をうつすらむひとりぞまどふ春の夜の闇」（『源氏物語』「竹河」）。
一〇　中国のこと。参考「もろこしには、春の花の錦《にしき》に

九 人はみな春に心を寄せつめり

われのみや見む秋の夜の月

とあるに（と詠むと）、いみじう興じ、思ひわづらひたるけしきにて（［その方は］ひどく感じ入って　どちらに味方してよいのか困った様子で）、「一〇 唐土《もろこし》などにも、昔より春秋のさだめは、えしはべらざなるを（春秋の評定は　なかなかできないでいると聞いていますが）、一一 このかうおぼし分《わ》かせたまひけむ御心ども（このような評定を　お下しになられたお二人のお気持は）、思ふに、ゆゑはべらむかし（何かわけがあるのでしょうな）。わが心のなびき（自分の気持がそれにひかれて）、そのをりの、あはれともをかしとも思ふことのある時（しみじみ感慨を覚えたり面白い風趣を感じたりする時）、一二 やがて（そのまま）そのをりの空のけしきも、月も花も、心にそめらるるにこそあべかめれ（心に深く刻み込まれるもののようです）。春秋をしらせたまひけむことのふしなむ（［あなた方が］春秋の優劣をどうして判別なさったのかその子細を）、いみじう承《うけたまは》らまほしき（ぜひとも伺いたい）。一三 冬の夜の月は、昔よりすさまじきもののためしに引かれてはべりけるに（面白味のないものの例として）、またいと寒くなどして、ことに見られざりしを（格別眺める気も起りませんでしたが）、一四 斎宮《さいぐう》の一五 御裳着《もぎ》の一六 勅使《ちよくし》にて下《くだ》りしに、一七 暁にのぼらむとて（帰京しようとして）、日ごろ（数日来）降り積みたる雪に月のいと明かきに、旅の空とさへ思へば（旅先の身だと思う気持も加わって）、心ぼそくおぼゆるに、罷《まか》り申《まう》しに参りたれば（お暇ごいに参上すると）、余《よ》の所にも似ず、

しくものなしと言ひはべめり。やまと言の葉には、秋のあはれをとりたてて思へる、いづれも時々につけて見たまふに、目移りて、えこそ花鳥《はなとり》の色をも音《ね》をもわきまへはべらね」（『源氏物語』「薄雲」）。

一一「この」は、こんな、の意。「かうおぼし…御心ども」の全体にかかる。次行「けむ」は推量の助動詞。相手の心中をおしはかる部分なのでこれが用いられた。

一二「やがて」は「心にそめらるる」にかかる。

一三 冬の月に対する評価の例として次のものが挙げられる。「人の心をうつすめる花紅葉の盛りよりも、冬の夜の澄める月に雪の光りあひたる空こそ…面白さもあはれさも残らぬをりなれ。すさまじき例《ためし》に言ひおきけむ人の心浅さよ」（『源氏物語』「朝顔」）「冷《すさまじき》物十二月月夜…老女化粧《けさう》」（『二中歴《にちゆうれき》』「十列歴《じゆうれつれき》」）。

一四 伊勢神宮に奉仕する未婚の皇女（内親王）または女王（親王の娘）。天皇の即位ごとに選ばれる。ここでは後一条天皇の代の斎宮、嫥子女王（具平親王の娘）。

一五 女子の成人式。初めて裳を着用する儀式。十三歳前後に行われる。

一六 底本の勘注および「勘物《かんもつ》」の『経頼卿記《つねよりきようき》』の抄録（一七〇頁参照）に、嫥子女王の裳着の儀式のための装束を奉る勅使として万寿二年（一〇二五）十一月二十一日に蔵人右兵衛佐《くろうどうひようえのすけ》源資通が伊勢に下向《げこう》し、翌月五日にその儀が行われた旨を記してある。資通はここで十七年前のできごとを回想しているわけである。

一七 勅使としての任務を果して後の「暁」。

一 ここは神域だと思うせいもあって、なんとなく畏《おそ》れ多い気持になっていたところ。
二 「さあるべき所」の約。勅使としての暇《いとま》ごいであるから、しかるべき部屋に招き入れられたのである。
三 この老女房は、円融・花山・一条・三条・後一条の五代にわたる斎宮に仕えていたことになる。
四 斎宮御所の奉仕に年功を積み、もはやこの世を超越したような風情を身につけている様子。
五 一曲の弾奏を資通に所望したもの。資通は、『尊卑分脈』に「鞠《まり》、郢曲《えいきよく》、琵琶《びは》、和琴《わごん》、笛」と注されており音楽芸能に堪能。老女房はそれを知っていた。
六 いつまでもその場の雰囲気《ふんいき》に浸っていたい気持。
七 木製の丸型の火鉢。
八 前頁五行目にも「ゆゑはべらむかし」とあった。
九 「さあらば」の約。それでは、の意。具体的には、今夜こうして春秋の優劣についてあなた方と歌を詠み交し語り合ったという忘れ難い体験をしたからには。
一〇 自分が誰であるか相手に知られまいと思っていたが。氏素姓を知られずに、ただ好もしい話し相手だったとの印象だけをその人の心に刻みつけておきたいという気持。現実を遮断《しやだん》してこの貴人への人知れぬ思いを心中に抱き続けたいという願望が底流する。
一一 長久四年（一〇四三）。作者三十六歳、資通三十九歳。
一二 底本傍注に「長久四年七月廿三日両宮入内《じゆだい》 御《おまス》ニ東南対ノ一 一条院ノ儀也 八月十日両宮御退出」とある。

[一]思ひなしさへ気《け》おそろしきに、[二]さべき所に召して、[三]円融院《ゑんゆうゐん》の御世《みよ》より参りたりける人の、[四]いといみじく神さび、古めいたるけはひの、いとよしふかく、昔のふることども言ひ出で、うち泣きなどして、よう調べたる琵琶《びは》の御琴を[五]差し出でられたりしは、この世のことともおぼえず、[六]夜の明けなむも惜しう、京のことも思ひたえぬばかりおぼえはべりしよりなむ、冬の夜の雪降れる夜は、思ひ知られて、[七]火桶《ひをけ》などをいだきても、かならず出でゐてなむ見られはべる。おまへたちも、かならずさおぼす[八]ゆゑはべらむかし。[九]さらば、今宵《こよひ》よりは、暗き闇《やみ》の夜の時雨《しぐれ》うちせむは、また心にしみはべりなむかし。斎宮の雪の夜に劣るべきここちもせずなむ」など言ひて、別れにしのちは、[一〇]誰と知られじと思ひしを、[一一]またの年の八月《はづき》に、[一二]内裏《うち》へ入《い》らせたまふに、夜もすがら[一三]殿上にて御遊びありけるに、この人のさぶらひけるも知らず、その夜は[一四]下《しも》に明かして、[一五]細殿《ほそどの》の遣戸《やりど》を押しあけ

お仕えしていたという女房で　古風な様子を漂わせている人が　「応対して」実に優雅な物腰で　昔の古い思い出話の数々を口に出して　感泣したりして　よく調律してある　都のこともすっかり念頭から消えてしまうほど感銘を受けまして以来というもの　「その情趣が」自然に味わい知られて　抱いてでも　必ず縁先に出て坐って外の景色を眺めずにはいられないのです　あなた方も　時雨がぱらつく折は　心にしみて感じることになりましょう　「今晩は」　まさるとも劣らない気がするのです　翌年の　夜を徹して　管絃の会があった時に　（資通）伺候していたということも知らずに

〔外の景色を〕て見出だしたれば、暁がたの月（有明の月が）のあるかなきかにをかしきを見るに（淡くかすかに美しい風情であるのを見ていると）、
沓《くつ》[一六]のこゑ（音が）聞こえて、読経《どきやう》[一七]などする人もあり。読経の人（資通）は、この遣戸
口に立ち止《と》まりて、ものなど言ふに答へたれば（何か話しかけてくるので応答すると）、〔その人は〕ふと[一八]思ひ出でて、
「時雨の夜こそ、片時《かたとき》忘れず恋しくはべれ」と言ふに、ことながう（言葉数多く返事）
答ふべきほどならねば（をしているべき場合ではないので）、

何[一九]さまで思ひ出でけむなほざりの
木《こ》の葉にかけし時雨ばかりを

とも言ひやらぬを（と詠んだがそれも言い終らぬうちに）、人々また来あへば（来合せたので）、やがてすべり入りて（そのまま局の奥に身をひいて）、その（その晩）
夜さりまかでにしかば（退出してしまったので）、もろとも[二〇]なりし人たづねて返ししたりしな（返歌をことづけたなどと）
ども（いうことも）、のちにぞ聞く（あとになって聞いた）。「『ありし時雨のやうならむに（あのときの時雨が降るような夜に）、いかで（ぜひとも）琵琶《びは》の
音《ね》のおぼゆるかぎり弾《ひ》きて聞かせむ〔あのお方が〕』となむある（おっしゃっていた）」と聞くに、〔その琵琶の音が〕ゆか
しくて（聞きたいので）、われもさるべきをり（そのような機会を）を待つに、さらになし（一向にそんな折もない）。
春[二一]ごろ、のどやかなる夕つかた（夕方）、〔資通が〕[二二]参りたなりと聞きて（参上しているようだと聞き）、その夜も（あの時雨の晩）

勘注によると前年十二月八日に内裏《だいり》が焼亡しており、今度の祐子・禖子両内親王参内の際の御座所《おましどころ》は一条院内裏の東南の対屋《たいのや》であった。またこの文の直前に「八月に」とあるが、事実とやや相違することになる。
一三 一条院内裏の殿上人《てんじようびと》の控えの間。
一四 「上」（七〇頁注九）の対。女房たちの局《つぼね》。
一五 廂《ひさし》の間を仕切って作られた部屋。
一六 管絃の遊びが終り、退散する人々の足音が聞えてきはじめたもの。
一七 退出してくる人々の中に、歩きながら経文を唱誦《しようじゆ》する人がいるのである。読経も催馬楽《さいばら》や今様《いまよう》などと同様に歌謡の一つで、美声を競う読経争《どきようあらそい》すら行われた。参考「この君こそうたて見えにくけれ。異人《ことひと》のやうに、読経し歌うたひなどもせず…」（能因本『枕草子』「職《しき》の御曹司《みざうし》の立蔀《たてじとみ》の」）。
一八 作者が応答するその声や物腰から、前年十月の時雨の夜の相手であったことに思い至ったもの。
一九 どうしてそれほどまでに恋しく思い出されたのでしょう。あの時は木の葉に降りかかる時雨ほどの、ほんのおざなりのお気持でしたでしょうに。
二〇 時雨の夜、作者と一緒に資通に応対した女房。
二一 年が改まった長久五年の春。作者三十七歳。
二二 底本の勘注に、長久四年十二月一日に一条院が焼亡したため、祐子内親王は翌日高陽院《かやのいん》に、さらに二十一日には東三条院に遷御《せんぎよ》したと記されている。資通が参上したのはその東三条院であったことになる。

ろともなりし人と（一緒だった女房とともに）ゐざり[一]出づるに、外《と》に人々参り、内にも（御簾の）例の人々（例によって女房たちがおり）あれば、出でさいて[二]入りぬ。あの人（資通）もさや[三]思ひけむ、しめやかなる夕暮をおしはかりて参りたりけるに（見はからって参上したということだったのに）、騒がしかりければまかづめり（退出したようである）。

加島《かしま》[四]見て鳴門《なると》の浦に漕《こ》がれ出《い》づる
心は得《え》きや磯《いそ》のあまびと

とばかりにてやみにけり（と詠んだだけでそのままになってしまった）。あの人柄もいとすくよかに[五]、世のつねならぬ人にて、「その人は、かの人は」[六]なども、たづね問はで過ぎぬ。

石山詣

今は、昔[七]のよしなし心もくやしかりけりとのみ思ひ知り果て（身にしみてわかり）、親[八]の物へ率て参りなどせでやみにしも（物詣などに連れて行かずじまいになってしまったのも）、もどかしく[九]思ひ出《い》でらるれば、

一「ゐざる」は、坐ったまま進む意。客人に応対する際の女房の作法。

二「出でさして」の音便。御簾《みす》の際まで出ようとしたが、人前を憚《はばか》って中途で引き返したもの。

三 やはり遠慮したのであろうか。「思ひけむ」は次行「騒がしかりければまかづめり」に続いてゆく。

四 岸辺の海人《あま》よ、加島を見て鳴門の浦へ漕ぎ離れてゆく私の気持が分っただろうか。裏に、騒がしい人目をぬい、思いこがれて戸口まで出てきた私の気持がお分りでしょうか、の意をこめる。「加島」は大阪府西淀川区神崎川の河口東岸。遊女で名高い繁昌《はんじよう》の地。「加島」に「喧し《かしま》」をきかせ、「間《ま》見て」(人目のない頃を見はからって、の意)を掛ける。地名の「鳴門」に「鳴る門《と》」(「鳴る」は「喧し」の、「門《と》」は「間《ま》」の縁語)を、「浦」に「裏」を、「漕がれ」に「焦がれ」を掛けた。「鳴門の浦」「漕がれ」などの縁語である「磯のあまびと」は資通をたとえたもの。

五 誠実で、世間一般の浮ついた点のない人で。

六 誰それは今どこで何をしているのかなどと。資通は、作者たちのことを色めかしく詮索《せんさく》するようなことのない節度ある人物として描かれている。なお底本傍注に「資通于《に》レ時右大弁《うだいべん》正四位下　九月十九日蔵人頭《くらうどのとう》」とある。

* 夢破れた現実の中での源資通との出会いは、歳月の経過とともに愛惜の思いのつのる物語的経験であった。この二人の交渉のはかない

今はひとへに豊かなる勢ひになりて（ただ一途に裕福にもなり羽振りもよくなって）、[一〇]双葉《ふたば》の人をも思ふさまにかしづきおほしたて（幼ない子供をも思いどおりに大切に育てあげて）、わが身も（自分自身も）[一一]みくらの山に積み余るばかりにて（積みきれぬほどの財産を蓄えて）、[一二]後の世までのことをも思はむと思ひはげみて（気持を引き立てて）、[一三]十一月《しもつき》の二十余日、[一四]石山に参る。

雪うち降りつつ、道のほどさへをかしきに（〔加えて〕道中の景色も風情があったが）、逢坂《あふさか》の関を見るにも（見るにつけても）、[一五]昔越えしも冬ぞかしと思ひ出でらるるに、そのほどしも（その折も折〔あの昔と同じように風が〕）、いと荒らう吹いたり（吹き荒れている）。

[一六]逢坂の関のせき風吹くこゑは
むかし聞きしに変らざりけり

[一七]関寺のいかめしう（堂々と立派に）造られたるを見るにも、そのをり（〔かつての〕上京の時）、荒造りの御（〔仏様の〕）顔ばかり見られしをり思ひ出でられて、年月《としつき》の過ぎにけるもいとあはれなり（歳月の経過したことも実に感慨深く思われる）。

[一八]打出《うちいで》の浜のほど（あたり）など、見し（〔かつて〕）にも変らず。暮れかかるほどに詣《まう》で

終結から、「今は、昔の…」と次段に移る呼吸を味わいたい。

七 六一頁注一〇参照。

八 六二～三頁参照。

九 親が地道な信仰心を私に植えつけてくれていたら、と非難したい気持。

一〇 夫橘俊通との間の子、仲俊。「児《ちご》ども」（八九頁三行）「幼なき人々」（九八頁三行、一〇五頁一行）「若き人々」（一〇六頁八行）とあるように、仲俊のほかにも子があったが、お産はもとより俊通との交渉についても何ら記されていない。底本巻末の「勘物《かんもつ》」（一六八頁参照）によれば俊通の下野守《しもつけのかみ》着任は長久二年（一〇四一）だから、この年は帰任の年に当るが、それについての記事もないのである。七四頁注七参照。

一一 因幡《いなば》の国（現在の鳥取県の一部）の歌枕。「みくら」に「倉」を掛ける。下の「積み」はその縁語。

一二 来世の安楽を願う心が、現世の名利《みょうり》を求める気持と必ずしも矛盾しない点に注意。

一三 寛徳二年（一〇四五）のこと。作者三十八歳。

一四 六二頁注一一参照。

一五 東国から上京した二十五年前の昔。三〇頁参照。

一六 今この逢坂の関に吹いてくる風の音は、昔ここを越えた時に聞いたのと変らないではないか。

一七 三〇頁注七参照。

一八 滋賀県大津市松原石場町。逢坂の関を越えた辺りの琵琶湖畔。上京時の道中記には見えなかった地名。

着きて、斎屋《ゆや》[一]におりて、御堂《みだう》にのぼるに（本堂に参入すると）、人声もせず、山風おそろしうおぼえて、おこなひさして（勤行を中途にして）うちまどろみたる夢に（ついうとうとと眠った夢の中で）、「中堂[二]より麝香《ざかう》[三]賜はりぬ（頂戴した）。とくかしこへ告げよ（早くあちらへ知らせなさい）」と言ふ人あるに、うちおどろきたれば（はっと目が覚めてみると）、夢なりけりと思ふに（今のは夢だったかと）、よきことならむかしと思ひて（きっと吉夢なのだろうと）、おこなひ明かす（一晩中勤行する）。

またの日も（翌日も）、いみじく雪降り荒れて、宮[四]にかたらひ聞こゆる人の具したまへると（宮家で親しくして頂いていた方で一緒に参籠しておられる女房と）物語して、心ぼそさをなぐさむ。

三日さぶらひて（参籠して）、まかでぬ（〔寺を〕退出した）。

初瀬詣

[五]そのかへる年の十月《かみなづき》二十五日、大嘗会《だいじやうゑ》[六]の御禊《ごけい》とののしるに（〔世間では〕大騒ぎだが）、初瀬の精進《さうじ》[七]はじめて（御禊の当日の出発と決めたが）、その日、京を出づるに、[八]さるべき人々、「一代に（天皇一代に）一度の見物《みもの》にて、田舎《ゐなか》[九]世界の人だに見るものを（田舎の人すら〔上京して〕見物するのに）、[一〇]月日多かり、その（その日）

一 参詣人が身を清める堂。沐浴《もくよく》する所なので「湯屋」ともいう。参考「斎屋に物など敷きたりければ、行きて臥しぬ。…夜になりて湯などものして、御堂にのぼる」（『蜻蛉日記』中、天禄元年石山詣）。

二 寺の中心となる堂で、本尊を安置してある所。ここは夢の中のことではあり、特に比叡山延暦寺の根本《こんぽん》中堂《ちゆうどう》をさすと解する説がある。

三 麝香鹿《じやこうじか》の雄の腹部の香嚢《こうのう》から採取した香料。

四 「宮」は祐子内親王の御所。参考『枕草子』「正月に寺に籠りたるは」に「かやうにて、寺にも籠り、すべて例ならぬところに、ただ使ふ人のかぎりしてあるこそ、かひなうおぼゆれ。なほ、同じほどにて、一つ心にをかしき言《こと》も憎き言《こと》も、さまざまにいひあはせつべき人、かならず一人、二人、あまたも誘はまほし」とある。

五 永承元年（一〇四六）。作者三十九歳。

六 十一月の中《なか》の卯《う》の日に、その年の新穀を天神地祇《ちぎ》に献じ天皇もそれを食する儀式を新嘗祭《にいなめまつり》といい、天皇即位後一世一度の儀として行われる新嘗祭が「大嘗会」である。前年一月十六日、後朱雀《ごすざく》天皇が退位、代って後冷泉《ごれいぜい》天皇が即位したので、これは後冷泉朝のもの。「大嘗会の御禊」は、それに先立って天皇が十月下旬に賀茂川で斎戒《さいかい》（物忌《ものいみ》）する行事。この日天皇は、宮中から美福門を出て二条大路を東行し賀茂川へ向うが、文武両官が供奉《ぐぶ》する盛大な行列は、世間を湧きたたせる見物《みもの》であった。

七 初瀬詣《はつせもうで》に先だっての斎戒。御禊の当日以前に何日間か行《おこな》っていたもの。
八 作者に対してその奇矯《ききよう》な行動をいさめてしかるべき身内の人々。
九 「世界」には、「田舎」と同様に、地方、異土の意味があるので、同意語を畳みかけて強調したもの。
一〇 何も今日に限ることはあるまいに、という気持。
一一 後々までの語りぐさとなるにきまっている。
一二 母を同じくする兄弟姉妹のこと。ここでは誰と決め難いが、兄の定義（一六頁、四七頁参照）か。
一三 夫の橘俊通。作者の非常識な行動に同意した俊通の心中はどのようなものであったか、この夫婦仲の機微も忖度《そんたく》されて興味深い。
一四 仏だっていくらなんでも殊勝とお感じになるに違いない。
一五 道は他にいくらもあろうに、ことさらに御禊の行列の通路である二条大路を通って行くと。
一六 仏に奉納する燈明。
一七 白い布または生絹《すずし》で作った狩衣《かりぎぬ》。神仏に仕える際に着用する清浄な着物。
一八 見物のため臨時に道路に面して作られた高床の席。御禊の行列を見るためにその桟敷に入ろうとする人々の動きが、早朝からあわただしい。
一九 京を出て行く作者の一行とすれ違うのである。
二〇 藤原良頼。隆家（関白道隆の子）の長男。この年、正三位権中納言兼右兵衛督《うひようえのかみ》。四十五歳。

日しも京をふり出でて行かむも、いとものぐるほしく、[一一]流れての物語ともなりぬべきことなり」など、[一二]はらからなる人は言ひ腹立てど、[一三]児《ちご》どもの親なる人は、「いかにもいかにも、心にこそあらめ」とて、言ふにしたがひて出《い》だし立つる心ばへもあはれなり。ともに行く人々もいといみじく物ゆかしげなるは、いとほしけれど、「物見て何にかはせむ。かかるをりに詣《まう》でむ志を、[一四]さりともおぼしなむ。かならず仏の御しるしを見む」と思ひ立ちて、その暁に京を出づるに、[一五]二条の大路《おほぢ》をしもわたりて行くに、さきに[一六]みあかし持たせ、供の人々[一七]浄衣《じやうえ》姿なるを、そこら、[一八]桟敷《さじき》どもに移るとて[一九]行きちがふ馬《むま》も車もかち人も、「あれはなぞ、あれはなぞ」と、やすからず言ひおどろき、あさみ笑ひ、あざける者どももあり。

[二〇]良頼《よしより》の兵衛督《ひやうゑのかみ》と申しし人の家の前を過ぐれば、それ桟敷へわたりたまふなるべし、門《かど》広う押《お》し開《あ》けて、人々立てるが、「あれは物詣《ものまうで》

に限って京を振り捨てて出て行こうというのも　気違い沙汰で
そう言っていきまくけれど
どうなりとも　気のすむようにするがよかろう
〔私の〕言うがままに　旅立たせてくれた心遣いも身にしみてうれしい　私に同行する従者た
ちの中でも〔御禊の儀式を〕ひどく見物したそうにしている者には　かわいそうだが　何に
なるというのか　こういう際に　きっと
仏のご利益を得るだろう　一念発起して　翌朝まだ暗いうちに
先頭の者に
大勢　馬上
の人も牛車の人も徒歩の人も　何だ　ただごとではないように
嘲笑し　悪態をつく
良頼様が　お移りにな
るところなのだろうか　そこに立っている人々が

人《ひと》なめりな《らしいな》。月日しもこそ世に多かれ《行くべき日は他にいくらでもあるのに》」と笑ふ中に、いかなる心ある人にか《何という心得のある人であろうか》、「一時《ひととき》が目をこやして何にかはせむ《いっとき目を楽しませてそれが何になろう》。いみじくおぼし立ちて《殊勝にも発心なさって》、仏の御徳かならず見たまふべき人にこそあめれ《ご利益をきっとお受けになる人であるに違いない》。よしなしか[一]し。物見で《見物などやめて》、かうこそ思ひ立つべかりけれ《あのように物詣を思い立つべきだったのだ》」と、まめやかに《本気になって》言ふ人ひとりぞある。

道[二]顕証《けんそう》ならぬさきにと、夜深《よぶか》う出でしかば《まだ暗い時出立したので》、立ちおくれたる人々も待ち《遅れて出た人々をも待ち合せ》、いと《［また］》おそろしう深き霧をも少し晴るけむとて《霧が少し晴れるまで待とうと思って》、法性寺《ほふさうじ》[三]の大[四]門に立ちとまりたるに、田舎《ゐなか》より物見にのぼる者ども《上京してくる者たちが》、水の流るるやうにぞ《［途切れなく］》見ゆるや。すべて道もさりあへず《よけきれぬほどだ》。物の心知りげもなきあやしの童《わらは》べまで《分別のありそうもない下賤の子供たちまで》、ひきよきてゆき過ぐるを《［私たちが］人波をよけて反対に通り過ぎて行く》、車をおどろきあさみたることかぎりなし《その車を見てただ驚きあきれかえっているばかりである》。これらを見るに、げに[五]いかに出で立ちし道なりともおぼゆれど《本当に何だってこんな旅に出てしまったのだろうと思われるが》、ひたぶるに《［後悔を振り捨てて］一途に》仏を念じたてまつりて《仏を心中にお祈り申して》、宇治《うぢ》[六]の渡りに行き着きぬ。そこにも、なほしも《やはりまた》こなたざまに《こちら岸へ》渡りする者ども《［舟で］渡る人々が》立ち《混雑し》

一 物見《ものみ》にうつつを抜かすなんて他愛のないことだ。
二 はっきりと人目についてきまり悪い状態。
三 藤原忠平が延長三年に創建した寺。九条河原（現在の東福寺の北側辺り）にあり、宇治への通路に当る。京のはずれであるから、ここで遅れてくる人々を待とうとした。参考「河原過ぎ、法性寺のわたりおはしますに、夜は明けはてぬ」（『源氏物語』「東屋」）。
四 寺の外構の正門。総門。
五 人波の流れに逆行してゆく自分の行為がいかに奇《き》矯《きよう》であるかが実感されて、気持が怯《ひる》むのである。
六 宇治川の渡し場。京都から奈良への街道筋に当る。今の平等院付近。
七 渡守《わたしもり》のこと。「楫」は舟を漕《こ》ぐ櫓《ろ》・櫂《かい》の類。
八 舟を進める棹を立てて、それに顔を押し当て、身をもたせかけるようにしている動作。
九 とぼけて舟唄などを歌い、知らん顔をして悠々《ゆうゆう》とよそ見などをしている様子。
一〇 いつまで待ってもとても渡れそうにないので。「無期」は無期限の意。いつと時期を決められぬこと。
一一 『源氏物語』をさす。「紫のゆかり」（三四頁四行）は、この物語の端緒《たんちよ》の部分であったが、これは「宇治十帖」を含む『源氏物語』の全体。
一二 八の宮の娘、大君《おおいぎみ》・中の君・浮舟。彼女らの人生は、いずれも宇治の地を主な舞台として語られる。
一三 「住ませたるならむ」の主語を『源氏物語』の作者とする解がある。かつての夢見がちな少女が、今はこみたれば《ているので》、舟[七]の楫《かぢ》とりたるをのこども、舟を待つ人の数も知らぬに心おごりしたるけしきにて《無数に控えているさまを見て得意気な面持ちで》、袖をかいまくりて《まくりあげて》、顔[八]にあてて棹《さを》に押しかかりて、とみに《すぐには》舟も寄せず、うそぶいて[九]見まはし、いといみ《ひどく》じうすみたるさまなり《すまし返った様子をしている》。無期《むご》[一〇]にえ渡らで、つくづくと見るに《〔あたりを〕よくよく眺めやると》、紫[一一]の物語に宇治[一二]の宮のむすめどものことあるを、いかなる所なればそこにしも《どういう所なので〔彼女らを〕わざわざそこに》住ませ[一三]たるならむとゆかしく思ひし所ぞかし《住まわせることにしたのかとかねがね興味を持っていた場所ではないか》、げにをかしき所かなと《なるほど風情のある所だなと》思ひつつ、からうじて《やっとのことで》渡りて、殿[一四]の御領所《ごらうしよ》[一五]の宇治殿[一六]を入《い》りて見るにも、浮舟《うきふね》の女君《をんなぎみ》のかかる所にやありけむなど《こんな所に住んでいたのかしらなどと〔そのことが〕》、まづ思ひ出《い》でらる。

夜深《よぶか》[一七]く出でしかば《出てきたので》、人々困《こう》じて《疲れて》、やひろうち[一八]といふ所にとどまり《休憩して》て、物食ひなどするほどにしも《ちょうどそんな時》、供なる者ども、「〔ここは〕高名《かうみやう》[一九]の栗駒山《くりこまやま》にはあらずや。日も暮れがたになりぬめり。ぬしたち《皆さん》調度《てうど》[二〇]とりおはさうぜよや」と言ふを、いとものおそろしう聞く。

紫式部の構想にまで思い及ぶほどの批評眼を持つに至ったと見るのである。八の宮がその娘大君・中の君を宇治に住まわせたのは選択の余地もない処置で孝標の女《むすめ》がそのこと自体に疑問を抱く筈がないというのが主な論拠だが、八行目にあるとおり作者の関心は依然、かつて自分の未来像をそこに空想した浮舟（三六頁注四参照）の方に注がれており、ここは、どんな場所柄ゆえ薫は浮舟《うきふね》を宇治に住まわせたのだろうという好奇心のあらわれと解するのが自然であろう。

一四 関白頼通。七八頁注一参照。

一五 領地。または所有している土地・建物。

一六 もとは源融《とおる》の別荘であったが、後に藤原道長の所有となり、その子頼通が伝領したもの。この年から七年後の天喜元年（一〇五三）、これを寺に改造して平等院とした。作者がここに入ることを許されたのは、祐子内親王に仕えている縁故によるのだろう。

一七 前頁六行目にも「夜深う出でしかば」とあった。

一八 底本は「やひろ」に朱点を施して不審としている。京都府城陽市字富野の小字野路地《やいろじ》とする説に従えば、実際の道順は宇治・栗駒・やひろうち・贄野《にえの》となり、ここに記された道順は前後していることになる。

一九 「高名の」は、有名な、の意。「栗駒山」は京都府宇治市大久保町一帯の丘陵。盗賊の跳梁《ちょうりょう》で恐れられた。

二〇 手回り品をおとりまとめくださいよ。「おはさうぜよや」は「おはさうず」（「おはしあひす」の転）の命令形に、強意の終助詞「よ」「や」の付いた形。

その山、越えはてて、贄野《にへの》[一]の池のほとりへ行き着きたるほど、日は山の端《は》にかかりにたり。「今は宿とれ」とて、人々あかれて宿もとむる、所[二]はしたにて、「いとあやしげなる下衆《げす》[三]の小家《こいへ》なむある」と言ふに、「いかがはせむ」とてそこに宿りぬ。[四]「みな人々京にまかりぬ」とて、あやしの[五]をのこ二人ゐたる。[六]その夜も寝《い》も寝《ね》ず。このをのこ出で入りし歩《あり》くを、[七]奥の方《かた》なる女ども、「などかくし歩かるるぞ」と問[八]ふなれば、「[九]いなや、心も知らぬ人を宿したてまつりて、[一〇]釜《かま》はしもひきぬかれなば、いかにすべきぞと思ひて、え寝でまはり歩くぞかし」と、寝たると思ひて言ふ、聞くに、いとむくむくしくをかし。

つとめてそこを立ちて、東大寺[一一]に寄りて拝みたてまつる。[一二]石上《いそのかみ》も[一三]まことに古《ふ》りにけること、思ひやられて、むげに荒れはてにけり。

（栗駒山）
頃
供人達が手分けして宿を探し求めるが
中途半端な場所柄とて
みすぼらしい様子の
があるきりです
しかたあるまい
みすぼらしい
出たり入ったり
するので
どうしてそんなに歩き回られるのですか
気心も知れぬ人を
お泊めして
万一釜を盗まれでもしたら
どうしたらいいか
寝てもいられず見回っているのですよ
と〔私達が〕寝てしまっていると思って言うのを
聞くと
実に気味悪くもあり滑稽にも思われる
翌朝
すっかり荒れ果てているではないか

一 当時初瀬詣の途上にあった池。京都府綴喜郡井手町付近。参考「贄野の池、泉川などいひつつ、鳥どもゐなどしたるも、心にしみてあはれにをかしうおぼゆ」（『蜻蛉日記』上、安和元年初瀬詣）「贄野の池。初瀬に詣でしに、水鳥の、ひまなくゐて、たちさわぎしが、いとをかしう見えしなり」（『枕草子』「池は」）。

二 ここから供人たちの言葉とも見做《みな》しうる。

三 身分の賤しい者。「上衆《じやうず》」の対。

四 この家の主人も家族も皆、大嘗会《だいじやうゑ》の御禊《ごけい》の見物のため京へ行ってしまったというのである。「京にのぼりぬ」とあるべきところだが、「まかりぬ」は客人（作者たち）に対する謙譲語と解される。

五 下男。一六頁注九参照。

六 早朝に出発したので、前夜睡眠を満足にとっていないが、今夜もまたまんじりともできないというのである。主語を「このをのこ」とする説には従えない。

七 奥の部屋にいるこの家の下女たち。

八 「などかくし歩かるるぞ」と問う下女の声が聞えてくるのである。「なれ」は伝聞の助動詞。

九 いやなに、なにね、といった軽い発語。

一〇 「釜はしも」の「は」は、ある物をとりたてて明示する係助詞。「しも」は、よりによってという気持を添える副助詞。釜はその頃大切な財産であった。

一一 奈良市雑司町にある華厳《けごん》宗総本山。聖武天皇の発願で創建。本尊は奈良の大仏として有名な盧遮那仏《るしやなぶつ》。

一二 天理市布留《ふる》町にある石上神宮。布留の地名の縁その夜、[一四]山辺《やまのべ》といふ所の寺に宿りて、《〔疲れているので〕》いと苦しけれど《実に大儀であるが》、経すこし読みたてまつりて、うちやすみたる夢に、いみじくやむごとなく清らなる女のおはするに《ことのほか尊い身分の気品高く美しい女人のいらっしゃる所に》参りたれば《私が参上すると》、風いみじう吹く。見つけて《〔その女人は私を〕》、うち笑《ゑ》みて、「何しにおはしつるぞ《何のご用でいらっしゃったのですか》」と問ひたまへば、「いかでか参らざらむ《どうして参上せずにいられましょうか》」と申せば、「[一五]そこは内裏《うち》にこそあらむとすれ。[一六]博士《はかせ》の命婦《みやうぶ》をこそよくかたらはめ《によく相談してみるがよい》」とのたまふと思ひて《おっしゃったかと思うと》《〔夢から覚めて〕》、うれしく頼もしくて、いよいよ念じたてまつりて《ますます熱心に仏にお祈り申して》、[一七]初瀬川などうち過ぎて《通り過ぎて》、その夜[一八]御寺《みてら》に詣《まう》で着きぬ。[一九]祓《はら》へなどしてのぼる《〔御堂に〕》。三日さぶらひて《参籠して》、暁まかでむとて《退出する予定にして》、うちねぶりたる夜さり《すこしの間まどろんだ夜》、御堂《みだう》の方《かた》より《方向から》、「[二〇]すは、[二一]稲荷《いなり》より賜《たま》はる験《しるし》の杉よ」とて、物を投げ出づるやうにするに、うちおどろきたれば《はっとして目覚めてみると》、夢なりけり《何と夢ではないか》。

暁、夜深く出でて《明け方暗いうちに出立し》、えとまらねば《途中に宿を取りかねたので》、[二二]奈良《なら》坂《さか》のこなたなる家をたづねて宿りぬ。これもいみじげなる小家《こいへ》なり《ひどくみすぼらしい》。「ここは、けしきある《どうも怪しげな》

で、「いそのかみ」は「古《ふる》」「経《ふ》る」「降る」などの枕詞に用いる。「いそのかみ古き都のほととぎす声ばかりこそ昔なりけれ」（素性《そせい》法師、『古今集』夏）。

一三 「いそのかみふる…」と詠まれてきているとおり、長い年月の経過が本当に思いやられるような有様で。

一四 天理市井戸堂町の辺りといわれる。現在は奈良市から桜井市に至る山沿いの古道を「山辺《やまのべ》の道」と呼ぶ。

一五 そなたは宮中にお仕えすることになっている。

一六 七七頁注一三参照。

一七 長谷寺《はせでら》の前を流れる川。三輪《みわ》山の裾をめぐって西北に流れ、末は佐保川と合流して大和川となる。

一八 長谷寺のこと。

一九 参詣のために身を清めるのである。長谷寺は斎屋《ゆや》のほかに祓殿《はらえどの》をそなえていた。参考「からうじて祓殿に到り着きけれど…御堂に物するほどに心地わりなし」（『蜻蛉日記』中、天禄二年再度初瀬詣）。

二〇 そら。さあ。人に注意を促すための発語。

二一 京都市伏見区深草藪之内町の伏見稲荷大社。稲荷神降臨の日とされる二月初午《はつうま》の日に、神杉（験《しるし》の杉）を持ち帰って自宅の庭に植え、吉凶を占う風習があった。参考「稲荷山多くの年を越えにけり祈る験の杉を頼みて」（『蜻蛉日記』上、康保三年稲荷詣）。

二二 六二頁注一〇参照。「こなたなる」は、こちら側の、つまり京都寄りの意。参考「奈良坂のあなたには、人の御宿りもなし。ここにとどまらせたまへ」（『平中物語』三六段）。

所なめり（家のようだ）。ゆめ（決して）寝《い》ぬな。れらがいのことあらむに（何が起るか分らないから）[一]。あなかしこ[二]、おびえ騒がせたまふな（こわがったり騒いだりなさるな）。息もせで（息を殺して）臥《ふ》させたまへ（寝ていらっしゃい）」と（〔供人が〕）言ふを聞くにも、いといみじうわびしくおそろしうて、夜を明かすほど（夜が明けるのを待つ間）[三]、千年《ちとせ》を過ぐすここちす。からうじて明けたつほどに（やっとのことで夜が明けはじめるころに）、「これは盗人《ぬすびと》の家なり。あるじの女（女主人が）、けしきあることをしてなむありける（どうもうさん臭い振舞をしていましたからね）」など言ふ。

いみじう風の吹く日[四]、宇治の渡り[五]をするに、網代《あじろ》[六]いと近う漕《こ》ぎ寄りたり（〔そこでこう詠んだ〕）。

音[七]にのみ聞きわたりこし宇治川の
網代の浪《なみ》も今日ぞかぞふる

二三年、四五年へだてたることを（間隔をおいて経験したことを）[八]、次第もなく書きつづくれば（順序もかまわず書き連ねていくと）、やがてつづきだちたる修行者《すぎやうじや》[九]めきたれど（さながら物詣ばかりしている）、さには（〔実際は〕）あらず（そうではなく）、年月へだ（〔これらの参籠は〕）

一「れらがい」は用例がなく難解。「慮外《りよがい》」あるいは「料外《りようがい》」と考えられている。思いもよらぬ、の意であろう。

二 感動詞「あな」と、「畏《かしこ》し」の語幹の結合した語。本来はおおこわい、またはああもったいない、の意だが、下に打消を伴う場合は、決して、の意となる。

三 参考「夜の明くるほどの久しさ、千夜《ちよ》を過ぐさむ心地したまふ」(『源氏物語』「夕顔」)。

四 奈良坂の都寄りの地で一泊した翌日のことであろうか。前文との続き工合がやや不自然。この日記の土台となった備忘録ないし家集の形を想像させる。

五 宇治川の渡し場(九〇頁注六参照)を渡った時。

六 川の中に木や竹を組み、氷魚《ひお》を簀《す》に追込む装置。宇治川の網代は特に有名で、しばしば歌に詠まれる。

七 これまで話に聞くだけだった宇治川の網代を、今日という今日は、そこに立つ波の数が数えられるほどの近さまで漕ぎ寄って見たよ。「音にのみ聞きわたりつる住吉の松の千歳《ちとせ》を今日見つるかな」(紀貫之、『拾遺集』雑上)。

鞍馬山の春秋

＊ 一世一代の見物《みもの》、大嘗会の御禊の騒ぎに背を向けて初瀬詣の旅に出てゆく作者の心は、善根功徳《ぜんこんくどく》を積もうとする異常な熱意に燃えていたと一応いえようが、一方では、現実の日常的な自己に対する自虐的ともいうべき反乱を読みとることができる。非日常的空間へと自己を押し出してゆく、この片意地なまでの行

たれることなり《年月の間隔のあることなのである》。

[一〇]春ごろ、鞍馬《くらま》[一一]にこもりたり。山ぎは霞《かす》みわたり《一面に霞がかかり》、のどやかなるに、山の方《かた》より、わづかに《〔人々が〕少しばかり》ところ[一二]など掘りもて来るもをかし[一三]。出《い》づる道は花もみな散りはてにければ、なにともなきを《これといった風情はないが》、十月《かみなづき》ばかりに詣《まう》づるに、道のほど《道中の》山のけしき、このころ[一四]は、いみじうぞまさるものなりける。山の端《は》、錦《にしき》[一五]をひろげたるやうなり。たぎりて流れゆく水、水晶《すいしやう》を散らすやうにわきかへるなど、いづれにもすぐれたり《どこの景色にもまさってすばらしい》。詣で着きて、僧坊[一六]に行き着きたるほど《時》、かきしぐれたる[一七]紅葉《もみぢ》のたぐひなく《格別に美しく》ぞ見ゆるや《見えたことではある》。

[一八]奥山の紅葉の錦ほかよりも
　いかにしぐれて深く染めけむ

とぞ見やらるる《と感じ入りつつ眺めずにはいられない》。

為こそが、別世界との清新な触れあいを可能ならしめたのであろう。地方庶民の風俗誌としても貴重な紀行文を綴《つづ》り得たゆえんである。

八　石山詣(八七頁)、初瀬詣(八八～九四頁)、またこの後の鞍馬詣、石山詣、初瀬詣と、寺参りの記事が続くが、それらはこの数年間の旅の経験を特筆したものであって、自分は決して修行者のような生活をしていたわけではないと断ったのである。

九　諸国を行脚《あんぎや》して仏道修行する僧。

一〇　永承二年(一〇四七)、作者四十歳の時のことか。この辺り以降の記事の年次は決め難くなる。

一一　六三頁注一二参照。

一二　野老《ところ》。山芋に似ており、地下茎を食用とした。参考「そのわたりの山に掘れるところなどの、山里につけてはあはれなれば」(『源氏物語』「横笛」)。

一三　鄙《ひな》びた風情があって面白い。

一四　前回、春に鞍馬籠りした際の道中の景色に比べて秋のこの頃のほうが断然すぐれているというもの。

一五　濃淡に彩られた紅葉の美しさを形容している。三六頁最終行にも「錦を引けるやうなるに」とあった。

一六　寺院の中で僧侶《そうりよ》の起居する建物。

一七　時雨に濡れてひとしお色の映《は》える紅葉。

一八　この奥山の紅葉の錦は無類の美しさだが、いったい時雨がどんなふうに降って、ほかよりも色濃く染めあげたのであろうか。「しぐるれば色まさりけり奥山の紅葉の錦濡れば濡れなむ」(『清正集《きよただ》』)。

石山寺の夜

一二年ばかりありて（経って）、また石山にこもりたれば、よもすがら（一晩中）雨ぞいみじく降る（雨が激しく降り続く）。旅居《たびゐ》は雨いとむつかしきものと聞きて（旅先では雨は全く嫌なものだと〔その雨音を〕）、二蔀《しとみ》を押し上げて見れば、三有明《ありあけ》の月の谷の底さへくもりなく（谷底までもはっきり見えるほどに）澄みわたり、四雨と聞こえつるは（雨音と聞えていたのは）、木の根より（木の根をくぐって）水の流るる音なり。

五谷川の流れは雨と聞こゆれど
　ほかより異《け》なる有明の月

再び初瀬へ

また初瀬《はつせ》に詣《まう》づれば、六はじめにこよなくもの頼もし、〔道中の〕七ところどころに（あちこちで）設けなどして、行きもやらず。八山城《やましろ》の国九柞《ははそ》の森などに、紅葉《もみぢ》いとをかしき（実に美しい）ほどなり（季節である）。初瀬川わたるに（渡る折に）、

一〇初瀬川たちかへりつつ訪《たづ》ぬれば

一 前回の石山詣から二年ほど経った時期に再び参詣したのである。永承二、三年（一〇四七、八）頃か。

二 蔀（一四頁注四参照）は普通上下二枚からなり、上半分は釣り下げてあるので「押し上げて」開ける仕組となっている。

三 同趣の情景に、「暁にかかる月の、谷の底さへ残りなくはべりしかば」（『夜の寝覚』巻一、石山の景）「堂は高くて下は谷と見えたり…見下《みおろ》したれば、麓《ふもと》にある泉は鏡のごと見えたり」（『蜻蛉日記』中、石山詣）などの例がある。

四 参考「秋の夜に雨と聞えて降りつるは風に乱るる紅葉なりけり」（読人しらず、『後撰集』秋下）。

五 谷川の流れは雨の音かと聞えてくるけれども、雨どころか空は晴れていて、ほかのどこよりも格別に美しく有明の月が照っている。この歌、『新拾遺集』雑上に第四句「ほかより晴るる」として入集。

六 「はじめに…もの頼もし」は挿入句。最初の初瀬詣の際に比べて何かにつけて格段に心強い気がする、との意。次頁四行目に「類ひろければ」ともあり、今回はかなり仰々しい旅だったらしい。夫俊通が同行したのであろう。

七 前下野守《さきのしもつけのかみ》夫妻の一行ということで、道中の方々で饗応を受け、さっさと通過してゆけない。参考「ここかしこ饗《あるじ》しつつ留むれば…」（『蜻蛉日記』上、安和二年初瀬詣）「そこよりはじめて、饗する所行きもやらずあり」（同中、天禄二年再度初瀬詣）。

杉のしるしもこのたびや見む（ご利益が期待される）

と思ふもいと頼もし。

三日さぶらひて（参籠して）、まかでぬれば（退出すると）、例の（〔帰路〕）一一奈良坂のこなたに、小家などに、このたびは（今回の旅では）、いと一二類《るい》ひろければ、え宿るまじうて（〔狭くて〕とても泊れそうもなくて）、野中に、かりそめに（間に合せに）一三庵《いほ》つくりて据ゑたれば（〔私達を〕入れてくれたので）、人はただ野にゐて夜を明かす（供の人々は野宿をして）。草の上に、一四行縢《むかばき》などをうち敷きて、上にむしろを敷きて、いとはかなくて（まったくかりそめの設けで）夜を明かす。一五頭《かしら》もしとどに露おく。暁がたの月（有明の月が）、いといみじく澄みわたりて、世に知らずをかし（無類の風情である）。

一六ゆくへなき旅の空にもおくれぬは

都にて見し有明の月

心豊かな日々

一七なにごとも心にかなはぬこともなきままに（万事にこれといって思いどおりにならぬこともない境遇にまかせて）、かやうにたち離れ（遠出の）

八 現在の京都府の一部。
九 京都府相楽郡精華町祝園《ほうぞの》の祝園神社の森。紅葉の名所で、歌枕。「柞」は楢《なら》・櫟《くぬぎ》・槲《かしわ》などの総称。「いかなれば同じ時雨に紅葉する柞の森の薄く濃からむ」(藤原頼宗、『後拾遺集』秋下)。
一〇 こうして何度も初瀬川を渡ってお参りするのだから、前回詣でた時夢に見た「験《しるし》の杉」(九三頁注二一参照)のご利益《りやく》に今度こそあずかれるのではなかろうか。
一一 九三頁一二〜一三行参照。
一二 一行が大勢なので。前頁注六参照。
一三 草木を編んで急造した仮小屋。二八頁三行参照。
一四 狩猟や乗馬の際、腰につけて垂らし、袴《はかま》の前面にあてる毛皮製の被《おお》い。参考「行縢を解きて苔の上に敷き」(『宇津保物語』「俊蔭《としかげ》」)「山賤《やまがつ》の垣根の、おどろ蓬《よもぎ》の蔭に、行縢といふものを敷きておろしたてまつる」(河内本『源氏物語』「浮舟」)。
一五 髪がしっとり濡れるほど露が降りているさま。
一六 行く先のあてがなく心細い旅の空にも、私に離れずついてくるのは、都で見たのと同じ有明の月だよ。「空」と「月」とは縁語。この歌、『続後撰集』羇旅《きりょ》に入集(ただし第四句「都を出でて」)。「はるかなる旅の空にもおくれねば羨《うらやま》しきは秋の夜の月」(平兼盛、『拾遺集』別離。ただし『金葉集』では作者は源為成)。
一七 妻として母として家庭に根づき、それなりに安定していたというもの。

たる物詣《ものまうで》をしても、道のほどを、をかしとも苦しとも見るに、おのづから心もなぐさめ、一さりとも頼もしう、さしあたりて嘆かしなどおぼゆることどもないままに、二ただ幼なき人々を、いつしか思ふさまにしたてて見むと思ふに、年月の過ぎゆくを、心もとなく、三頼む人だに人のやうなるよろこびしてはとのみ思ひわたるここち、頼もしかし。

道中の様子を　感じることによって　気を紛らわせ　当面　つらく悲しいなど　と思われる事柄がないのだから　ひたすら幼ない子供たちを　何とか早く思いどおりに　育て上げ「その姿を」見たいと思うにつけ　待ち遠しく「また」　それを一途に思い続けている気持は　心強い　ことではあった

越前の友へ

いにしへ、いみじうかたらひ、夜ひる歌など詠《よ》みかはしし人の、四ありありても、いと昔のやうにこそあらね、たえず言ひわたるが、越前《ゑちぜん》の守《かみ》の五嫁《よめ》にて六下《くだ》りしが、かきたえ音もせぬに、からうじてたよりたづねてこれより、

むかし　格別に親しく交際し　夜となく昼となく　歌の贈答などしていた人で　長い年月が経っても　とくに以前ほどではないけれども　絶えず消息を交してきた人が　ふっつりと音沙汰も絶えたので　やっとのことでつてを　求めて　私のほうから

七絶えざりし思ひも今は絶えにけり

一 そんな安易な寺参りではあるが。「さ」は前の「道のほどを…心もなぐさめ」を受ける。
二 寺参りによるご利益が期待されて。この部分は四行目「見むと思ふ」に続いてゆく。
三 「頼む人」とは夫橘俊通のこと。せめて頼りにしている夫だけでも人並みに任官してくれたらと。四七頁七行参照。
＊ 経済的にも安定し精神的にも自足した境地を語っているようである。物語的人生実現への期待を「よしなしごと」と見果てた作者が、現実を素直に受け入れようとする境地なのだろうか。しかしながら平凡な家庭生活とは別に、彼女にはやはり反日常的世界への希求が保持されていたのである。長久二年（一〇四一）の夫の下野守赴任、また四年後の帰任についてまったく触れず、夫の不在中の源資通との交渉を長々と語ったことの意味を反芻《はんすう》しなければなるまい。物詣の記を繰り返し綴《つづ》る部分にしても物詣が、現世否定的なものでなく世俗的な福利を願うものであったにせよ、その旅立ちは反日常的行為に他ならないのである。にも拘《かかわ》らず、ここに自足安定の境涯《きょうがい》を語り、子の成長と夫の任官というありきたりの世俗的願望を記すのは、むしろ、それすらもやがて打ち砕かれるほかなかった無残な人生を語ろうがためではなかろうか。

越《こし》のわたりの雪の深さに

と言ひたる返りごとに、（詠み贈った歌の返歌として）

八 しらやまの雪の下なるさざれ石の

なかの思ひは消えむものかは

奥山の春

三月《やよひ》（三月の上旬に）のついたちごろに、九 西山の奥なる所に行きたる（行ったが）、人めも見えず（［そこは］人影もなく）、のどのどと（のどやかに）霞《かす》みわたりたるに（一面霞がかかっていて）、あはれに心ぼそく、花（（桜））ばかり咲き乱れたり。

一〇 里遠みあまり奥なる山路には

花見にとても人来《こ》ざりけり

四「ありありても」は「たえず言ひわたるが」にかかる。

五 息子の妻。あるいは嫁《とつ》いだ女。ここでは後者。

六 夫の任国である越前《えちぜん》の国（現在の福井県東部）へ下った人が。

七 これまで絶えることなく続いていた私たちの友情も、今は絶えてしまったのですね。あなたの住む越《こし》の国辺りに深く降り積っている冷たい雪のために。「思ひ」に「火」を掛けた。「越」は越前・越中・越後の北陸地方を広くさしていう。

八 越の国、白山の雪の下に埋もれている小石は、もう冷たくなっているとお思いでしょうが、その中に燃えている友情は決して消えるものではありません。「しらやま」は今の白山《はくさん》。火山でもあるので、贈歌の「思ひ」を受けてやはり「火」を掛け、縁語として「消え」を用いた。「しらやまの雪の下草《したくさ》われなれやしたに燃えつつ年をのみふる」（『兼盛集』。ただし『古今六帖』では第五句「年のへぬらむ」）「浦近く波は立ち寄るさざれ石のなかの思ひは知るや知らずや」（『伊勢集』）。

九「西山なる所」（六六頁八行）と同じ場所であろう。孝標《たかすえ》家の山荘があったものらしい。その辺りの鄙《ひな》びた風情については六八頁に詳しく記されている。

一〇 人里から遠いので、あまりに奥深いこの山路には、花見にと人の訪れてくることもまったくないのか。『玉葉集』春下に入集。

夫と気まずい頃

[一]世の中むつかしうおぼゆるころ、[二]太秦《うづまさ》にこもりたるに、[三]宮にかたらひ（親しく）きこゆる人の御もとより文ある（おつき合いいただいている女房から手紙が届いたので）、返りごと聞こゆるほどに（その返事をお書き申している時に）、鐘の音の聞こゆれば、

[四]繁《しげ》かりしうき世のことも忘られず
いりあひの鐘の心ぼそさに

と書きてやりつ（という歌を書きつけて贈った）。

気儘な交際

[五]うらうらとのどかなる[六]宮にて、同じ心なる人（気心の知れた者同士）三人《みたり》ばかり物語などして、まかでてまたの日（退出したあくる日）、つれづれなるままに（手持無沙汰で所在ないままに）、[七]恋しう思ひ出《い》でらるれば、二人の中に（二人にあてて）、

[八]袖ぬるる荒磯浪《あらいそなみ》と知りながら
ともにかづきをせしぞ恋しき

一 夫婦生活が面白くない頃。
二 三四頁注五参照。
三 「宮に」は、祐子内親王の御所で、の意。「きこゆる」「御もと」等の敬語からみて、この「人」は先輩格の上位の女房であろう。
四 あれやこれやと煩《わずら》わしい俗世のことを忘れようとしてここに籠ってはみたものの、そうすることがなかなかできないでいるのです。夕暮の鐘の音が心細く聞えてくるにつけても。参考「夕暮のいりあひの声、ひぐらしの音《ね》、めぐりの小寺の小さき鐘ども、我も我もと打ちたたき鳴らし…いとせむ方なく物はおぼゆる」(『蜻蛉日記』中、天禄二年鳴滝籠り)。
＊ この太秦籠りが、夫との一時の感情的対立によるのか、あるいは不和が慢性化した夫婦関係からの脱出なのか不明だが、先輩の女房にあてた「繁かりし」の歌には、感傷的な甘えはあっても深刻に苦悩を凝視する姿勢は読みとれまい。
五 『枕草子』「頃は」に「三月。三日はうらうらとのどかに照りたる」とある。
六 注三参照。
七 この親しい女房たちと一緒に宮仕えした昔のことが懐かしく思い出されてくるので。
八 荒磯に寄せる波に袖を濡らすように、つらくて涙の乾く間もない宮仕えとは知りながらも、あなたとご一緒に水をくぐるようにして苦労を重ねてきた昔のこ

とが恋しくてならないのです。「袖ぬるる」「荒磯浪」「かづき」などは縁語。

九 あなたの恋しいとおっしゃっている荒磯は、漁《りょう》をしても貝が得られず、ただむなしく海人《あま》の袖が潮に濡れるようなものです。私の宮仕えの日々はそれと同じように何の喜びもなく、涙の乾く間とてないのです。「貝」に「効《かい》」（効果の意）を掛ける。「荒磯」「漁《あさ》れ」「貝」「うしほに濡るる」「海人の袖」などは縁語。

一〇 海松布《みるめ》の生えている海岸でなかったならば、荒磯の波間を見はからって漁をする海人もありますまいに。それと同じく、合間をぬってあなたにお会いできる楽しみがあるからこそ、私はこうしてつらい宮仕えの日々を過してゆけるのです。海草の名である「海松布」に「見る目」（会う機会の意）を掛けた。「海松布」「浦」「荒磯」「浪間」「海人」などは縁語。

＊ 右の三首は宮仕えを海人の生業になぞらえて詠み交されているが、姪の縁で時折出仕するだけの作者に対して、相手の二人は宮家に常時仕えている女房であるらしい。

筑前の友

一一 「かやうに」は前段の内容を受ける。またこの部分、「かたみに言ひかたらふ」とともに「人」にかかってゆく。

一二 人生や俗世間の悲喜哀歓《ひきあいかん》。

一三 現在の福岡県北西部。筑前守になった夫に同行して下向したのであろう。

一四 この直前に「と」を補い読むとよい。

と聞こえたれば、（と詠んでお贈りしたところ〔その返歌として〕）

九荒磯はあされど何のかひなくて
うしほに濡るる海人《あま》の袖かな

いま一人、（もう一人からは）

一〇みるめ生《お》ふる浦にあらずは荒磯の
浪間《なみま》かぞふる海人《あま》もあらじを

同じ心に（気心が合って）、一一かやうに言ひかはし（このように便りを交し）、一二世の中の憂《う》きもつらきもをかしきも、かたみに言ひかたらふ人（お互いに親しく話し合っていた人が）、一三筑前《ちくぜん》に下《くだ》りてのち、月のいみじう明かきに、かやうなりし夜（こうした月明りの夜）、宮に参りて会ひては（宮の御所に参上してあの人と一緒になっては）、つゆまどろまずながめ明かいしものを（一晩中眠らずに月を眺めて過したものだのに）、一四恋しく思ひつつ寝入りにけり。（〔すると〕）宮に参りあひて（お互いが宮家で落ち合い）、うつつにありしやうに（現に昔と同じように）てありと見て（〔その人と一緒に〕お仕えしている夢を見て）、うちおどろきたれば（はっと目が覚めてみると）、夢なりけり。[一]月も山の端《は》近うなりにけり。[二]覚めざらましをと（〔名残り惜しく〕）、いとどながめられて（つい物思いにふけって〔こう詠んだ〕）、

[三]夢さめて寝覚《ねざめ》の床の浮くばかり
恋ひきと告げよ西へゆく月

和泉への舟旅

さるべきやうありて（しかるべき用事があって）、秋ごろ[四]和泉《いづみ》に下《くだ》るに、[五]淀《よど》といふよりして、道のほどのをかしうあはれなること（道中の景色の身にしみて感興をそそられる風情は）、言ひつくすべうもあらず（言葉に尽せそうもない）。[六]高浜といふ所にとどまりたる夜（停泊した夜）、いと暗きに、夜いたう更けて（夜もすっかり更けてから）、舟の[七]楫《かぢ》の音聞こゆ。[八]問ふなれば（〔近くに〕）、[九]遊《あそび》女の来たるなりけり（遊女がやってきているのだった）。人々興じて、舟にさし着けさせたり（〔遊女の舟を〕こちらの舟に着けさせた）。遠き火の光に（〔照らされ〕）、[一〇]単衣《ひとへ》の袖長やかに、扇《あふぎ》さし隠して（扇をかざして顔を隠し）、歌うたひたる、いとあはれに見ゆ（〔その様子は〕実に美しく哀感を誘われる）。

またの日（翌日）、山の端に日のかかるほど（夕日の沈んでゆく時刻に）、[一一]住吉《すみよし》の浦を過ぐ。空も[一二]一つ

一 夢から覚めて気がついてみると、すでに月も西の空に傾いているではないか。

二 『古今集』恋二、小野小町の「思ひつつ寝《ぬ》ればや人の見えつらむ夢と知りせば覚めざらましを」（恋しいと思い思い寝入ったからこそその人が夢に現れたのだろうか。もし夢と分っていれば目を覚ましはしなかったものを、の意）をふまえる。

三 あなたにお逢いした夢から覚めて、その寝覚の床が浮いてしまうほどに涙を流して恋しがっていたと、あの人に告げておくれ、西へ向う月よ。友の住む筑前の国は都からすると西国。「片敷に幾夜な夜なを明かすらむ寝覚の床の枕《まくら》浮くまで」（『狭衣物語』巻二）。

四 「和泉」は現在の大阪府南部。この頃、兄の定義《さだよし》は和泉守在任中であったことが、永承五年（一〇五〇）の奏状（『平安遺文《へいあんいぶん》』六八一、二）から知られる。その兄のもとへ赴《おもむ》いたのだろう。国府の所在地は現在の大阪府和泉市府中町。

五 淀という渡し場から舟に乗ると。「淀」は京都市伏見区淀町付近。木津川・宇治川・桂川が合流する淀川の起点で、和泉の国への舟旅の出発点。

六 大阪府三島郡島本町高浜。淀川の西岸、水無瀬の南に当る舟着場。一行は船中で一夜を過した。

七 九〇頁注七参照。

八 「問ふなれば」の「なれ」は伝聞の助動詞。供人の誰かの問う声が、作者の耳に聞えてくるのである。

九 一二二頁注六参照。高浜の遊女は淀川河口の江口《えぐち》な

に霧《き》りわたれる、松の梢《こずゑ》も、海の面《おもて》も、浪の寄せくる渚《なぎさ》のほども（あたりの景観も）、一四 絵にかきても及ぶべき方なうおもしろし（とうてい及ぶすべもないほどすばらしい風情である）。

一五 いかに言ひ何にたとへて語らまし
　秋のゆふべの住吉の浦

と見つつ（と観賞しながら）、一六 綱手《つなで》ひき過ぐるほど、返り見のみせられて（振り返り振り返り何度眺めても）、あかずおぼゆ（見飽きない気がする）。

冬になりてのぼるに（〔和泉から〕上京する折）、一七 大津といふ浦に舟に乗りたるに、その夜、雨風、岩も動くばかり降りふぶきて（吹き荒れ）、かみさへ鳴りてとどろくに（〔加えて〕雷まで鳴りとどろいているところへ）、浪《なみ》の立ちくる音なひ（うち寄せる音や）、風の吹きまどひたるさま、おそろしげなること、命かぎりつと思ひまどはる（これで命もおしまいかと途方にくれる思いである）。丘の上に舟を引き上げて、夜を明かす。雨はやみたれど、風なほ吹きて（やはり強くて）、舟出《い》ださず。一八 ゆくへもなき丘の上に（どこへとも行き場のない丘の上で）、五六日と過ぐす。からうじて（やっと）風いささかやみたるほど（風が少し和らいだころ）、舟の一九 簾《すだれ》まき上げて見わたせば、二〇 夕潮《ゆふしほ》ただ満ちに満ち来るさま（夕潮がどんどん満ちてくる様子は）、とり（あっと）

どどともに有名。

一〇 桂《うちき》（襲《かさね》の表着《うわぎ》）の下に着る、裏のついていない衣。

一一 袖を桂よりずっと長く出す派手な着方を示す。

一二 大阪市住吉区住之江町付近の海岸。住吉神社がある。風光明媚《めいび》の地で、有名な歌枕。

一三 空と海の境がなく、一面に霧が立ちこめていて。

一四 歌枕として名高い住吉の浦の景色は、名所絵としても頻繁《ひんぱん》に描かれた。画面には松と岸に寄せる波とを配するのが常であったが、作者はこの馴染《なじ》み深い構図を念頭に置きながら、改めて眼前の風景に感じ入るのである。

一五 どのように言い表し、何に喩《たと》えて語ればよいのだろう、秋の夕べの住吉の浦のこのすばらしい眺めを。

一六 綱手縄。舟を引く綱のこと。「綱手ひく」は川や浅瀬で舟を引く意だが、ここでは舟を漕ぎ進めることの雅語的表現として用いた。参考「五節《ごせち》の君は、綱手引き過ぐるも口惜《くちを》しきに」（『源氏物語』「須磨」）。

一七 大阪府泉大津市。大津川の河口右岸。和泉の国府にも近い。『土佐日記』には「小津《をつ》」とある（「和泉の灘《なだ》より小津の泊《とまり》をおふ。松原目もはるばるなり」）。

一八 四一頁一〇行目にも「ゆくへなく」とあった。

一九 簾のかかっている屋形船《やかたぶね》に乗っていたのである。

二〇 ここより次頁一行目まで、『源氏物語』「澪標《みをつくし》」の「夕潮満ち来て、入江の鶴《たづ》の声も惜しまぬほどのあはれなるをりからなればにや」（住吉参詣の件り）を借用した表現。

もあへず、（いうまのことで）入江の鶴[一]《たづ》の声惜しまぬもをかしく見ゆ。[二]国の人々集まり来て、「その夜（あの晩）この浦を出でさせたまひて、[三]石津《いしづ》に着かせたまへら（石津に着いていらっしゃっ）ましかば、（たならば）やがてこの御舟などりなくなりなまし」（そのままお舟は〔難破して〕跡形もなくなっていたことでしょうに）など言ふ、（〔その言葉を〕）心ぼそう聞こゆ。（気のめいる思いで耳にする）

[四]荒るる海に風よりさきに舟出して
石津の浪と消えなましかば

[五]世の中に、とにかくに心のみ尽くすに（あれこれとただ心を労しているが）、宮仕へとても（にしても）、[六]もとは一筋に仕うまつりつかばやいかがあらむ（どうなるはず）、時々立ち出でば（時たまに出仕するのでは）、なになるべくもなかめり（のものでもないようだ）。[七]年はややさだ過ぎゆくに（〔いつまでも〕）、若々しきやうなるもつきなう（若い人同様に振舞っているのも不似合なことと）おぼえならるるうちに（思う心境になってくるが）、（〔その上に〕）身の病《やまひ》いと重くなりて、（〔かつて〕）心にまかせて（思いのままに）物詣《ものまうで》などせしこともえせずなりたれば（〔今は〕とてもできなくなったので）、わくらばの（時たまの）立ち出でも絶（外出もなくなって）

一 鶴がしきりに鳴き騒ぐさま。満ち来る潮に驚いて飛び立つのである。「たづ」は鶴の歌語。
二 和泉《いずみ》の国の国庁の役人たち。国守の近親者の難儀を見舞ったもの。以下の発言に「たまひて」「たまへらましかば」等の最高敬語が用いられている点に注意。
三 大阪府堺市石津町。石津川の河口。参考「石津といふ所の松原面白くて、浜辺遠し」(『土佐日記』)。
四 荒れ狂う海に、この暴風の吹く前に舟を出して、石津の海の波に呑《の》まれて消えてしまっていたらどうであろう。ほんとうに恐しいことだった。
五 この世間を生きてゆくにつけ。
六 はじめからそれ一筋に身を入れてお仕え申していれば、どうなっていただろうか。裏に、現在のような身の上にはならず、もっと幸福が得られたのかもしれない、という気持がこもる。
七 盛りを過ぎてゆく意。作者はすでに五十歳。
八 九八頁に、母としての、また妻としての心境が語られており、ここでもそれが反復されているが、「待ち嘆かるるに」(三行目)に続けて、不本意な成りゆきに筆が進められる。

夫の任官

九 九八頁注三参照。
一〇 夫の俊通は、天喜五年(一〇五七)七月二十日、信濃守《しなののかみ》に任ぜられた。臨時の除目《じもく》によるのであろう。当時五十六歳。信濃の国は現在の長野県。
一一 期待が外れて。都に近い国々の国司に任官することは誰しも渇望するところ。すでに老境に入っているえて、長らふべきここちもせぬままに、[八]幼なき人々を、いかにもいかにもわがあらむ世に見おくこともがなと、臥《ふ》し起き思ひ嘆き、[九]頼む人のよろこびのほどを、心もとなく待ち嘆かるるに、[一〇]秋になりて待ちいでたるやうなれど、[一一]思ひしにはあらず、いと本意《ほい》なくくちをし。[一二]親のをりよりたちかへりつつ見しあづま路《ぢ》よりは近きやうに聞こゆれば、いかがはせむにて、ほどもなく下るべきことどもいそぐに、[一三]門出《かどで》は、[一四]むすめなる人のあたらしくわたりたる所に、八月《はづき》十余日にす。[一五]後《のち》のことは知らず、そのほどの有様はものさわがしきまで人多くいきほひたり。

二十七日に下《くだ》るに、[一六]をとこなるは添ひて下る。[一七]紅《くれなゐ》の打ちたるに、[一八]萩《はぎ》の[一九]襖《あを》、[二〇]紫苑《しをん》の織物の[二一]指貫《さしぬき》着て、太刀《たち》はきて、しりに立ちて歩み出

これからさき長生きできそうにも思われないので
八 子供達の一人前になった姿を なんとしても私が生きているうちにちゃんと見届けておきたいものだと
寝ても覚めても心を痛め
時期を
待ち遠しい思いで待ち願っているうちに
待望の時節が到来したようではあるが
不本意で残念である
繰り返し
［夫の任国は］
まあ仕方がないと諦めて
間もなく［任国に］下るための旅支度などをして
引越した家に
その門出の際の
人々が大勢集まって活気づいていた
男の子は父と一緒に下向する
刀を腰にさげ
父の後について
不吉な人魂

この夫婦にとってはなおさらであったろう。
一二 父親の代から何度も任官した経験のある東国よりは都に近いという話なので。父はかつて上総《かずさ》・常陸《ひたち》に、また夫は下野《しもつけ》に赴任している。
一三 一四頁注一参照。
一四 娘が結婚したので夫を通わせるために新しく構えた家。この娘は俊通が他の妻に生ませた子と考えるのが自然。結婚の翌年に夫が下野の国に赴任しており、作者に適齢期に達した実子がいた可能性は薄いからだが、長男仲俊をもうけた後に間もなく妊娠したものとすれば、すでに十五、六歳になる実の娘があったことにもなる。
一五 この先何が起るとも知らないで。翌年の夫の死を暗示している。
一六 長男仲俊をさす。当時十六、七歳。底本傍注に「仲俊　承暦元年閏十二月木工允《もくのじょう》　文章生　同三年正月廿七日式部丞《しきぶのじょう》　寛治元年正月七日五位　廿五日筑後権守」とある。
一七 砧《きぬた》で打って光沢を出してある紅の衣。
一八 襲《かさね》の色目。表が蘇芳《すおう》(黒みがかった紅)で裏は青。秋に着用する。
一九 狩衣《かりぎぬ》のこと。「狩襖《かりあを》」とも。ここでは旅装として着用された。貴族の一般的な略服。
二〇 経糸《たて》に青色、緯糸《よこ》に濃紫色を用いて紋様を織り出した絹布。豪華な衣料。
二一 直衣《なおし》や狩衣を着用するときの袴《はかま》。裾を紐《ひも》で括《くく》る。

づるを、それも［一］織物の青鈍色《あをにびいろ》の指貫《さしぬき》、狩衣《かりぎぬ》着て、［二］廊《らう》のほどにて馬に乗りぬ。ののしり満ちて下りぬるのち、こよなうつれづれなれど、いといたう遠きほどならずと聞けば、［三］さきざきのやうに心ぼそくなどはおぼえであるに、［四］送りの人々、またの日帰りて、「［五］いみじうきらぎらしうて下りぬ」など言ひて、「この暁に、いみじく大きなる［六］人だまの立ちて、京ざまへなむ来《き》ぬる」と語れど、供の人などのにこそはと思ふ。［七］ゆゆしきさまに思ひだによらむやは。

（夫も／あたりで／［一行が］にぎやかに大騒ぎして下っていったあとは　とりわけ所在ない気持になるけれども／［夫の任国は］そうひどく遠方の地ではないと／翌日／ことのほか／人魂が現れて／京の方向へ／［それは］誰か供の者の人魂なのだろう）

夫の死

今は、いかでこの若き人々おとなびさせむと思ふよりほかのことなきに、［八］かへる年の四月《うづき》に［九］のぼり来て、夏秋も過ぎぬ。九月《ながつき》二十五日よりわづらひ出《い》でて、［一〇］十月《かみなづき》五日に［一一］夢のやうに見ないて思ふここち、世の中にまたたぐひあることともおぼえず。［一二］初瀬に

（夫の留守中の今は　どうにかしてこの子供たちを一人前に仕立てようと／翌年の／上京してきて／［夫は］発病して／この世で　他に例のあることとも　思われない）

一 「青鈍色」は青みがかった藍《あい》色。初老にふさわしい地味な装束。「織物の青鈍色の」は「狩衣」にもかかり、揃《そろ》いの色地だったことを示す。
二 対屋《たいのや》から南に出ている渡廊《わたろう》。途中に中門《ちゅうもん》がある。
三 以前、父が常陸の国に下向した時ほどには。五九頁一〇行参照。
四 途中まで見送りに行った人々。第一日目の行程を主人とともにし、翌日引き返してきたのである。
五 威風堂々たる様子で下向して行った。
六 人の死ぬ時、魂が体から抜け出し、青い火の玉となって飛ぶと考えられていた。鬼火。陰火。「人魂のさ青なる君がただひとり逢へりし雨夜の葉非左し思ほゆ」（『万葉集』巻一六、第五句は訓じがたい）。
七 その時は気にもとめなかったのだが、後になって思えば夫の死の忌わしい予兆だったというもの。
八 康平元年（一〇五八）。作者五十一歳。
九 俊通は信濃の国の冬の厳寒に、健康を害《そこ》ねて帰京したのだろう。
一〇 底本傍注に「康平元年十月五日卒五十七」とある。
一一 放心状態で夫の死に立ち会った私の悲嘆は。「見ないて」は「見なして」の音便。
一二 六二頁注八、六三頁注二四参照。
一三 六四頁一二～一三行参照。
一四 六五頁一～四行参照。
一五 火葬に付したことを示す。

鏡奉りしに《「その鏡に」》、伏し[一三]まろび泣きたる影の見えけむは《倒れ伏して泣いている姿が映っていたとかいうのは》、これにこそはありけれ《「他ならぬ」今の私の姿だったのだ》。[一四]うれしげなりけむ影は《うれしそうだったとかいう姿は》、来《き》しかたもなかりき《これまでにも体験がない》。今ゆく末は《「まして」これから先》あべいやうもなし《あろうはずもない》。二十三日《「十月」》、はかなく[一五]雲けぶりになす夜、こぞの《去年の》秋、いみじく仕立てかしづかれて《「長男仲俊が」立派に装い大事に扱われて》、うち添ひて下りしを見やりしを《「父に」従って下向したのを見送ったが「それが今は」》、いと黒き衣《きぬ》[一六]の上にゆゆしげ[一七]なる物を着て、車[一八]の供に泣く泣く歩み出《い》でてゆくを、見出だし[一九]て思ひ出づる[二〇]ここち、すべてたとへむかたなきままに《まったく何にたとえようもないので》、やがて夢路にまどひてぞ思ふに《そのまま悪夢の中をさまようように悲しんでいるが》、[二一]その人や見にけむかし。

悔恨の日々

昔より、よしなき《役にもたたぬ》物語歌のことをのみ心にしめで《だけに熱中することなく》、夜昼思ひて《心にかけて》[二二]おこなひをせましかば《していたのだったら》、いと[二三]かかる夢の世をば見ずもやあらまし《こんな夢のようにはかない人生を経験せずにすんだだろう》。初瀬にて前のたび《最初の参籠の折》、「稲荷《いなり》[二四]より賜《たま》ふ験《しるし》の杉よ」とて投げ出でられ

一六 黒い喪服。死者との縁の深浅によってその色には濃淡の差があったが、父の死だから最も濃い色を着用したわけである。
一七 いかにも忌わしい感じのもの。素服。具体的には喪服の上に着用する袖なしの白衣である。
一八 父の亡骸《なきがら》を火葬場へ運んでゆく車。柩車《きゅうしゃ》。
一九 家の中から葬送を見送るのである。近親の女性は葬送には同行しないのが慣習だった。
二〇 これまでのことが走馬燈のように脳裡《のうり》を過《よ》ぎる。
二一 火葬の煙とともに天に昇った夫の霊は、そんな私を見てくれていただろうか。
＊ 不本意な任官ではあったが、それでも威勢よく出立していった夫が、一年余り後には他界する。すでにかつての物語的人生への夢を追わず、代りに現実の身の上相応に抱き続けたささやかな願望も、ここに絶たれたのである。長谷観音に奉納した鏡に映ったという夢の中の二つの映像を引き合いに、きらびやかな信濃下向時と陰惨な葬送の夜との対照が巧みに表現されている。
二二 勤行《ごんぎょう》。五六頁注六参照。
二三 これまでの自分の人生全体を顧みて、それを夢幻と観じている。「かかる夢の世」の「夢」は、前段の「夢のやうに見ないて」「やがて夢路にまどひて」等における「夢」とは異なる。
二四 九三頁九〜一〇行参照。

しを、出でしままに〔初瀬から〕退出した足で稲荷《いなり》[一]に詣《まう》でたらましかば、参詣していたのだったら[二]かからずやあらまし。[三]年ごろ《長年の間》「[四]天照御神《あまてるおほんかみ》を念じたてまつれ《お祈り申し上げよ》」と見ゆる夢は、[五]人の御〔私が高貴な〕乳母《めのと》して《となり》、内裏《うち》わたりにあり《宮中あたりに出仕して》、[六]みかど后《きさき》の御かげにかくるべきさまをのみ《ご庇護を頂くような身の上になるだろうとばかり》、[七]夢解《ゆめと》きもあはせしかども《判じたのだったけれども》、そのことは一つ叶はでやみぬ《一つとして当らずじまいとなった》。[八]ただ悲しげなりと見し鏡の影のみたがはぬ《間違わず当ったのが》、あはれに心憂し《悲しく情けなく思われる》。かうのみ心に物の叶ふ方なうてやみぬる人なれば《このように何一つとして思うようにいかずに終ってしまった自分であるから》、[九]功徳《くどく》も作らずなどしてただよふ《どっちつかずの定まらぬ日々を過している》。

阿弥陀仏

さすがに命は憂きにも絶えず長らふめれど《〔私の〕命はつらいながらも尽きずに永らえているけれども》、[一〇]後《のち》の世も思ふに叶《思いどおりに》はずぞあらむかしとぞうしろめたきに《いくことはあるまいと気がかりであったが》、頼むこと一つぞありける《〔それでも〕頼みに思うことが一つだけあったのだ》。[一一]天喜三年十月十三日の夜の夢に、居たる所の家《や》《私の住む家の》のつまの《軒先の》庭に、阿《あ》[一二]弥陀仏《みだぼとけ》立ちたまへり。さだかには見えたまはず《はっきりとお姿は拝見できず》、霧ひとへ隔たれる《霧を一重隔てているように》

一　伏見稲荷大社。初瀬詣の帰路に当る。この参詣で信心が完《まっと》うされることになるのだろう。参考「神無月、初瀬に詣づるに、稲荷の下の御社にて、みてぐら奉る　ことさらに祈りかくらむ稲荷山けふは絶えせぬ杉と見るらむ」（『相模集』）。
二　こんな不幸なことにはなっていなかったろうに。
三　この語は四行目「そのことは一つ叶はでやみぬ」にかかる。
四　三七頁五〜八行参照。
五　「乳母」は一般の女房とは別格で、主人の監督者のような立場にあり、その成人後も影響力を持った。さらに、乳母子《めのとご》（乳母の実子）が主人と乳兄弟の関係となることでもあり、主人に対して格別に親しい特殊な地位であった。
六　皇子・皇女の乳母ともなれば、位階を賜るなど朝廷の厚い庇護《ひご》を受ける。
七　夢の内容から将来の吉凶を判断する人。ここでは「天照御神を念じたてまつれ」という夢を判じたもの。ただし、この夢解きの判断は、三七頁には記されていなかった。
八　六四頁一〇〜一三行参照。
九　七二頁注九参照。
一〇　現世で功徳を積んでこそ来世の安楽が期待できるのだが、信心も生半可《なまはんか》で、不安定な心境を生きる自分のような者には極楽往生は覚束《おぼつか》ない、という気持。

やうに透《す》きて見えたまふを（ぼんやりと透けて）、せめて絶え間に見たてまつれば（強いて霧の切れ目から拝見すると）、蓮華《れんげ》[一三]の座の土をあがりたる高さ三四尺[一四]（地上から約三四尺の高さに）、仏の御たけ六尺ばかりにて、金《こん》色《じき》に光り輝《かか》やきたまひて、御手、片つ方をば（片一方を）ひろげたるやうに（ひろげたようにして）、いま片つ方には（もう一方では）印《いん》[一五]を作りたまひたるを、こと人の（他人の）目には見つけたてまつらず（拝見することができず）、われ一人見たてまつるに、さすがに[一六]いみじくけおそろしければ（何ともひどく恐しい感じがするので）、簾《すだれ》のもと近くよりてもえ見たてまつらねば（拝み申すこともできずにいると）、仏、「さは[一七]、このたびは帰りて、のちに迎へに来《こ》む」とのたまふ声、わが耳一つに（自分の耳だけに）聞こえて、人はえ聞きつけずと見るに（他の人には聞きつけることができずにいるという夢で）、うちおどろきたれば（はっと目覚めてみると）、十四日なり。この夢ばかりぞ後《のち》[一八]の頼みとしける。

姨捨山

甥《をひ》[一九]どもなど、一ところにて朝夕見るに（同じ家に住んで朝夕顔を合わせていたが）、かう[二〇]あはれに悲しきことののちは、ところどころになりなどして（別れ別れに住むようになったりして）、誰も見ゆることかたうあ（誰かに逢うこともめったになくなっ）

一一 西暦一〇五五年。作者四十八歳。この日記で明示された唯一の年月日であることに注意。年次の上では、夫の死亡した康平元年（一〇五八）から三年をさかのぼる。
一二 西方極楽浄土を主宰する仏。大乗仏教で最も尊敬を集め、その浄土に迎えとられることによって永遠の浄福《じょうふく》が得られると信じられた。ここではこれまでの作者の初瀬詣・石山詣などにみられた、現世利益を祈る信仰とは別種の祈りが語られているのである。
一三 阿弥陀仏の座する台座。極楽浄土の蓮華《れんげ》の形につくられている。
一四 一尺は約三〇センチメートル。
一五 印相。手の位置や指の曲げ方で誓願を象徴する。阿弥陀仏には上品上生《じょうぼんじょうしょう》から下品下生《げぼんげしょう》までの九種の印相があるが、この場合は、右手を上げ、左手を下げている三種、つまり上品下生・中品下生・下品下生のいずれかということになる。
一六 阿弥陀仏の来迎《らいごう》かとありがたく思うものの、何か呪縛《じゅばく》されるような恐しさを感じるというのである。
一七 作者の「けおそろし」と感じる気持を汲《く》んで、それならば、と後の来迎を約束したもの。
一八 来世での極楽往生への期待。
一九 「甥ども」についてはこれまで言及されたことはなかった。詳細不明。
二〇 夫俊通の死をさす。

るに、《ているが》いと暗い夜、[一]六郎にあたる甥《をひ》の来たるに、《訪ねてきたので》めづらしうおぼえて、

[二]月も出《い》でで闇《やみ》にくれたる姨捨《をばすて》に
なにとて今宵《こよひ》たづね来つらむ

とぞ言はれにける。《という歌が自然に口ずさまれるのだった》

ねむごろに語らふ人の、《親しく交際している人が》[三]かうてのち、おとづれぬに、《音沙汰がないので》

[四]今は世にあらじものとや思ふらむ
あはれ泣く泣くなほこそは経《ふ》れ

[五]十月《かみなづき》ばかり、月のいみじう明かきを、泣く泣くながめて、

[六]ひまもなき涙にくもる心にも
明かしと見ゆる月の影かな

一 兄弟のうち六番目に当る者。

二 月もなく真暗な闇夜《やみよ》の姨捨山に、どういうわけで今晩訪れてくれたのでしょう。夫を失って悲嘆にくれ、この世から見捨てられたこの老いの身の私を、よくぞ訪ねてくれたものよ。「わが心慰めかねつ更級や姨捨山に照る月を見て」（読人しらず、『古今集』雑上）の歌による。姨捨山は長野県更級郡八幡村にあり、月の名所として有名な歌枕。その伝承は『大和物語』一五六段、『今昔物語集』巻第三〇（九話）、『俊頼髄脳』などに伝えられている。作者のこの歌は、信濃の国（長野県）が夫の任国であった関係で詠まれたのでもあろう。『更級日記』の書名はこれに由来する。

三 このように、夫を失って老残の境涯に沈淪《ちんりん》するようになってから。

友への愁訴

四 あなたが便りをくださらないのは、今はもう私がこの世にないものと思っていらっしゃるせいでしょう。ああ、泣きつづけながらもやはり私は生き永らえておりますのに。

五 年次は不明だが、十月は夫の亡くなった時節であるだけに、悲しみを新たにするのだろう。

六 とめどなく流れる涙で暗く曇っている私の心だけれど、それでもやはり明るく感じられる月の姿だこと。「くもる」と「明かし」とを対照させている。

七 一〇六頁一〇行、一〇七頁七行参照。

八 放心状態で夫の死を見取った頃のこと。

九 住みふるした家。

孤独の日々

年月は過ぎ変りゆけど（どんどん移り変ってゆくが）、七夢のやうなりしほどを思ひ出《い》づれば、ここちもまどひ、目もかきくらすやうなれば（目の前が真暗になるような気がするので）、八そのほどのことは、また（再び）さだかにもおぼえず（はっきりと思い出すことができない）。

人々はみなほかに住みあかれて（離ればなれに住んで）、九ふるさとに一人、［私は住んで］いみじう心ぼそく悲しくて、一〇ながめあかしわびて、久しうおとづれぬ人に（便りをよこさない人に）、

一一茂りゆく蓬《よもぎ》が露にそぼちつつ
　人に訪《と》はれぬ音《ね》をのみぞ泣く

一二尼《あま》なる人なり［その人の贈ってきた返歌は］。

一三世のつねの宿の蓬を思ひやれ
　そむきはてたる庭の草むら

一〇 物思いに眠られぬ夜を過すのがつらくて。

一一 ますます生い茂ってゆく蓬の露にいつも濡れながら、誰も訪ねてくれない寂しさに、私は声をあげて泣いてばかりいます。「露」は「蓬」の縁語で、「涙」の意をこめる。蓬は餅草《もちぐさ》だが、一般に雑草をさす。蓬の生い茂る所は荒廃した場所とされた。

一二 「久しうおとづれぬ人」についての説明。

一三 そんなことをおっしゃるけれど、あなたの場合は世間普通の家の蓬の茂りではありませんか。お察しくださいな、すっかりこの世を捨ててしまっている私の家の庭の草むらを。

＊ さきに天喜三年十月十三日夜の阿弥陀来迎の夢を記し、その夢ばかりを来世の頼みとしたことを述べた作者が、転じてさらに底知れぬ孤独と不安の境地を語り添えたことに注意したい。阿弥陀浄土の信仰はこの時代の一般的な風潮ではあったが、作者がこれに身を委《ゆだ》ねる願生者となりきるのは容易ではなかった。東国、上総の国を起点に、一途《いちず》に物語的世界への同化を願い、またいつしかそれに代り、物詣による現世の利福を求めるようになったりしたが、作者の到達点は、絶望的な心情を吐露する歌が示すように、その生のすべての虚《むな》しさを思い知る無残な晩年であったということになる。しかしそうした境地にこそ、やがて浄土への道が開けてくるのかも知れない。

解説

更級日記の世界――その内と外

秋山虔

更級日記の魅力

菅原孝標《すがわらのたかすえ》の女《むすめ》によって書かれた『更級日記』は、平安時代の女流文学の多くの述作のなかでも、今日格別に愛賞される珠玉であるといえよう。草深い東国に生い立った一少女の、物語の世界への一途《いちず》の憧《あこが》れに日記ははじまり、次いで都へ向う東海道の旅の記がつづられる。京に到り着いたあと、宿願叶《かな》っていくつかの物語を求め得、たちまちその世界に没入する。しかし、物語の非現実世界に託した将来の夢もやがてはうち砕かれ、それに取って代った神仏への祈りによって、いつか分相応にささやかな家庭生活の安定・幸福を願う境地に至る。だが、しょせんは孤独な老残の境涯《きょうがい》に追い込まれるほかなかった晩年。そうした孝標の女《むすめ》の人生の経過が、美しく清冽《せいれつ》に詠嘆的に語りおさめられている。このような、いわば自伝の物語『更級日記』は、古代末期の一貴族女性の人生がそのようなものであったことを教えるにとどまらず、時代を越えて、今日の多くの読者がそこに何程かわが人生の姿を見いだすことのできる、いとおしく懐かしい作品である。

しかしながら『更級日記』の魅力は、単にその点にのみあるのではないだろう。いったい平安時代の女流文学がわれわれを触発してやまないのは、この時代に、日本語をそのままに表記しうる仮名文字が創造され、この新しい国字によって日本人の文学が真に日本人の文学として自立し多面的に開発された姿をそこに見いだすことができるからではなかろうか。その具体的な直接の担い手はいうまでもなく一握りの貴族階級に属する人々であるには違いないにしても、それが特定の時代、特定の階級の所産であるにとどまらず、そこに日本的な独自の表現様式が創出されたのであり、その美意識の体系は、後世の文学を強く規制することになったのである。「やまとうた」の自覚のもとに勅撰の『古今集』に体系化された和歌文学、『竹取物語』や『伊勢物語』にはじまって『源氏物語』に完熟する物語文学、『土佐日記』を先蹤《せんしょう》とし『蜻蛉日記《かげろう》』によって独自の地平を拓《ひら》いた女流日記文学、『枕草子』のごとき独特の随筆文学等々。それらの産み出されたこの豊饒《ほうじょう》かつ高度の文学史時代に思いをいたすとき、そこに日本人の思惟《しい》や感性の原郷を発見しうるのではなかろうか。当面の『更級日記』にしても、それは幾多の日記文学作品のなかの一つではあるが、他の作品がそれぞれにおいてそうであるのと同じように、きわめて独自な主題・構造・表現の一回性を主張するのである。ここには、前記のように一人の女性の少女期から晩年までの歩みがたどられているが、四百字詰原稿用紙に直すと九〇枚程度にすぎない短小な述作ながら、自己の人生の流れを、その心情に即して統一的に追求する営みは、平安文学史の中でもまったく先蹤を見いだすことができないのである。いかにも、そこにかたどられるのは平凡な人生というべきであろうが、そうであるだけに、作品という表現に証《あか》し立てられたこの一個の生の姿は、今日のわれわれに対して一つの原型としての意味あいをもって迫ってくるのである。ここに、『更級日記』の不壊《ふえ》の魅力があるのではなかろうか。

作者菅原孝標の女《むすめ》をめぐる人々

父孝標の人間像

『更級日記』の作者、菅原孝標の女《むすめ》がこの世に生れたのは寛弘五年（一〇〇八）という年であった。寛弘五年といえば、まずわれわれは『紫式部日記』に伝えられる、あの藤原道長家の慶事を思い起さずにはいられまい。この年、道長の長女、一条天皇中宮彰子《しょうし》の腹に第二皇子敦成《あつひら》親王が生れ、ここに道長家の幾久しい栄華が決定づけられたのである。これより九年前の長保元年（九九九）、彰子入《じゅ》内《だい》の直後、中宮定子の腹に第一皇子として敦康親王が生れていたのだから、もしも彰子に男子が生れず、その結果、敦康の立坊・即位という事態になったとしたら、今は昔日の栄えの面影も失《う》せている中関白家《なかのかんぱくけ》がふたたび息を吹きかえすことにもなりかねまい。道長家にとって運勢の岐《わか》れ目ともいうべき彰子のお産であっただけに、邸内には異常に緊張した雰囲気《ふんいき》がみなぎっていたが、幸運の星の下に生れた道長は、願いどおり敦成親王を恵まれたのであった。この新皇子誕生にひきつづく豪勢な産養《うぶやしない》の儀、天皇の土御門《つちみかど》第行幸、五十日《いか》の賀を経て、やがて中宮の内裏（一条院）還啓、五節《ごせち》、賀茂臨時祭等々これら諸儀式・行事について精細に記録する『紫式部日記』によって、この世の最高に時めく世界に生きる人々の動静を知ることができるが、ちょうどこの年に、同じ平安京の空の下で、『更級日記』の作者はひっそりと呱々《ここ》の声をあげたのである。時に父孝標は三十六歳、しかしながらこの働き盛りであるべき年齢の父親にとって、道長家の慶事はほぼよそごとでしかなかったのである。『紫式部日記』あるいは、この時期の道長の日記『御堂関白記』には、道長家の家司《けいし》群を中心に、その邸に出入りする多くの受領《ずりよう》層の人々の名が見いだされるが、彼らはただ単に道長家に接近しているばかりではなく、そのほとんどが、その妻や娘を女房として出仕させているという事実を見逃すことはできない。彼らはいわば家族ぐるみで積極的に道長家に隷従《れいじゆう》し、逆にまたその庇護《ひご》下に生きるという特徴的な関係を取り結んでいたわけだが、そうした人々のなかに、菅原孝標の名をついぞ発見することができないのである。孝標は、道長家の栄華の余沢にあずかることを知らぬ圏外の人であったらしい。同じ菅原氏でも文章博士《もんじようはかせ》や大学頭《だいがくのかみ》となった輔正や宣義ら、他流に属する人物が『御堂関白記』には比較的頻繁《ひんぱん》に顔を出すことと思いあわせ、その感を深くするのである。

ところで、孝標という人物について、従来もっぱら『更級日記』にかたどられる彼の姿から、われわれはかなり明確な印象を抱かせられてきた。たとえば、長元五年（一〇三二）、十三年間の散位《さんに》期間を経て常陸介《ひたちのすけ》に任ぜられた際の孝標の繰り言が長々と写し取られているが（五七〜八頁）、そこでは東国に赴任しなければならぬ憂えのみならず、かつての上総《かずさの》介時代の小心翼々たる処世への回顧が苦く語られている。いったい当時の地方官は、収入の限られた京官と違って、在外の職田《しきでん》の耕作や公廨《がいり》利稲《とう》の配分など、その地位権限を利用して合法的にあるいは非合法的に莫大《ばくだい》な私富を取得することが可能であり、そのことがまた当然とされてもいたが、孝標のこの繰り言からは、職権を利用して財を成そうとするがごとき野心・抱負の一かけらも見いだせず、単に腑甲斐《ふがい》なさが読みとられるばかりである。また任満ちて常陸から帰京してからは、ひたすら隠棲《いんせい》を願い、ただ娘（作者）一人を頼りにして生き、娘の、祐子内親王家への出仕を嫌《きら》って家に引き戻そうとする身勝手な老人となっている孝標が、いかにも退嬰《たいえい》的で気概に乏しい人物として印象づけられることも否定しえないのである。しかしながら『更級日記』のなかの孝標像がすべてそのまま彼の実像なのかどうか。孝標が寛仁四年（一〇二〇）に上総の国から帰京して落着いた邸が三条院であっただろうことを角田文衛氏が考証しておられるが、つい数年前まで三条上皇の御所であった広大な邸宅を買得するだけの資力を孝標も蓄積することができたのである。その点では、吉村茂樹氏や林屋辰三郎氏らの研究にも詳細の語られているような、当時の受領の豪邸取得のごく一般的な一例に数えられるだろう。孝標は、けっしてただ単に無為無気力の凡愚人ではなかったのではなかろうか。この日記にかたどられる孝標像が、すでに人生の暮れ方にある、しかも公人《おおやけびと》ではなく娘の目と心に捉《とら》えられる家庭内の父親としての姿であることを念頭におくならば、あらためて彼の実像への開眼を誘い立てられることになる。その点、『更級日記』以前の、主として青壮年期の孝標の事跡を克明に追求し、従来の孝標像の再検討を試みようとされた池田利夫氏の作業は注目に値するのである。

いったい菅原氏は、延喜元年（九〇一）の道真《みちざね》の失脚によっても、その祖父清公以来の文章道《もんじようどう》における世襲的地位は揺らぐことがなかった。池田氏は道真以後の菅原氏の系譜を文章博士・大学頭補任《だいがくのかみぶにん》による学統、およびそれと緊密な関係を有する氏長者家《うじのちようじやけ》と、道真の廟所《びようしよ》安楽寺別当との各方面から追尋され、孝標以前の三代、高視・雅規・資忠は大学頭・文章博士に任官されたものの、孝標の次の代になると三者のすべてが集中し、以後他流に移ることがないことに注目された。ここに嫡流としての権威が回復したのであるが、それは単に嫡男《ちやくなん》定義ひとりの才器や努力にのみ帰せられるものではなく、一半の功は父孝標にもあるだろうというのが池田氏の考えである。藤原行成の『権記《ごんき》』の記載にもとづいて氏の彫りあげられた二十歳代の孝標像、すなわち文章生《もんじようのしよう》出身の若手官人として頭角をあらわし、家名に恥じるところのない活躍ぶりを示していた彼の事跡を視野におさめるならば、十分に肯《うべな》われる見解であろう。因《ちな》みに、氏によると、長保二年（一〇〇〇）の一年間に『権記』に記載されている孝標の名前は、実に二十四個所を数え、その活躍もしのばれるのである。

もちろん、そうした若き日の孝標像によって従来の孝標の印象がまったく消去されるというのではあるまい。彼が文章道の世襲氏族の人ながらただ一人上総介を経て常陸介で終っているということは、否定すべくもないその凡庸《ぼんよう》をものがたっているだろうし、なお諸家の必ず触れる『扶桑略記《ふそうりやつき》』所載の次のような逸話もこれに加担しているというほかはない。孝標が上総から帰任して三年目の治安三年（一〇二三）十月十九日、藤原道長が高野山に詣でて吉野の龍門寺に立ち寄ったところ、岫下《しゆうか》の方丈の室の両扉に菅原道真と都良香《みやこのよしか》の真跡が書かれてあり、一同は感嘆して妙句を詠じたというが、その際、その神筆のそばに「仮手之文《かなで》」が書きつけられていたので、非常識な仕業とて壁粉でもって抹消したというのである。この「仮手之文」の書き主がすなわち孝標であった。またそこには孝標の筆のほか儒者たちの拙《つたな》い詠草も並んでいたが、これも一同の嘲笑《ちようしよう》の的となったという。孝標らがいつここを訪れて、このあらずもがなの仕業を残していったのかは明らかではないが、彼の積極的な売名意図を想像された松本寧至氏は、道長の龍門寺参詣に同行していた孝標がその場で非常識な行為に出たとの従来の説を修正され、実際は、道長の参詣の予定を知っていて、一足さきにやって来てこれを書いておいたのかもしれないといわれる。もしそうだとすれば、その意図に反して人々の顰蹙《ひんしゆく》を買った彼の行為は、いかにも正常な知恵才覚の欠如した人物であることの証《あかし》でもあるということになるだろう。『源氏物語』「少女」の巻に登場して人々の笑い者となっている儒者たちを連想させるものがある。当の本人としては十分の覇気《はき》も自負もありながら、客気にもとづく行為が良識に反するものであるなら、ただ物笑いの種をまくだけである。そのような孝標であったから、年とともに世間から疎んじられていく、時代ばなれの固陋《ころう》な存在と化していったのではなかろうか。老いも手伝ってしだいに心意気も消沈していくほかなかったのだろう。『更級日記』に登場する孝標は、そうした晩年の彼の、娘の目と心に受けとめられた姿だったのではなかったか。そのような孝標像が、日記の作者である娘の人生の推移、いいかえれば『更級日記』の主題に分ちがたく関与する人としてその浮沈も彫り深く刻まれているのである。その姿にただ生来の魯鈍《ろどん》を読むことは必ずしも適切ではないということになるだろう。

「古代」の母親

『更級日記』の作者の母は藤原倫寧《ともやす》の女《むすめ》で、『蜻蛉日記』の作者道綱母《みちつなのはは》の異母妹に当る。『蜻蛉日記』天延元年（九七三）十一月の件《くだ》りに倫寧宅で出産のことがあって、五十日の祝いの歌を道綱母が詠み贈ったという記事がある。もしこの時生れたのが作者の母であったとしたら、彼女は孝標と同年ということになるだろう。二人の結婚は二十歳代の後半であるらしい。『更級日記』に「いみじかりし古代の人」といわれ、父といっしょに「古代の親ども」と評されるにふさわしく、ひっそりと家に籠《こも》って生きる古風の人だったようである。『枕草子』「位こそなほ」の段には「受領の北の方にて、国へ下るをこそは、よろしき人のさいはひの際と思ひて、賞《め》で羨《うらや》むめれ」とあるが、夫の上総の国への赴任の際にも都に居残って、「継母」の同伴を坐視《ざし》し、また実の娘である作者とその姉をも継母の手に委《ゆだ》ねるこの母親は、よほど引込み思案の人であったのだろう。長元五年（一〇三二）の二度目の赴任にも夫に同行しなかったのは、すでに六十歳を越える頽齢《たいれい》だったからやむをえないとしても、京に留まっていた作者の洛外《らくがい》への物詣《ものもうで》の願いをもことごとく抑え、せいぜい清水寺参籠《きよみずでらさんろう》に伴うくらいが関の山であった（六二〜三頁）。「親の物へ率《ゐ》て参りなどせでやみにしも、もどかしく」（八六頁）と作者はその恨めしさを告白している。父が常陸から帰京して間もなく、彼女は剃髪《ていはつ》した。このように、日記に語られる母はいかにも「古代の人」であったが、上総から帰京した当座の作者の心を慰めるべく物語を捜し求めたり（三一頁）、また娘の身の上を案じては一尺の鏡を鋳造させて僧を初瀬に代参させたり（六三〜四頁）、思いやりある母親らしい情愛の深さもおのずから感じ取られるのである。

　前記のような父孝標とこの母との庇護《ひご》のもとに生活した作者は、やがて逆にこの両親の守り役となっていくほかなく、それは幼ない日々に育《はぐく》んだ将来への夢とはあまりにもかけはなれた境遇への沈淪《ちんりん》であったが、そうした運命に対する嘆きには、同時に、それを甘受し、いとおしむ心がおのずから見られるようである。やがて、作者は、家に埋もれているよりは宮仕えによる開運を、と人に勧められ、長暦三年（一〇三九）祐子内親王家に出仕する（六九頁）。しかし、ひたすら「古代の親ども」とともにひそやかな人生史を紡《つむ》いできた作者は、そうした宮仕えの世界にはついに馴染《なじ》みえなかったのである。作者はどこまでも家の女として生きるほかなく、またそれこそが孝標夫妻の膝下《しっか》で培われた、かけがえのない個性なのであった。

継母、姉と姉の夫

『更級日記』が、上総の国司館のつれづれの日々、「その物語、かの物語、光源氏《ひかるげんじ》のあるやうなど」を語り聞かせる姉や継母によって物語の世界への憧《あこが》れを触発される少女の姿から書き起されていることは象徴的である。

この継母は高階成行の娘で、すでに宮仕えの経験があり、物語を好み歌を詠む、感性ゆたかな人だったようである。成行の弟の高階成章と紫式部の娘、大弐三位《だいにのさんみ》とが結婚しているから、その縁で『源氏物語』を披見《ひけん》する機会にはいちはやく恵まれていたのではなかろうか。孝標との関係のはじまりはいつのことであるか明らかではないが、彼の上総下向《げこう》に同行したのも、前記の『枕草子』「位こそなほ」の段のなかの一文をそのままわが行動に実現させたわけであろう。しかし草深い東国の現地には、都で夢想していた浪漫的世界の片鱗《へんりん》もなかったのではないか。国司の妻として在地の下僚や国人の動静に神経を磨《す》りへらしつつ過す日常は、いたく期待に背くものだったのだろう。帰京するやその時を待っていたかのように離別したのも、孝標との仲がまったく冷えきっていたからであるに違いない(三一〜二頁)。彼女は数年後別の男と再婚し、「上総大輔《かずさのたいふ》」の女房名で後一条天皇中宮威子のもとに出仕した(五五頁)。

しかしながらこの継母は、作者ら姉妹とは生《な》さぬ仲であることを越えて情愛につながれる関係で結ばれていた。気質的にも相通うところがあったからというより、この辺地の、ことに女子供にとっては索漠《さくばく》たる日常生活のなかで、この継母と作者姉妹との連帯による想像的空間を織り紡ぐ営みこそが、生の拡充のよすがでありえた、という事情が推定されるのである。『更級日記』には、都に還ったあとの継母との別れや歌の贈答、姉の死の際の継母の弔問その他、その動静がわずかに語られているにすぎない。この継母は、帰京後作者の人生とはかかわりない世界を生きていったのではあるが、作者の物語世界への志向をまず誘発し、従ってその人生を決定づけたことの意義は、はかり知れぬ重みをもつのである。

作者とともに上総に下った姉は、何歳年長であったのか不明だが、そう年齢がかけはなれていたわけでもあるまい。万寿元年（一〇二四）に二人目の子を生んで他界したとあるから（四四頁）、上総から帰京した翌年か翌々年には人の妻となっていたことになる。作者の心に物語への関心を植えつけた点において継母と同じ役割を果した人だが、継母が去っていったあとも、ともにいたわりあい、ともに空想し、さながら一身同体の趣で、短い共通の歳月を生きたのであった。『更級日記』に語られている作者の十歳代が、この姉とのかかわりを語る美しく幻想的な話柄《わへい》で大きく占められているのも、この人の存在が作者の人生史にかけがえのない意味をもっていたからである。

この姉の死後、作者は二人の遺児を母親がわりに養育する立場にあったが、いったいこの遺児の父親、すなわち姉の夫はいかなる人物だったのだろうか。姉の結婚のこと、また姉の夫婦生活について『更級日記』には一言も触れることがないが、そのことにかえって意味を読み取り、姉の夫について、またその人と作者との関係について詮索《せんさく》のメスを加えた稲賀敬二氏の仮説にここで注目しておきたい。

稲賀氏は『更級日記』の叙述に、自分の心中をあからさまに語ることを避けつづける作者の姿勢の存することをまず指摘され、万寿二年（一〇二五。ただし氏は万寿元年のこととされる）四月末の東山転居の件りで、作者と歌を詠みかわした人、すなわち「しづくに濁る人」として朧化《ろうか》されている人物を亡き姉の夫と想定された。この東山転居の「四月つごもり」は、その前年の「五月のついたち」の姉の死からちょうど一年経過した時期になるが、氏によるとその間、姉の二人の遺児の母親がわりの作者に対して、姉の夫がある種の感情を抱きはじめ、作者もまたある感情を抱くようになったため、自分の態度をはっきりさせる必要に迫られた作者は、その気持を整理すべく東山に居を移したのではあるまいか、というのである。姉の死後、関係者たちの彼女を悼《いた》む一連の挽歌《ばんか》のなかに、当然あってしかるべき夫の歌が加えられていない点その他を勘案し、ことさらにその人との関係を陰蔽《いんぺい》しようとする、作者の心理のはたらきを読み取られる稲賀氏の論考は、その他の若干の新説の提示ともあわせて興味ぶかいが、もし氏の想定が当っているとすれば、朧化されつつも、そこに独特の気分の底流する東山転居の件りは、あらためて深い意味あいを呈することになるだろう。その人とのかかわりは、そうしたかたちで作者の人生史に刻印しておかねばならぬ経験なのであった。

兄たち

『尊卑分脈《そんぴぶんみやく》』には、孝標の子として作者のほかには定義と基円とがあげられている。定義は「母伊勢守倫寧女」とあり、作者と母を同じくするが、康平七年（一〇六四）に五十三歳で没したとする注記に従えば、作者より四歳年少となる。ところが『更級日記』では、上総から上京の途次、出産のために同行できずにいた乳母《めのと》を見舞うところで、「兄人《せうと》なる人」が作者を「いだきて」連れて行ったと述べられており、底本の定家の傍注には、この「兄人なる人」を定義と指摘している。『尊卑分脈』の定義没年齢説への疑問はすでに諸家の指摘するところであり、池田利夫氏も詳しく考説して、定義は「孝標女より三、四歳年上、すなわち『尊卑分脈』記載の没年齢が、もう七、八歳上であると都合が良い」と述べておられる。また堀内秀晃氏は「定義の五世の孫である為長と親しかった定家の勘物《かんもつ》に従って『尊卑分脈』の付注の享年に誤りを想定しておくことにする」と説かれた。従うべきだろう。

定義は、式部少輔《しきぶのしょう》、民部少輔《みんぶのしょう》、弾正少弼《だんじょうのしょうひつ》、大学頭《だいがくのかみ》、文章博士《もんじょうはかせ》、大内記《だいないき》、和泉守《いずみのかみ》を歴任し、従四位上（従四位下との異文あり）に至り、この流にはそれまで縁のなかった氏長者《うじのちょうじゃ》となった人である。菅原氏の本流は定義の裔《すえ》によって守られ、後に従一位を追贈、北野神社本堂七座に和泉殿として祀《まつ》られるに至った。『更級日記』では、前記のほかに姉の葬送に立ち会った人として歌を残している。また永承元年（一〇四六）、大嘗会《だいじょうえ》の御禊《ごけい》の日に初瀬詣に旅立った作者の奇矯《ききょう》な行動に立腹した「はらからなる人」も定義であっただろうし、同四年（一〇四九）、作者の和泉の国への旅が、その頃和泉守であった定義のもとに身を寄せたものであることも明らかである。前記のように、定義は文章道の家名を顕揚《けんよう》した有能な才子であったから、作者にとっても頼りがいのある兄であっただろう。しかしながら、『更級日記』に語られる作者の人生と、この兄とのかかわりがはなはだ稀薄《きはく》であるのは、彼がこの日記の主題から埒外《らちがい》の人であったからであろう。たとえば、この日記では、除目《じもく》に司《つかさ》得ぬ父の不運をわがこととして嘆き（四七～八頁）、また常陸介任官の際の父の綿々たる繰り言を引用し、その父の娘としての深沈たる嘆きをつづっているが（五七～九頁）、家運を盛り立てる小壮官僚としての定義の動静については一言も触れるところがないのである。「今はまいて、おとなになりにたるを率て下りて、わが命も知らず、京のうちにてさすらへむは例のこと、あづまの国、田舎人《ゐなかびと》になりてまどはむ、いみじかるべし。京とても、たのもしう迎へとりてむと思ふ類親族もなし」（五七〜八頁）という孝標の言葉を読むとき、同母兄定義の存在がおのずからわれわれの念頭を去来し、いささか不審の念を抱かせられもするのであるが、そのことが同時に、『更級日記』の主題の何たるかへの認識を導くものともなるだろう。

『尊卑分脈』に見える、作者のもう一人の兄弟基円は、氏長者家となったことのない雅規の家系から、はじめて安楽寺別当になった人で、相当の活動家であったらしいことについては池田利夫氏の説かれるところである。作者との触れあいについては明らかでない。

ともあれ、こうした有能な兄弟に比べて、その父の孝標が単に無能凡愚の人であったと片づけてしまえるものかどうか。少なくとも『更級日記』の記述をのみ信用してよいものではない。家業のすぐれた担い手であった兄弟たちの事跡を語ることがなかったのと同様に、そうした方面での父孝標については触れないのである。そしてただ、家庭内の、娘の父親としての彼に、さらにいえば自己の運命にかかわりあう人としての彼に、限定的にスポットをあてたものであるということが、兄たちの扱いの面からも理解されるわけである。

夫 橘 俊 通

長元九年（一〇三六）、常陸介の任を果して帰京した孝標はすでに六十四歳、地方官としての四年間が老いの身にはひどくこたえたのであろう、しばらく西山に静養していたが、京の邸に戻ってからも、世間に出《い》で交らう気力もなく、そのまま引退した。その頃、母も尼となった。作者はそうした両親をかかえて一家の主婦の位置に立たされていたが、人の勧めによって祐子内親王家に出仕することになる。長暦三年（一〇三九）、三十二歳の年の冬である。しかし、すでに若盛りを過ぎた身の作者にとっては、この宮仕えの世界に馴染《なじ》むのは容易なことではなかった。しょせん彼女は家に根を下ろした女であったが、それにもまして娘を手放したがらぬ親によって、その翌年ほとんど無理やりに結婚させられたらしい。日記の本文に「かう立ち出でぬとならば、さても宮仕への方《かた》にもたち馴れ、世にまぎれたるも、ねぢけがましきおぼえもなきほどは、おのづから人のやうにもおぼしもてなさせたまふやうもあらまし、親たちも、いと心得ず、ほどもなく籠《こ》め据《す》ゑつ」（七四頁）とある文章の「籠め据ゑつ」に、作者の結婚の意を読み取られた石川徹氏の説は今日では定説となった。

作者が夫として通わせることになった男は橘俊通である。俊通は、底本巻末の勘物《かんもつ》によれば但馬守《たじまのかみ》為義の四男、母は讃岐守《さぬきのかみ》大江清通の女《むすめ》であった。勘物の享年から逆算すれば、作者三十三歳の長久元年（一〇四〇）には三十九歳ということになる。帯刀長《たちはきのおさ》、左衛門尉《さえもんのじょう》、検非違使《けびいし》、蔵人《くろうど》等を経て、作者との結婚の翌年下野守《しもつけのかみ》に任ぜられたが、『更級日記』にはそのことについて触れていない。また長男仲俊の誕生が彼の下野赴任の前後であるのは確実であるけれども、そのことについても記事はないのである。この結婚そのものについても、前記のように「籠め据ゑつ」と、いかにも冷淡に吐きすてるような書きざまであるのは、作者にとってこの夫が心と心の連帯のなかった人だったからであろうか。日記中、俊通の現れるのは、「児《ちご》どもの親なる人」（八九頁）、「ただ幼なき人々を、いつしか思ふさまにしたてて見むと思ふに…頼む人だに人のやうなるよろこび…」（九八頁）、「幼なき人々を、いかにもいかにもわがあらむ世に見おくこともがなと…頼む人のよろこびのほどを、心もとなく…」（一〇五頁)、「をとこなるは添ひて下る…それ(俊通)も織物の青鈍色《あをにびいろ》の指貫《さしぬき》…」(一〇五～六頁)、「かへる年の四月《うづき》に(俊通が)のぼり来て」(一〇六頁)の五個所にすぎないが、犬養廉氏はこれらを列挙し、「彼女が夫にふれるのはほとんど子供との関連においてである」ことに注意され、天喜六年(康平元年、一〇五八)任国の信濃《しなの》から上京して九月発病、十月に他界した俊通の野辺送りの記事(一〇七頁)についても、「亡夫その人よりも、長男仲俊に注ぐ涙が主となっている」「夫に対する哀惜もさることながら、その死によって子供を含めた彼女自身の世界が音をたてて崩れゆくことに対する悲嘆の色が濃い」とも述べておられる。また、日記中、俊通との仲をかこつ唯一の例、「世の中むつかしうおぼゆるころ」(一〇〇頁)についても、「これが一回的なものではなく、緩急起伏はあっても、孝標女の家庭生活の底流であったことはほぼ想像されよう」という理解を示された氏の視点は、単に俊通との関係に限らず、日記の解釈のうえで随所に新しい光をあてるものであった。しかしながら作者の結婚に関し、「配偶者を誤った」といわれる氏の見解については、なお論議の余地があるだろう。いかにも、氏が具体的に説かれたように、俊通は橘氏の家系のなかで見ても、文才は無く魅力に乏しい。俊通の兄の義通、またその子資成、義清、為仲らが歌人としての名を残しているのに、俊通にはそうした方面での事跡はなく、『更級日記』のなかにも彼の歌は一首も見いだすことができない。「俊通が、孝標女の心に描き続けた光源氏、薫大将など物語中の風雅な貴公子と全く隔絶したものであった事、又、俊通との生活が自意識の強い孝標女にとって共感の乏しいものであったという事は略々想像し得る」と氏のいわれるのもたしかに理由のないことではあるまい。

ところが、一方、「もともと二人の結婚は物語的な恋愛関係ではなく、平凡な夫婦関係であったとものの、二人の間にそれ程深刻な溝があったわけではあるまい」という、関根慶子氏に代表される一般的な見方も無視できないように思われる。この関根氏の一文は、前記の「世の中むつかしうおぼゆるころ」に始まる太秦籠《うずまさごも》りの記に関して述べられたものだが、例の大嘗会《だいじょうえ》の御禊《ごけい》の日に初瀬詣に出立する件りで（八八～九頁）、作者の行為に対して、「はらからなる人」は立腹したが、「児《ちご》どもの親なる人」すなわち俊通のほうは「いかにもいかにも、心にこそあらめ」と言って旅立たせてくれたことについても、犬養氏の読みでは、俊通の、作者に対する心の通わぬ者の「無関心」とされるのだが、関根氏は、これを夫としての寛容であり思いやりであると理解されるのである。その論拠として氏は、「この作品は、実母などについても関連記事として出てくるだけで、やはり詳しく述べられていない。筆者は平凡な夫婦関係については特に書こうとしなかっただけで、執筆目標ではなかったからだ」と述べておられる。なるほど『更級日記』の執筆態度は、実母に限らず、身近の人々の動静について多くの切捨てがなされているのだから、俊通との夫婦関係の日常に触れていない、そのことをのみ取り立ててみることは不当であると一応はいえるかもしれない。一方で再度の初瀬詣の豪勢な旅が、「はじめにこよなくもの頼もし」（九六頁）と書かれたのも、あらわにそれと記さないものの俊通の同行あってこその印象だし、「なにごとも心にかなはぬこともなきままに」（九七頁）と安息の境地の語られていたりすることからも、夫に頼りきった妻の日々が自然に想像されもする。関根氏の把握《はあく》は、これまた十分に納得されるのである。

翻《ひるがえ》って犬養氏の考説を顧みると、氏は、作者のごく普通の「幸福な家庭生活」をまったく否認されているのではなかった。ただそれが、「共感に乏しい俊通との妥協的な生活の上に成り立っている」こと、そのような「不幸」が基底となっていることを強調されるのだといえよう。しかしながら、そのことゆえに俊通との結婚が「配偶者を誤った」ことになるのかどうか。光源氏、薫大将に庇護されることを熱烈に願った心からすれば、現実の世界における夫との交わりは、それが俊通でなくともおよそ色あせたものとならぬはずはないのである。いったい、自分が物語の世界に同化し、女主人公《ヒロイン》と合体して主人公を恋い悩む思いは、それがあくまで物語世界に遊弋《ゆうよく》する行為であるかぎり、いわばよろこびの享受であるといわねばならないだろう。が、そうしたよろこびへの耽溺《たんでき》は、じつは現実のなかからの想像力による非現実世界への遁走《とんそう》なのであり、そうした遁走も、その非現実世界を許容しない現実が土台となっているというほかはないのであった。作者は、そうした非現実世界にただのめりこんで、それと現実世界とのけじめを知らぬ人として生きてきたがために、現実から報復されるに至ったのである。その悔恨をこめて作者は『更級日記』の世界を語ったのであったといえよう。俊通との結婚について「配偶者を誤った」といえるとすれば、物語の非現実世界を生き、そこに現実の人生とのけじめを知らぬ姿勢からすればそうであるほかないが、しかしそうした姿勢を虚《むな》しく他愛ないものと観ずる立場からすれば、俊通との夫婦生活は、それが唯一の拠《よ》り所であるほかないのである。前記のように、孝標夫妻の膝下《しっか》で若盛りを過し、やがて家の主婦として両親の守り役となっていった作者が、さて宮仕えに出ていったものの、その世界に自分を解放することも叶《かな》わず、しょせん家に還帰していったということ、あるいは家の女、すなわち「里人《さとびと》」であると自認する自分をそのまま宮仕えの世界に持ちこんでいかざるをえなかった事情にあらためて思いをいたしたい。年とともに、物語的世界への憧憬心《どうけいしん》の根を枯らしていった孝標家の日常の家庭生活に対する悔恨を癒《いや》すものが、宮仕えの生活のなかに見いだされるはずもなく、そこからはじき出されるようにして還って行く所が、やはり家であったのと同様に、作者の俊通との夫婦生活には、やはりそこにかけがえのない安息があっただろうが、のちにそれすらもうち砕かれた余生を抱き取らされたことへの嘆きが、『更級日記』の人生の帰結であり、その帰結への旅路を構想するものとしてこの日記は書かれたのであった。

源　資　通

前記のように、俊通は作者との結婚の翌年の長久二年（一〇四一）、下野守に任ぜられて下国した。京に残った作者は、姪《めい》（亡姉の遺児）の召し出された縁で断続的に祐子内親王家に出入りしていたが、その間のこととして『更級日記』には、源資通との足かけ三年にわたる交渉が、ひとまとまりの物語としてかなりの紙面にわたって語られている。

源資通は宇多源氏で、贈従三位済政の子、底本巻末にも詳しくその経歴が示されているが、作者の父や兄弟、あるいは夫とは違って、栄進を遂げた上層貴族であった。『後拾遺集』以下の勅撰集に四首入集、しばしば歌合《うたあわせ》にも参加し、永承五年（一〇五〇）の祐子内親王家歌合には右の講師《こうじ》ともなっている。なかんずく蹴鞠《けまり》をよくし、郢曲《えいきょく》、琵琶《びわ》、和琴《わごん》、笛の名手として知られる才人、父の済政がそうであったのと同じく、曾祖父一条左大臣源雅信以来の家伝の芸の継承者であった。

この資通との出会いは、長久三年（一〇四二）十月上旬、高倉殿の不断経《ふだんぎょう》の夜であった。ゆくりなくも応対することになったこの奥床《おくゆか》しい物腰の貴人の、春秋いずれに心を寄せるかという問いに答えた作者の、「あさ緑花もひとつに霞《かす》みつつおぼろに見ゆる春の夜の月」の秀歌は、のちに『新古今集』春上に入集している。作者のはじめて勅撰集に撰入された歌でもあった。その夜の資通によって、自分の経験を回顧しつつ問わず語りに語られた季節論は、作者に深い感銘を与えた。別れてのちも、作者はその人との再会を念じつづけ、また相手もそれを願っていたが、その機会には、目の前にそれを見ながらもついに恵まれなかったのである。心は通いながらも実際には交叉《こうさ》することのなかった男女の物語として、資通とのかかわりは淡く美しく、やるせない気分につらぬかれている。

この交渉は、物語世界に憧《あこが》れ、物語世界を「あらましごと」として夢想したかつての日々を過ぎ去った「よしなしごと」の思い出として生きるほかない作者の身の上に、思いのほかに訪れた物語的経験であったといえよう。しかし、いまは俊通の妻として品定まり、子の親としてやがて四十路《よそじ》の齢《よわい》も間近な「さだ過ぎ人」である作者にとって、それは一時の心をときめかした、はかない非日常的経験にすぎなかった。さればこそことさらに美化されているのではなかろうか。

ここに語られている資通が、教養深く誠実な節度のある人柄としてかたどられているにつけても、思い起されるのは、彼と女歌人相模《さがみ》との関係である。相模その人について深入りすることはできないので、臼田甚五郎、稲賀敬二、真鍋煕子氏らの研究に拠《よ》られたい。『相模集』に「人の知るべきほどにもあらぬことを、残りなく文よりはじめてあらはすと聞く人に、こりずまに近く取り寄せて、宵居《よひゐ》の手習《てならひ》に書きつくる」と詞書《ことばがき》して「いかにせむ葛《くず》の裏吹く秋風に下葉の露のかくれなき身を」以下九首がおさめられている。これら一連の歌は、すべて初句が「いかにせむ」、第五句が「かくれなき身を」で共通しているが、そのなかの最後の一首が『金葉集』雑上に「大弐《だいに》資通忍びて物申しけるを、ほどもなく、さぞなど人の申しければ詠める」という詞書で入集しているので、相模の相手の男は資通と知られるのである。また『後拾遺集』雑二には「大弐資通むつまじきさまになむ言ふと聞きてつかはしける」の詞書で、同じく相模の「まことにや空になき名のふりぬらむ天照《あまて》る神の曇りなき世に」という、資通との仲を否定する詠が見いだされる。相模は資通より六、七歳年長であったらしく、そう本気でもなく、この関係を人に秘しておきたかったもののようだが、資通のほうでは、歌人として高名の才女相模との仲を、むしろ得意になって誇大に吹聴《ふいちよう》したものであるらしい。「そんな資通を想像すると、三十五歳の更級日記の作者が、ゆかしく好ましい男だと、一生忘れ得ぬ思い出に残した資通と、これが同一人かと奇異な感じがする」と稲賀氏は述べられたが、まさに『更級日記』にかたどられた資通像は、懐かしくはかない物語的経験の相手としての理想化を経《へ》た一つの虚像といえるものであった。「加島見て」の詠を記し、資通に執着を残しつつも、彼との交渉の終結を語りおさめた作者が、それまでの経緯をふりきるようにして「今は、昔のよしなし心もくやしかりけりとのみ思ひ知り果て」（八六頁）と筆を転じ、家庭人としての幸福、経済的安定を願う石山詣のことを書き起しているのは印象的である。資通との交渉は、いわば物語的な人生への夢の虚《むな》しさを知り果てた現実における、境遇相応の物語的経験であったといえよう。その後、日記に資通は現れない。巻末の勘物によれば、資通は康平三年（一〇六〇）八月十一日、病により出家し、二十二日に五十六歳で薨《こう》じたとある。この日付は、『公卿補任』『尊卑分脈』などとは小異があるが、享年が『尊卑分脈』で六十六となっているのは誤りであろう。康平三年といえば、『更級日記』の記事の最末部の時期にあたる。そこには作者の暗澹《あんたん》たる詠嘆が吐露されているが、しかしそれと資通の死とを関連づけるには及ばないだろう。

以上、作者の人生に深くかかわりある人々について述べてきたのだが、そうした人々も、この日記では作者の人生史の流れ、作者の人生の構図、すなわち日記の主題にかかわりあう存在としてのみ、その動静はさまざまの触れられかたで登場している。その他、作者の生活と分ちがたい関係にあったはずの多くの人々も、それが切り捨てられることによって、『更級日記』は統一的な世界を形成しているといってよい。従って右のような人々について述べてきたのは、単に作者の周辺、日記の外縁を探索するにとどまらず、それがそのまま『更級日記』の世界の何たるかに探りを入れる若干の作業でもあったことになる。

更級日記の世界

東海道上京の旅の記

『更級日記』の作者が、父孝標《たかすえ》に伴われて上総《かずさ》の国に下向《げこう》したのは十歳の年である寛仁元年（一〇一七）、その秋ごろであったろうか。それ以前の、かけがえのない幼少期のことは、忘れ去られるはずもないのに、日記中にはまったく記されていない。上総への下向の途上、幼ないながらも作者の目と心に刻まれたであろう印象の数々は、上京の際のそれにも劣らぬものがあっただろうが、その記憶の叙述としてはわずかに、上京の折、浜名川を舟で渡るに際して、かつて往路には黒木の橋が架けられていたことを思い出した、という記事があるのみである。『更級日記』が、人生の起点を、あたかもそこが生地でもあるかのように「あづま路の道の果てよりも、なほ奥つ方」（一三頁）に据え、その辺地で物語への一途の憧《あこが》れに生きつづける少女の心から書き起されていることは、ここにはっきりと一つの主題の設定されていることを教えるだろう。

物語への憧れは、すなわち物語の作られ読まれる都への憧れでもある。いわば物語の世界と都の世界とは、この鄙《ひな》に生い立つ少女の心のなかでは一枚に重なっていた。十三歳の年の寛仁四年（一〇二〇）、願いが叶《かな》って憧れの世界へと向って旅立つ。国司の一家が任期満ちれば国を去って京に還ることになるのはおのずからなる帰趨《きすう》であるが、日記では、作者の熱い念願こそがそれを実現させたかのごとき口吻《こうふん》でさえもある。

しかしながら、そうした一途の思いが、次に書かれていく長い紀行文（一四頁〜三〇頁）自体において、記事としては欠落していることを認めないわけにはいくまい。この部分が、作者の晩年における『更級日記』執筆の動機とは別に、より早い時期の述作であるという見解が提出されたのは、日記全体の主題のうえから、また構成のうえから多分に違和的であり、独立しているという理由による。また、そうした見解に賛成せず、日記全体の主題や構成にかかわるその意義を読み取ろうとする種々の見解とて、これが特殊な部分であることを否定してはいないのである。いったいこの旅の記はどのように理解すればよいのだろうか。

注意すべきは、この旅の記に次々と地名が、しかも歌枕《うたまくら》を旨として連綴《れんてい》されているということである。もとよりそうした地名は、単に通過する土地土地の記号なのではなく、それ自体が固有の表情をたたえているのである。片桐洋一氏の、名所歌枕の成立に関する説述が思い起される。氏によれば、歌枕とは第一に「特定の本歌などによって、歌によまれる自然的事物事象が特定の人事的事象と結合し得ることを、いわば通念として認めることによって成り立ったもの」であり、また第二に「その言葉が、本来の役割としては自然的事物を指し示すものであるにもかかわらず、人事的事象を表わす別の語と音声的に共通するものがあることを誰もが認めることによって成り立ったもの」であるとされるが、この二項目は、『更級日記』の上京の旅の記を解読する際にも、留意すべき観点でなければなるまい。その意味で、この旅の記の「鍵《かぎ》ことばとしての地名」にまつわる表現を分析し、「彼女にとっては、地名のことばがただの景物からみごとな幻景を浮かびあがらせ、心の奥底から感銘をよびおこすはたらきをしている」ことを明らかにされた三角洋一氏の作業や、やはりその線に沿っての考説を試みられた小谷野純一氏の作業などが新しい読みの方向として注意されるわけである。しかしながら小谷野氏が、この旅の記について、作者執筆時の「老残を自己の基点としつつも内面史への試みを志向するというのではなく、その鬱屈《うっくつ》する日常からの転出、原理的にいえば、殆んど単純に、逃避《とうひ》もしくは浄化《じょうか》というべき、そうした意味での完璧《かんぺき》な秩序の構築を意図している」と述べられているのは、半ば容認しうると同時に、より一段の掘り下げを要することのように思われる。

この東海道の旅は、前記のように願いが叶《かな》い憧れの物語を求めて都へ上る旅であるが、同時に、その憧れを醸成《じょうせい》した東国との余儀ない別れの旅でもあった。年ごろ遊び馴《な》れた住まいの「こほち散ら」されるさまをまのあたりに見、「人まには参りつつ額《ぬか》をつきし薬師仏《やくしぼとけ》」を見捨てていく悲しみから、この旅の記の書き起されているゆえんである。以下、旅の途上の風景も人事も、それとの出会いはそれがそのまま愛別となる。こうして東国から引き剝《は》がされることによって都に向い進むのだが、その都に物語的世界はどのように開けていたのだろうか。やがて物語を手に入れ、まさに物語に抱き取られることによって有頂天《うちょうてん》の日々を迎えることになるのではあるけれども、じつはそのことを「よしなしごと」として悔いねばならぬわびしい人生への進入となっていくのが都の生活だったのである。そうした人生の歩みとはいったい何であったのか。作者がわが人生の構図をまじまじと見つめねばならなくなったとき、かつての自分が物語の世界への一途の憧れ心に生きた、東国へと牽引《けんいん》されるのは当然だろう。空間的に時間的に茫々《ぼうぼう》の彼方《かなた》に遠ざかった、その原郷へと還帰したい作者が、言葉を織り紡《つむ》ぐ作業によって、その通路を敷設《ふせつ》したのがこの旅の記であるといえよう。これは東国から京への実際の上京の道程を単に語ったのではなく、両者を架橋することによって、晩年の作者の現在を問い、その人生の全図を納得しようとする営為であった。前記のような歌枕の連綴の意味をあらためて反芻《はんすう》したい。それは、人事と自然との自立した景情を保有しつつ京と東国との間を一連なりにつなぐ、年経《ふ》るとも朽《く》ちることのない確固たる道標群だったのである。

そうした一筋の線のうえに、例の竹芝寺や富士川などの伝承が据えられている。これらの伝承は、作者が旅の途上でたまたま見聞したことをそのまま記録したものでないことはいうまでもなかろう。そのことは実見した旅上の景物も、単にそれが写し取られているのではなく、前記のように歌枕という「鍵《かぎ》ことば」の刻印によって「幻景」を自立させるのと同様に、作者の心内で鋳変《い》えられ自立した話柄《わへい》なのであった。「竹芝伝説の生きいきとした話語《わご》や聞きとりやすい語り口、富士川の除目の伝説のひきしまった体験談の語り口を、彼女は口語りそのままに写しとってメモしておいたのだろうか。いやいや、伝説の記憶を心にあたためつづけ、繰り返し繰り返し口につぶやき、舌に味わいながら練りあげていったものなのではなかろうか」とする三角洋一氏の説述に共鳴したい。実際、十三歳の少女にテープレコーダーのような口碑《こうひ》採取の意思があったわけではなく、そんなことのできるはずもないのである。作者の人生の歩み、その境涯を念頭におくならば、こうした伝承には、作者のまさに身の丈に合った感動がそこにうちこめられ行きわたっていることにあらためて注意されるだろう。

さて、竹芝寺の伝承については益田勝実氏のすぐれた考察を忘れることができない。氏によれば、この伝説は、衛士《えじ》の課役からの逃亡という抵抗がかえって最大の成功致富となる、というふうに語り伝えられたもので、これを浪漫的に美しく語りあげることで、苦しい生活の解放を空想している民衆の心理が息づいているといわれる。しかもこの話は事実無根ではない。『更級日記』には、この伝承のなかの皇女の子が「武蔵《むさし》といふ姓」を得たとあるが、『続日本紀』によると実際に武蔵姓の突然の出現があったのである。神護景雲《じんごけいうん》元年（七六七）十二月壬午《みずのえうま》、武蔵の国足立《あだち》郡の人、外従五位の下《げ》大部直《おおとものあたい》不破麻呂ら六人に、姓武蔵の宿禰《すくね》を賜ったというのだが、しかもその翌々日甲申《きのえさる》、不破麻呂は武蔵の国造《こくぞう》に任ぜられた。『更級日記』の記述に、男に「武蔵の国を預けとらせ」たとあるのは、これと対応するものらしい。外従五位下というもとの位からすれば、身分的には郡司層の一員にすぎない不破麻呂が、賜姓《しせい》直後に一躍国造となったのは奇異だが、さらに翌々年、彼は上総の員外の介《すけ》に任ぜられ、まもなく、従五位上を授けられるのである。この異例の昇進の背後には何があったのだろうか。益田氏によって試みられるさまざまの考証の過程については省略するが、今日ではその理由のきわめがたい、武蔵宿禰家の突発的な隆昌の事実のいわれが、氏族勃興《ぼっこう》の伝承を語る地方豪族の子孫たちでなく、衛士となって都に向わざるをえない氏族の、説話形成への参加によって、武蔵の一角の地縁社会の伝承に仕上げられている経緯を想定される氏の追求にはいたく興味をそそられる。このような伝承が、さらに『更級日記』の作者の心内で、また作者の語りの繰り返しによって、美しい物語に磨《みが》きあげられていったのであるが、それは東国の「民衆の説話形成への参加」に、さらに作者が「参加」したということではなかったか。作者が上京の途次の見聞として、この竹芝等の伝説を旅の記のなかに置き据えたのは、物語の世界へと向って胸ふくらませつつ旅ゆく少女なればこそ関心のそそられた話柄であったからには違いないとしても、それが、東国の原郷へ還帰しようとする晩年の作者の心の磁場《じば》に関《かか》わって、よりいっそう深い意味あいを持っていたためではないか。

　富士川の伝承とて、富士山の信仰にもとづく霊験譚《れいげんたん》として語り伝えられていたものであろうが、作者の体内を通過して仕上げられ、作者の心のなかの東国への通路に据えられたものであることは竹芝寺の伝承と変るわけではあるまい。伝承の息づく東国に、東国の伝承の語り手となることによって還帰する営為、都を憧れ物語を求め、そのことの虚妄《きよもう》を知らなかったわが東国を、心のなかに甦《よみがえ》らせる営為として、旅の記のなかの伝承は書かれたと考えられる。

物語への耽溺、そして訣別

東海道の旅を終えて到り着いた「三条の宮の西なる所」が、「ひろびろと荒れたる所の、過ぎ来つる山々にも劣らず、大きにおそろしげなる深山木《みやまぎ》どものやうにて、都のうちとも見えぬ所のさまなり」（三〇～一頁）と、まず書かれていることに注意したい。作者の脳裡《のうり》に結ばれていた都の影像は、姉や継母によって教えられた、夢のように美しい世界でなければならなかったのだが、現実にはこれまで通過してきた旅上の土地土地と変ることがなかったのである。その邸は鬱蒼《うつそう》たる足柄《あしがら》の山麓《さんろく》の風情でもあったという（三六頁）。早くも幻想は破綻《はたん》しかけたのだといえよう。

あたかもそれに争《あらが》うかのごとく作者は物語を強く求めつづけた。まず三条の宮の女房衛門《えもん》の命婦《みようぶ》に母を通じてはたらきかけることによって、宮から下げ渡された物語冊子を入手し（三二頁）、つづいて「をばなる人」から、『源氏物語』五十余巻と、それに添えて『在中将』『とほぎみ』『せりかは』『しらら』『あさうづ』などを得た。その歓喜、ことに『源氏物語』に溺れこむ有頂天の感動を語る作者の筆は生彩に躍動している。「一の巻よりして、人もまじらず几帳《きちやう》の内《うち》にうち臥《ふ》して、引き出でつつ見るここち、后《きさき》の位も何にかはせむ。昼は日ぐらし、夜は目の覚《さ》めたるかぎり、灯《ひ》を近くともして、これを見るよりほかのことなければ、おのづからなどは、そらにおぼえ浮ぶ」（三五頁）、「われはこのごろわろきぞかし、さかりにならば、かたちもかぎりなくよく、髪もいみじく長くなりなむ、光の源氏の夕顔《ゆふがほ》、宇治《うぢ》の大将の浮舟《うきふね》の女君《をんなぎみ》のやうにこそあらめと思ひける心」（三五〜六頁）――、物語の世界と共生する充実感にくらべれば、現実はほとんど無きにひとしい作者であった。

　しかしながら、こうした無類の感動に酔い痴《し》れる作者の身の上に、避けがたくまとわりつくのは、人の世の愛別離苦《あいべつりく》であった。日記の叙述には、物語への耽溺《たんでき》に交錯して、継母との生別（三一〜二頁）、乳母との死別（三三頁）、侍従大納言《じじゆうのだいなごん》（藤原行成）の女《むすめ》の訃《ふ》（三三〜四頁）、さらに加えて形影相添うかのように生きてきた姉に先立たれた悲嘆が連綿として綴《つづ》られている（四四〜七頁）。上京後の十年間は、そうした現世に生きる人としての痛苦と物語への傾倒との、いわばせめぎあいとして語られているといえよう。

　しかしながら、両者のせめぎあいという言い方は必ずしも正確ではないだろう。いかにも、「かくのみ思ひくんじたるを、心もなぐさめむと心苦しがりて、母、物語などもとめて見せたまふに、げにおのづからなぐさみゆく」（三四頁）とあるように、作者の物語への傾倒は愛別離苦をふり捨てる営みのようでもあるが、じつはその愛別離苦も、ひたすら物語へ向う姿勢に吸収され、物語的に粉飾《ふんしよく》されることによって、作者の物語への傾倒を充実させていく仕組になっている。ここに語られていく生別死別の数々も、それぞれに一篇の哀れな物語体験であり、作者の物語志向の形成に参加しているものであったというべきだろう。

　最初の継母との別れ、それは単にその人が去っていったというだけのことなのではない。めぐり来る春とともに、また訪ねて来ようという約束がそのままになってしまった継母のもとへ「頼めしを」の歌を贈ったところ、「なほ頼め」の歌が寄せられたという歌物語であった。乳母との死別にしても同様である。この人は上京の途上、「まつさと」の渡し場の苫屋《とまや》に臥して、見舞に訪れた作者をかきなでつつ泣いた人であるが、月影に照らし出された幻想的なその姿がいつまでも脳裡《のうり》にやきついていたと語られている（一七頁）。作者は、乳母との旅上での悲しい別れを、すでに物語中の一場面として仕立てているのだが、そうした場面と響きあうものとして、その死を哀傷しているのである。「せむかたなく思ひ嘆くに、物語のゆかしさもおぼえずなりぬ」（三三頁）と、物語を求める思いも失せる悲傷であったことを述べるけれども、しかし「いみじく泣きくらして見出だしたれば……」とつづけ、「散る花も」の独詠をもって閉じるこの件りを読み進めるとき、ここには哀切な歌物語が紡《つむ》ぎ出されていると見るほかはない。

　乳母の死に次いで語られている侍従大納言の女《むすめ》の死についてもしかりである。もとより侍従大納言の女は、作者の直接には知らぬ人だが、身近になじむ手習《てならい》の手本――父孝標が大納言に仕えた縁で入手したものだろう――の書き主であり、それだけにひそかに敬愛の情を寄せていたはずである。その夭折《ようせつ》は、世間の涙を誘う事件であったが、手本に書かれていた歌に、はしなくもその人の運命が予示されていたのである。その人への悼《いた》みは、花の咲き散る折ごとに、乳母への追憶とともに甦《よみがえ》ったが、その物悲しい思いが、五月の夜更けに物語を読み耽《ふけ》るという行為を媒介にして、不思議な猫を登場させることになった。猫は、姉の夢によって大納言の女の転生した姿であると知れたのだが、そうした前生の素姓にふさわしく高貴の風情をただよわせていた。猫はやがて邸の火災によって焼死する。このような、猫を思いかしずく物語に、猫の素姓を夢見た姉と作者とが互いに空想を語りあい、さながら物語的世界を遊弋《ゆうよく》するという一夜の体験（四一〜二頁）と、姉の死およびその追悼の記事とが、ほとんど分ちがたく絡みあって、語り進められていくのである。

作者の物語への傾倒は、現世《うつしよ》の愛別離苦から別世界へと逃れる営みであっただろうが、逆にその営みの機構に、その愛別離苦が物語化されて繰りこまれてきているのである。ということは、逆にいえばじつは作者の物語への傾倒が、すでに漠然と宮廷や上層のはなやぐ世界を憧《あこが》れる空想的な絵空事ではありえなくなっていたということでもあった。耽溺《たんでき》する物語世界の内容に触れるものとして、前記のように『源氏物語』の夕顔や浮舟の名が点出されていることは、はなはだ興味ふかいことではあるまいか。犬養廉氏が「彼女が自分の将来に紫上や明石の栄耀《えいえう》を思ひ設けず、浮舟、夕顔を描いたことは、自らの生ひ立ちとの親近感、家住みの身に期し得る可能性の故であり、その意味では寧《むし》ろ彼女の幻想が奔放な無制限な空想ではなかつた事、奇《き》矯《けう》な云ひ方をすれば『幻想の現実性』の証《あかし》としたい」と述べられたことに同意したい。氏は、この浮舟憧憬《どうけい》も、それが物語耽溺の直接結果であるというより、作者と同じ家に住んで夫を通わせていた姉の生活をまのあたりに見た経験と結びつけられたが、それはともかく、氏のいわれるように「現実に即したつつましい憧憬」が、やがてそれすらも現実によって浸蝕《しんしよく》され、あえなく崩落するなりゆきに進んでいくことになるのである。

『更級日記』には、姉の死を悼む一連の挽歌《ばんか》が連ねられたあと、春の司召《つかさめし》に期待していた父の国司任官のあてがはずれた嘆きが語られ、それに東山転居のことが続く。この件りの「しづくに濁る人」が亡姉の夫であろうとする稲賀敬二氏の説についてはさきにも触れておいた（一二四頁）。作者としては伏せておきたいその人との交渉であったが、これに決着をつけるべく、独特の情調を底流させるこの件りが据えられていると見てよいだろう。春から秋にかけて過したその東山に、十月末ふたたび訪れ、ありしに一変した荒涼たる風景に寄せた「水さへぞ」の独詠（五四頁）は、「しづくに濁る人」との仲の清算をものがたるかのようである。

若干の詠草を隔てて、「かやうに、そこはかなきことを思ひつづくるを役《やく》にて」と書き起し、光源氏のような男を、年に一度でも通わせ、浮舟のような境涯を自分の将来に空想していたその頃の自分であったと語りおさめているが（五六頁）、この文章には「このごろの世の人は十七八よりこそ経よみ、おこなひもすれ、さること思ひかけられず」という挿入句からもその呼吸が感じられるように、苦い悔恨がこもっている。『源氏物語』を入手した際の感動についてはさきにも触れたが、そうした『源氏物語』への耽溺《たんでき》について語ったあと、そこでは「まづいとはかなくあさまし」と結んでいた。むしろ自己を弾劾《だんがい》するかのように悔恨していたその基調がここにもあるといえるだろう。

そうした悔恨から一転して、長元五年（一〇三二）の、老父孝標の常陸介《ひたちのすけ》任官の件りがわびしく語られることにより、犬養氏が「幻想の現実性」として捉えられたような、その物語志向さえも息の根を止められることになったのである。

夢と信仰

『更級日記』には夢の記事が十一例の多きにも及んでいる。これによって、作者が夢見がちの浪漫的な心情の持主であったと言われてもきたが、そうした素朴な見解がそのまま通用するものではなかろう。その点、夢についての近代的判断を排除し、古代人の心性に即してこれを受認すべきことを、多くの例示によって教える永井義憲氏や西郷信綱氏の研究は有益である。夢への信頼の深さは必ずしも『更級日記』の作者にのみ限るわけではないだろう。しかし、そのことと『更級日記』に記しとどめられる夢の重さとはおのずから別問題である。

この十一例の夢とはいかなるものか。物語に読み耽《ふけ》った五月の深夜、突然現れた猫が侍従大納言の女《むすめ》の転生した姿であったという、姉の見た夢（三九〜四〇頁）、また日記の終末に近く、筑前《ちくぜん》に下向した友を恋いつつ寝入った夜、自分がその人とともに宮家（祐子内親王）にお仕えしていると見た夢、この二例を除くと、他の九例はおよそ作者の境涯と深い意味をもって響きあうものであった。

まず第一は、『源氏物語』五十余巻を入手してのちの耽溺《たんでき》について語られる件りで、僧がやって来て「法華経五の巻をとく習へ」と諭《さと》される夢（三五頁）。第二は、やはり同じ頃、物語に昼夜熱中していると、皇太后宮の一品《いっぽん》の宮のために六角堂に遣水《やりみず》を造ると言う人がいるので、そのことの意味を問うたところ、「天照御神《あまてるおほんかみ》を念じませ」と告げられる夢（三七頁）。夢解きの判断によれば、これは作者が宮中に出仕し、帝や后の庇護《ひご》をいただくであろうことの予兆とされた（一〇八頁）。第三は父孝標の常陸介在任中、母に伴われて清水寺《きよみずでら》に参籠《さんろう》した際、別当とおぼしき僧から「ゆくさきのあはれならむも知らず、さもよしなし事をのみ」と戒められる夢（六三頁）。第四は、これもほぼ同じ頃らしいが、作者の母の依頼によって初瀬に代参した僧の夢で、女人が現れて、奉納した鏡に作者の将来の明暗二面が映し出されているのを見せてくれたというもの。注意すべきは、これらの夢が、物語に耽溺する作者の行為に対する戒めであり、また信心への励ましであったのに、その当座、作者はほとんど関心をはらわなかった、そのことへの悔恨の文脈のなかで夢の叙述がなされているということである。その夢自体は、犬養廉氏も言われるように、「当時すでに狂言綺語《きょうげんきぎょ》視されていた物語に耽溺する作者の罪障意識の反映」と解して誤りはあるまいが、もちろんそうした理解なり自覚なりが、そのときの作者自身の意識にありえたわけではない。もしありえたとするならばあの異常な物語耽溺はそれによって差し控えられたのではないか。日記にこうした夢の数々が語られるのは、これの執筆される晩年において、作者自身の人生の推移を回顧し人生の全図に思いをいたすにつけても、自分の歩みのさまざまの段階における別の行為の選択によって、このように無残なものではなかった別のまともな人生に恵まれもしたであろうことを慚愧《ざんき》する心の磁場のうえに、重い意味をもってそれらが甦《よみがえ》るからであったといえよう。

さて、次に第五の夢は、作者が祐子内親王家に出仕することになった後であるが、清水に参籠の折、別当とおぼしい僧の口から、作者は前生ではこの寺の仏師《ぶっし》だったが、仏を作った功徳《くどく》によって今生《こんじょう》では貴族の娘に生れ変ったのだということ、そして本堂の東の丈六阿弥陀仏《じょうろくあみだぶつ》はその仏師の作ったものだが、箔《はく》を押す途中で亡くなったのだ、ということを告げられる夢。この夢の記事にしても、もしその後、清水への信心をつづけていたとしたら、幸いのある人生であっただろうにという悔いをこめて語られている（七二頁）。第六は、かつて物語にうつつを抜かした行為を「よしなしごと」として反省し、実直な家庭人として生活の安定を、また後生の楽しみを願う心にようやく落着いた頃、石山に参籠して本堂より麝香《ざこう》を賜《たまわ》り、そのことを「かしこ」へ告げよと言う人に出会ったという夢である。これを吉夢とよろこび、勤行《ごんぎょう》に励んだという（八八頁）。第七は、大嘗会《だいじょうえ》の御禊《ごけい》の日に出立した初瀬詣の折、山辺《やまのべ》の寺に宿泊した夜、あらわれた清らかな女から、作者は宮中に仕える定めのある身であるから博士《はかせ》の命婦《みょうぶ》に相談するがよい、と告げられたという夢（九三頁）。その翌日長谷寺《はせでら》に到着、参籠して三日目の暁、「稲荷《いなり》より賜はる験《しるし》の杉よ」とて物を投げ与えられるという夢を見る。これが第八の夢。この「験《しるし》の杉」の夢については、そのとき初瀬から退出した足で稲荷に参詣していたのであったら、という悔恨があらためて後に加えられているが（一〇八頁）、以上の数々の夢をたどれば、作者はまさに夢を拠《よ》り所として自己の人生の軌跡《きせき》を描いていることが知られよう。作者によって夢がいかに信頼されていたか、というよりも、夢は作者の人生のなかに別にありえた人生を啓示するものとして、疑いを容れる余地もなく作用してくる実在だったのである。しかしながら、前途への励みとなるべき夢も、幸運の予兆としての夢も、真摯《しんし》な信心を抱いて生きることを怠った腑甲斐《ふがい》なさゆえに、その啓示に違背し現在の不幸に至ったというのである。「昔より、よしなき物語歌のことをのみ心をしめで、夜昼思ひておこなひをせましかば、いとかかる夢の世をば見ずもやあらまし」（一〇七頁）とは作者の人生の総括言だが、ここでは、しばしばの夢が指し示してきたありうべき人生からすれば、いまはこの現《うつつ》の世こそが夢だったということになる。この逆転に、かえってこれまでの人生に経験した夢をこそ真実とする作者の実感が感取されるだろう。

最後に第九の夢。天喜三年（一〇五五）十月十三日の暁、作者は阿弥陀仏《あみだぼとけ》の来迎《らいごう》をまのあたりに見る夢を経験した。四十年余にわたる『更級日記』の人生を通じて、ただこの一個所、年号月日が明記されていることも、他の多くの夢との異質性を際立てるだろう（一〇八〜九頁）。家永三郎氏は、これをもって「作者の精神的遍歴の到達点」とし、「この直ぐなる心を其《そ》の儘《まま》西方の彼方に注ぐことにより、首尾よく来迎に乗じて安養に還帰したであらう」とされた。「更級日記一篇は、この入信の経路を語るものとして、宗教的宣伝意識の欠乏《けつぼふ》にも拘《かかは》らず、否むしろそれ故に一層真実にして力強き優れた宗教的告白書として日本思想史上稀なる高き価値《かち》を有《も》つ」とも述べておられる。家永氏に示されたような見解はほぼ通念として現在にも受け継がれていると思われる。いかにも、従前の作者の夢がおよそ現世の利福を得るべき方途《ほうと》への啓示であったのに比べれば、「この夢ばかりぞ後《のち》の頼みとしける」と作者自身が語るように、これは後生の安養への一筋の道を指し示すかのようである。しかしながら『更級日記』は、この夢の記事によって終るのではない。家永氏はそれを「ほんのつけたりにすぎず」と一蹴《いっしゅう》されたが、じつはこのあとに暗澹《あんたん》たる心中を吐露する歌群と、それらの詠出される境遇が語られているのである（一〇九～一一頁）。この、現実には拠り所のない孤独なればこそ、夢にあらわれた阿弥陀仏によりすがる他なかったともいえようが、さればとてこれらの歌に託された絶望的心境に、西方浄土への架橋がそう容易にありえたとも思われない。

いったい摂関時代の貴族社会の阿弥陀信仰は、井上光貞氏の概括によれば「無常の現世に極楽浄土の幻想を享受しようとする頽廃《たいはい》的な心理に根ざす」ものであり、それは「観点をかえてみるならば、天台浄土教の無常観に基づく修道的契機がうすれ、観相念仏に伴う美的宗教的契機が享楽にまで発展してきたことを意味している」と説かれている。これは当時の貴族が惜し気なく財貨を投じて阿弥陀堂の建立《こんりゅう》を競ったことについて述べられたものだが、『更級日記』の作者の夢も、そうした浄土教芸術に触発されたものといえる。「後《のち》の頼みとしける」と記されているものの、遍歴の果ての画期的な回心《かいしん》と読むことはためらわれるのである。敢《あ》えて作者の救済について言うならば、この夢について言及しつつも、なお絶望的な前途に淪《しず》んでいかねばならない自己の人生を、それの由来するところをも透視して、統一的な構図に領取する営為、すなわち『更級日記』の著述という主体的行為そのものに、それが見いだされるといえよう。が、こうした行為の果てに救済がもたらされるはずもないのは、それが一般に文学というものの業《ごう》なのであろう。

さて、『更級日記』の作者にとって夢が何であったかについては、なお掘り下げて考えてみる必要があろう。前記の第二の夢で、作者は「天照御神《あまてるおほんかみ》を念じませ」と言われている。この天照御神については、日記の長元六年（一〇三三）ごろの記事にも、始終「天照御神を念じ申《まう》せ」という人がいたといい、この神についての認識も曖昧《あいまい》であった作者が、やがてそれは伊勢や紀の国造家に祀《まつ》られる神で、内侍所《ないしどころ》にも奉祀《ほうし》されていることを教えられたという件りがある（六五頁）。また宮仕えの後、祐子内親王に侍《じ》して参内《さんだい》した夜、「我が念じ申す天照御神」をこの機会に拝もうと思って内侍所に参入し、そこに奉仕する女官、博士の命婦の姿に神の顕現《けんげん》を見たとあり（七六～七頁）、さらにまた最晩年の記事として、前記の「天照御神を念じませ」と言われた夢が自分の幸運を啓示するものだったのに、実際には裏目に出たということへの嘆きが語られている（一〇八頁）。以上のような天照御神への信仰とは何であったのか。岡田精司氏は「高い教養を身につけた中流貴族の娘でさえ、天照大神を『いづこにおはします神仏にかは』と、他人に尋ねているありさまである。しかもその神名すら『天照御《あまてるおほん》神《かみ》』であり正しい名称さえも忘れられている。これは彼女の無知に帰すべきではなく、天照大神の信仰は天皇のみの独占であり、貴族も含めた一般の信仰との間に大きな断絶があったからにほかならない。菅原孝標の女《むすめ》がこの日記で、曲りなりにも天照大神の信仰を記録することが許されているのは、律令制《りつりようせい》の崩壊が進行している時代に入っており皇祖神に関する禁制もゆるみつつあったことと、私的な女性の日記であったことによるものであろう」という見解を示しておられる。律令国家の神祇官《じんぎかん》的祭祀体系の弛緩《しかん》によって、かつては専制君主の専有物として最高の神格に祭り上げられていた神であったものが、『更級日記』の作者の信仰の対象になるまで下落したと捉《とら》えられるのだが、日記の記述にあるかぎり、元来の在地的な自然神としての感触を否定することもできない。「天照御神」の名も正称が忘れられているのではなく、それこそ天皇家の祖神として神格化される以前の、自然神としての普通名詞にほかならないという筑紫申真氏の説もある。ここに思い起されるのは、この日記の作者の信仰、とくに長谷《はせ》信仰と天照御神信仰について探索された松本寧至氏の論考である。氏は諸家によって説かれる長谷・伊勢同体説を紹介し、作者の母が長谷観音に鏡を奉納して未来を占わせたり（前記の第四の夢）、作者が天照御神を念じて加護を得ようとしたりしたのは、この両者を一体とする信仰によるものであるとされた。そして孝標の女《むすめ》の信仰形態が「鏡を通して長谷から伊勢に行き、観音から天照御神に行き、最後には内侍所に、いわば命婦の姿の中にうつつに神を」見るに至った、その精神的意味を問い、西郷信綱氏の研究を拠り所としながら、『更級日記』における夢は、神道から解き放たれた女性の、失われたものの無意識の補塡《ほてん》である。夢を回路とした原始への溯源《そげん》であり、神話の世界への回帰である」と述べられた。前記の第二の夢についても、これが「観音を通じて天照御神を知っていたこと」を示すと説かれ、「無意識は普遍的なものであるから、原型＝神話に到達したのである。しかしそのことはとりもなおさず意識のなかで神話を失っていたことを証明している」という解釈を示しておられる。作者の位置する精神史状況についての示唆深い発言であろう。

松本氏の拠られた西郷氏の長谷信仰に関する研究は、きわめて多くのことを教えて貴重である。その山や岩や水が母性原理によって統合される「こもりくの泊瀬《はつせ》」の地は、聖域であり、母胎に擬せられるこの神秘境こそ地母神の系譜につながる観音の示現《じげん》するにふさわしい所であった。この観音への参籠《さんろう》による祈請によって、夢という回路を通して人々は現世の利益を授けられたのであり、その現世利益は、地の豊饒という原始的観念の変形にほかならないと説かれているが、氏のあざやかな索求は、『更級日記』の作者の場合に限らず、平安文学の初瀬詣を主とする物詣《ものもうで》の記を解読するための、大事な視点を提示するものといえよう。

平安貴族女性の物詣については岡崎知子氏の報告がある。女流日記、随筆、私家集等にもとづいて整理され、物詣の実態をも明らかにされているが、彼女たちの意識においては神も仏も同一視されていたのである。これを古来の神と伝来の仏教とが調和し習合し来たった歴史のうえに、またやがて本《ほん》地垂跡《じすいじゃく》思想へと発展していく段階のうえに、理解すべきであると説かれた氏が、『更級日記』の作者の初瀬に参籠した折の、稲荷《いなり》より「験《しるし》の杉」を賜ったと見た夢に関して、初瀬の観音の霊験利生《れいげんりしょう》を稲荷が代行する意味があったのだろう、という解を示された点も忘れがたい。

さて、その初瀬詣の旅、大嘗会の御禊の当日に京を出立したこの旅は、『更級日記』中の圧巻であり、張りつめた清新な紀行文として印象深い。また貴重な風俗誌としてしばしば注意されてきたところでもある。こうした紀行文が生れるのは、貴族女性の日常からすれば物珍しい風景や人事との接触があったから、といってしまえばそれまでだが、難儀に耐えて旅ゆく苦行に自己を責めるという過程を経て聖域に進み入り、そこに籠って、夢を授かり、新たなるよみがえりの経験を獲得する、そのような反日常的な行為が、自然と人事へのおのずからなる開眼をもたらすことになる、という機構に気づくことが大事だろう。『更級日記』に限らず、これはこの時代の女流日記の旅の記におし及ぼしてみるべき視点でもあるにちがいない。

述懐と歌と

『更級日記』には、夢を拠り所として、悔恨の人生の軌《き》跡《せき》が語られているが、関連して見逃されぬのは、この日記の執筆時における作者の心境にもとづく述懐であろう。少女期から老残の境涯《きょうがい》に至るまでの、さまざまの段階の経験を、一つの統一的構図におさめるのは、じつにこの述懐である。堀内秀晃氏が、日記中の七個所のそれについて説明されたのち、それらが結局は第七の述懐、「昔より、よしなき物語歌のことをのみ心にしめで、夜昼思ひておこなひをせましかば、いとかかる夢の世をば見ずもやあらまし」にはじまる一節（一〇七～八頁）に総括されるものであると説かれ、この述懐に触れられている「物語、歌、信仰＝物詣＝現世利益、宮仕え願望、夢、の五種類が常に作者の意識の根柢にあり、ひいてはこの作品を解く鍵になっている」と把握《はあく》されたのは的確であった。

　さて、述懐の第一は、『源氏物語』への全身的な耽溺《たんでき》のさまを語って、それを「まづいとはかなくあさまし」と結んでいるところ（三六頁）。第二は「かやうに、そこはかなきことを思ひつづくるを役《やく》にて」と起され、たまに物詣をしても身を入れて世間並みの人間になろうなどと祈る気も起らず、年に一度でも光源氏のような男を通わせたい、あるいはまた浮舟のような境遇になって、季節の風物に思いを託し、時折の文《ふみ》を待ち受けたい、などとよくもそんなことを本気になって空想していたものだ、という述懐。世間普通の娘ならば、読経《どきょう》・勤行《ごんぎょう》に励むものだが、という言葉を挿入して、物語に耽溺していた自分を難じている（五六頁）。第三は夫を通わせる妻の身となった直後の記事、「そののちは、なにとなくまぎらはしきに、物語のこともうちたえ忘られて」以下の述懐である。家を出て祐子内親王家に女房として出仕したものの、その宮仕えの世界に居坐るべき安定した座席もなく、しょせん「里人《さとびと》」であるほかなかったわびしさ、加えて物語の主人公たちとはあまりにも懸隔のありすぎる夫を受け入れさせられた失望が、これまでの神仏への不信心と物語にうつつを抜かしていた他愛なさへの痛恨を誘うのだが、それなら本当に地についた生活に入ったのかというと、やはりそれもできなかったと悔んでいるのである（七五頁）。作者は、同じ宮家に出仕することになった若い姪《めい》との縁で、その後もやはり中途半端な宮仕えをつづけることになる。年齢からしても、また家の支柱である身であることからしても、女房の職業に専念できるはずもなく、別扱いの客分の立場であった。宮家と家と、両者の間を不安定に往還するただよいの人生であったが、これを語る文脈のなかに、さきにも触れた源資通との交渉が織りこめられている。現実のなかでの唯一の物語的経験ともいうべきこの資通との交渉は、「まめまめしく過ぐすとならば、さてもありはてず」と結ばれた前記の第三の述懐にこもる思いの射程のなかにあるが、この交渉の余韻をうち払うかのごとくに、「今は、昔のよしなし心もくやしかりけりとのみ思ひ知り果て」と、第四の述懐が起され、ここでは人の妻としての紛れもやらぬ境遇に即しての願望、というよりは自己に強いた覚悟が語られている。経済的安定、子の成長、資産の蓄積という現世での充足を来世にまでもというその願いが、そのまま石山詣の旅の記に連なっていった（八六〜七頁）。

この石山詣に次いで、例の大嘗会の御禊の日に旅立った初瀬詣、鞍馬《くらま》籠《ごも》り、再度の石山詣、再度の初瀬詣と、物詣の記が、「二三年、四五年へだてたることを、次第もなく書きつづくれば、やがてつづきだちたる修行者《すぎやうじや》めきたれど、さにはあらず」（九四頁）との断り書を交えつつ記録されているが、それらを総括する第五の述懐が、右の第四と呼応しつつ据えられることになる。「なにごとも心にかなはぬこともなきままに」と、この第五の述懐は語りはじめられる。作者はその頃、妻として母として家庭に根づき、それなりに安定した生活を基盤にして物詣の旅に出、心も慰められるという状況にあったのだが、その現実の境遇からさしあたって分相応に願われるのは、子どもの出世と夫の任官であり、物詣という善業の結果として、そうした現世的利福を十分に期待してしかるべきだったというのである（九八頁）。しかしそのような「頼もしかし」の境地はあえなく潰《つい》えていく。切実に待ち願っていた夫の任官は実現したものの、任国の信濃《しなの》は、上国《じようこく》とはいえ遠い空の下の寒冷の国であった。夫はそれでもにぎやかに、子の仲俊を連れて下向していったが、翌年帰京、やがて発病し、死去したのである。この俊通の任官から死までを語る件りを挾《はさ》んで、第六と第七の述懐が語られる。「世の中に、とにかくに心のみ尽くすに、宮仕へとても、もとは一筋に仕うまつりつかばやいかがあらむ、時々立ち出でば、なになるべくもなかめり。年はややさだ過ぎゆくに、若々しきやうなるもつきなうおぼえならるるうちに、身の病《やまひ》いと重くなりて、心にまかせて物詣《ものまうで》などせしこともえせずなりたれば、わくらばの立ち出でも絶えて、長らふべきここちもせぬ」（一〇四〜五頁）。この第六の述懐は、最初に触れた第七のそれと相呼応しつつ、今は一片の希望すらも奪われたあてどない老残こそが、わが人生の帰結であったことの嘆きを吐露しているといえよう。そうした境地から、天喜三年（一〇五五）十月十三日の阿弥陀《あみだ》来迎の夢が頼まれるというのだが、その夢の意義についてはさきに触れた。日記の各所に配された、上記のような述懐によって、『更級日記』の人生の構図は明らかであり、おのずと主題を読み取ることができるだろう。

さて、最後に、『更級日記』の世界に織りこめられているおびただしい数の歌について一言触れておかねばなるまい。作者にとって歌とは何であったのか。第七の述懐に「昔より、よしなき物語歌のことをのみ心にしめで…」と述べられていることからすれば、歌は物語と同様、これに執したことが悔いられている。歌に熱中することが、信心の証《あかし》である念仏や勤行《ごんぎよう》と相反するものとされているのであった。しからば、『更級日記』に配されている八十八首の歌を詠出したその営みも、結局はあらずもがなの「よしなき」わざだったというのであろうか。細野哲雄氏によれば、作者の後半生の文芸観は、兄定義を通して受容した狂言綺語《きようげんきぎよ》観であるといわれる。白楽天《はくらくてん》の狂言綺語の文芸観にもっとも深い関心を寄せたのは、慶滋保胤《よししげのやすたね》ら勧学会の文人たちであったが、長元末年に勧学会の復興にあずかった定義は、そうした文芸観の継承者であった。この兄との触れあいによって、『更級日記』の作者の文芸懐疑の姿勢が培《つちか》われたであろうとするのが細野氏の考説であるが、こうした狂言綺語観の視点をここに導入してみても、日記の世界の歌の問題がそれで片付くわけでもあるまい。第七の述懐のあと、さらに歌が連綴《れんてい》されていくのは、なおも「よしなき」わざに執しているということなのだろうか。

たしかに、物語と歌とは一括して同類と見られぬこともない。『紫式部日記』に、人になじまれぬ態度として「物語このみ、よしめき、歌がちに、人を人と思はず…」などと述べられていたことも思い起されよう。歌は、それ自体が日常の口語、実用の散文的な言葉とは位相《いそう》を異にする非日常的言語であるという点において、物語と並ぶことになるのかもしれない。もとより歌は、贈答や唱和また独詠などといった生活のなかでの言語活動であってみれば、それは一応日常的といえようけれども、同時に、約束事としての形式にのっとる自立的な表現として詠出されるかぎりにおいて、非日常的な言語であるというほかはないだろう。日常のなかの非日常的言語、あるいは非日常的でありつつ日常のなかに生きているのが歌であった。いわば歌は、日常の生活のなかに生滅する、それ自体としては不確定な感情や思考を、ほかならぬその感情や思考からの要求によって言葉の秩序の世界に鋳変える表出行為なのであったが、鋳変えられるとはいえそれがどこまでもその日常的な感情や思考に根ざしているという点で、その詠作はそのまま生活史の記念となる。『更級日記』の歌についていえば、それを詠む時点においては贈答にせよ唱和にせよ、また独詠にせよ、それぞれの時点での個々特定の経験ではあったが、同時に、生活に根ざしてそれを記念する自立的な言葉の群として、作者を自己の人生の構図の認識へと誘致する役割を果すものとなったといえよう。その歌々は、単にその時々にそれが詠作されたから記録されたというようなものではないのである。作者の伯母にあたる道綱母《みちつなのはは》の『蜻蛉日記』の場合、それに先行する詠歌の歴史の意味を視野に入れなければ、その創作の機構を理解しえないのと同じように、孝標の女《むすめ》の、歌人としての人生史を度外視したら、『更級日記』の制作の秘密に迫ることはできないだろう。とするならば、歌を「よしなき」わざと観ずるに至った作者の立場は、ほかならぬこの「よしなき」歌の詠作によってみちびかれたということになる。歌はむなしくはかない言葉であるが、歌こそが心の内奥を秩序ある形にととのえ、従ってその形を通して心の内奥に穿入《せんにゅう》することのできる言葉でもある。これを「よしなき」わざと観ずる思いと、それにどこまでも執する心とは、分ちがたく一体であったといえよう。

さて、『更級日記』には、それに先行する家集ないし歌稿が存在していたであろうことが犬養廉氏によって論ぜられている。『新古今集』春上におさめられた「あさみどり」の歌（八二頁）の作者名の下に、八代集抄本では「祐子内親王女房家集一巻」と注記されているのもそれであろうといわれる。この『新古今集』所収歌の詞書《ことばがき》に記される詠作事情が、『更級日記』に語られる場面と相違することからも、『更級日記』とは別の撰集資料の存在が想定されるのである。一方、『更級日記』には、明らかに家集的痕跡が散見する。簡単な詞書を有するだけの歌が、前後との脈絡なく置き並べられる例は少なくない。それらは、主題に沿って叙述されていく人生の流れを分断し、各々がそれぞれに孤立したものとなっているという印象であるが、しかし前身としての家集と、それにもとづく日記との二重構造になっていることを念頭におくならば、その仕組も容易に納得がいく。のみならず、そこに家集から日記へと結晶していった『更級日記』における、歌の意義も、かえって明らかになるわけである。

本文と研究について

『更級日記』が書かれたのは、日記中に年時のはっきりしている橘俊通の没年、康平元年（一〇五八）から数年を経た頃であろうが、作者自筆の原本は亡失した。現存する最古の写本は、それより百七十余年後、藤原定家が晩年に書写した御物本《ぎよぶつぼん》であり、その他の写本・刊本はすべてこれを祖としている。鎌倉時代に別系統の本があったらしいことは、了悟《りようご》『光源氏物語本事《ひかるげんじものがたりほんじ》』が引く『更級日記』の本文の一部が明らかに異文であること、この日記から勅撰集に撰入された十二首の歌のうち若干の異同ある句を含むものが見られること、『石山寺縁起』に見える二首にもそれのあることなどから推定されるが、今は存在しない。

さて、この御物本は、いつの頃か不明であるが、列帖装《れつちようそう》の綴糸《とじいと》が切れたのを修理する際に、帖または一帖中の紙の順序を若干前後綴じ違え、それがそのまま伝来した。後の写本・刊本のすべてがこの錯簡《さつかん》本の形態を襲っているために、さまざまの改訂の試みがなされてきたものの、文意の通じない数個所を残したまま近代に至ったのである。

ところが大正十三年八月、佐佐木信綱・玉井幸助の両氏による御物本の調査によって錯簡の実態が明らかになり、ここに本来の正しい形態が復元されることになった。大正十四年、錯簡を訂正した玻《は》璃《り》版複製本が公刊され、この本の研究調査の詳細な報告をも含んだ『更級日記』の総合的研究『更級日記錯簡考』が上梓《じょうし》された。『更級日記』の本格的研究はここから出発することになったのである。

もっとも、この御物本とて、別掲の巻末の奥書（一七二頁参照）に定家自身が述べているように、不審の条々がないわけではない。定家に至るまで、その間の伝写の過程における誤脱等を免れなかったのである。もし証本を入手することができたら校正したいという定家の願いは、今日のわれわれの願いでもあるが、これはついに望みうべくもないことかもしれない。

大正十五年に刊行された玉井幸助『更級日記新註』はこの御物本の本文による最初のすぐれた注釈書であり、今日なお揺ぎない道標の書であるといえよう。宮田和一郎『更級日記講義』（昭和五年）、同『更級日記評釈』（昭和六年）がこれに次ぎ、大戦後、曾沢太吉『更級日記新釈』（昭和二十四年）、同『更級日記新解』（昭和二十九年）、佐伯梅友『更級日記の新しい解釈』（昭和三十年）、阿部秋生『注釈更級日記』（昭和三十二年、改版『評釈更級日記』、昭和四十二年）等のそれぞれに異色の注釈が刊行されたが、絶版等によって入手も困難となった。

現在刊行されている全注解ないし評釈としては、次のような叢書《そうしょ》・文庫等におさめられたものが、校注者の研究に裏づけられた作業として信頼しうるであろう。日本古典全書（玉井幸助）、日本古典文学大系（西下経一）、日本古典文学全集（犬養廉）、対訳日本古典新書（吉岡曠）、校注古典叢書（堀内秀晃）、講談社学術文庫（関根慶子）、旺文社文庫（池田利夫）等々である。また鈴木知太郎・小久保崇明『全釈更級日記』（昭和五十三年）、橋本不美男・杉谷寿郎・小久保崇明『更級日記 翻刻・校注・影印』（昭和五十五年）が諸研究の成果を統合する最新のものとして益するところが大きい。用語索引としては、東節夫・塚原鉄雄・前田欣吾『更級日記総索引』（昭和三十一年）が刊行されている。

『更級日記』の作品論・作者論の分野では、藤岡作太郎『国文学全史 平安朝篇』（明治三十八年）によって先鞭《せんべん》がつけられ、池田亀鑑『宮廷女流日記文学』（昭和二年）以後、文字どおり汗牛充棟《かんぎゅうじゅうとう》ともいうべく、さまざまの角度から論及されてきた。その推移を大観しうるものとして、増補国語国文学研究史大成5『平安日記』（昭和五十三年、『更級日記』の項は池田正俊・宮崎荘平担当）、日本文学研究資料叢書『平安朝日記Ⅱ』（昭和五十年）があり、それぞれに研究史の展開を展望し、主要論文の翻刻や解説および詳細な研究文献目録をおさめている。なお前記の校注古典叢書『更級日記』や橋本・杉谷・小久保『更級日記 翻刻・校注・影印』にも詳細な研究文献目録が添えられている。

最後に一言触れておきたいのは、『更級日記』の作者と『浜松中納言物語』『夜の寝覚』の作者が同一人か否かの問題である。前記の藤岡作太郎『国文学全史 平安朝篇』以来、日記とそれら物語との比較による諸家の推論が重ねられてきているが、容易に決着がつけられるとは考えられない。いったいこの議論の端緒は、御物本の奥書の「夜半の寝覚、御津の浜松、みづからくゆる、あさくらなどは、この日記の人のつくられたるとぞ」の一文にあるといえようが、最後に「とぞ」とあるように、定家自身断定しているわけではない。鈴木一雄氏はこのことについて、「そのまま信じてよさそうに見えながら、実証的な検討を経た今日においても、なお、言い伝え自体を肯定するにたる強力な証拠もなければ、逆に否定する有力な反証もないのである」と述べておられる。諸説を評定し整理した鈴木論文、また前記の国語国文学研究史大成5『平安日記』、日本文学研究資料叢書『平安朝日記Ⅱ』によって、研究の経過を知られたい。

〔付記〕この「解説」の執筆に際しては、諸家の研究、考証、注釈等に負うところが大きかった。ここにそれらの業績を列挙し、各氏に謝意を表するとともに、より深い『更級日記』の理解を志す一般読者の便宜に供したい。

（執筆者名による五十音順、敬称略）

家永三郎「更級日記に見たる古代末期の廻心―日本思想史に於ける彼岸と此岸との問題―」『上代仏教思想史』所収　昭和十七年　畝傍書房

池田利夫「菅原孝標像の再検討―更級日記との関連に於て―」『国語と国文学』　昭和五十三年七月号

池田利夫『更級日記』昭和五十三年　旺文社文庫

石川　徹「菅原孝標女の結婚について」『日本文学研究』　昭和二十五年五月号

『古代小説史稿』所収　昭和三十三年　刀江書院

稲賀敬二「相模」『国文学』　昭和三十四年三月号

稲賀敬二「孝標女の初恋の人は『雫に濁る人』か」『国語と国文学』　昭和四十三年十二月号

犬養　廉「孝標女に関する試論」『国語と国文学』　昭和三十年一月号

犬養　廉「家集と日記」『中央大学国文』　昭和四十三年十月号

犬養　廉『更級日記』

昭和四十六年　小学館　日本古典文学全集

犬養　廉「『更級日記』の夢と信仰」

『日本古典文学史の基礎知識』所収　昭和五十年　有斐閣

井上光貞「王朝国家と仏教」

『日本古代の国家と宗教』所収　昭和四十六年　岩波書店

臼田甚五郎「相模」

『平安女流歌人』所収　昭和十八年　青梧堂

『平安歌人研究』所収　昭和五十一年　三弥井書店

岡崎知子「平安朝女性の物詣」

『国語と国文学』　昭和四十一年二月号

『平安朝女流作家の研究』所収　昭和四十二年　法蔵館

岡田精司「古代王権と太陽神」

『古代王権の祭祀と神話』所収　昭和四十五年　塙書房

片桐洋一「歌枕の成立―古今集表現研究の一部として―」

『国語と国文学』　昭和四十五年四月号

小谷野純一「更級日記における〈東海道上洛の記〉の一考察―作品の文芸的世界における意味―」

『平安文学研究』　第四十一輯　昭和四十三年十二月

小谷野純一「『更級日記』上洛の旅の記についての一視点」

大東文化大学『日本文学研究』一六号　昭和五十二年一月

西郷信綱『古代人と夢』

昭和四十七年　平凡社

鈴木一雄「物語作者としての孝標女」

『国文学』　昭和三十一年四月号
須田哲夫「更級日記作者の人間像について―日記に記載する伝説を中心に―」
『大東文化大学紀要』第一輯　昭和三十八年一月
関根慶子『更級日記』
昭和五十二年　講談社学術文庫
筑紫申真「まつられぬアマテラス」
『アマテラスの誕生』所収　昭和三十七年　角川書店
角田文衛「菅原孝標の邸宅」
『古代文化』　昭和四十一年八月号
『王朝の映像―平安時代史の研究』所収　昭和四十五年　東京堂出版
永井義憲「更級日記と夢ノート」
『国文学踏査』第五号　昭和三十三年五月
林屋辰三郎「平安京における受領の生活」
『史林』　昭和二十一年三月号
『古代国家の解體』所収　昭和三十年　東京大学出版会
細野哲雄「更級日記小考―その文芸観の背景について」
『国語と国文学』　昭和二十八年二月号
堀内秀晃『更級日記』
昭和五十二年　明治書院　校注古典叢書
益田勝実『説話文学と絵巻』
昭和三十五年　三一書房
松本寧至「菅原孝標は同行しなかった―『扶桑略記』竜門寺参詣記事新解―」

『古代文化』　昭和五十四年四月号
松本寧至「母一尺の鏡を鋳させて—『更級日記』と長谷信仰—」
『国学院雑誌』　昭和五十四年四月号
真鍋熙子「相模に関する一試論」
『国語研究』三十一号　昭和三十四年三月
三角洋一「孝標女とことば」
『ミメーシス』六号　昭和四十年十一月
宮崎荘平『更級日記研究史通観増補』
『平安日記』所収　昭和五十三年　三省堂　増補国語国文学研究史大成
吉村茂樹『国司制度崩壊に関する研究』
昭和三十二年　東京大学出版会

付録

奥書・勘物

一、底本には、その巻末に、奥書、および勘物が付されている。それらを一括してここに収め、校注者による略注を添えることとした。
一、奥書一の表記は、『更級日記』本文の表記法（凡例参照）に準じて整斉した。
一、勘物と奥書二は、次の要領で整斉した。
(イ)返り点、送り仮名、読点を補ったほかは、原文のままとした。
(ロ)底本の二行割注は、小活字を用いて一行に組んだ。
(ハ)底本で傍注の施されている個所は、頭注欄でその旨にふれた。

（奥書一）

[一]常陸守菅原孝標《ひたちのかみすがはらのたかすゑ》の女《むすめ》の日記なり、母、[二]倫寧朝臣《ともやすあそん》の女《むすめ》、[三]傅《ふ》の殿の母上《ははうへ》の姪《めひ》なり、[四]夜半《よは》の寝覚《ねざめ》、[五]御津《みつ》の浜松《はままつ》、[六]みづからくゆる、あさくらなどは、[七]この日記の人のつくられたるとぞ

一　常陸《ひたち》の国は、上総《かずさ》・上野《こうずけ》とともに親王の任国と定められていた。親王は大守と呼ばれ遙任《ようにん》のため下国《げこく》しないので、実務を代行する介《すけ》を俗に守《かみ》とも呼んだ。孝標はこの常陸介《ひたちのすけ》。したがって「常陸守」と記されたもの。
二　『蜻蛉日記《かげろう》』を著した藤原道綱母《みちつなのはは》の父。作者の母は道綱母の異母妹ということになる。
三　東宮傅《とうぐうふ》(皇太子のお守り役)。ここは道綱。
四　『夜《よる》の寝覚』とも。十五～二十巻の長編だったが五巻のみ現存。改作本五巻もある。
五　『浜松中納言物語』。首巻を欠く五巻現存。
六　以下の二つは、ともに散佚《さんいつ》物語の名。
七　『更級』の作者が創作したそうだ、の意。

（勘　物）

孝標　右中弁従[一]四位上資忠朝臣一男

長保二年正月廿七日補《ス》㆓蔵人《ニ》㆒、元東宮蔵人、右衛門大尉、使[二]、三年正月廿四日叙爵[三]、寛仁元年正月廿四日任《ズ》㆓上総介《ニ》㆒、四十五、五年正月得替[四]、四十九、長元五年二月八日任《ズ》㆓常陸介《ニ》㆒、正五位下、六十、七月赴《ク》㆑任《ニ》

橘俊通　但馬守為義《ノ》四男、母讃岐守大江清通《ノ》女

治安三年四月廿日昇殿[五]、左衛門尉、元帯刀長[六]、万寿四年三月三日使《ノ》[七]宣旨、長元四年十一月廿一日補《ス》㆓蔵人《ニ》㆒、五年正月七日叙爵、卅一、長久二年正月廿五日任《ズ》㆓下野守《ニ》㆒、蔵人、使、巡[八]、四十、天喜五年七月卅日任《ズ》㆓信濃守《ニ》㆒、従五位上、任[九]中、康平元年十[一〇]月五日卒《ス》、五十七

一　『尊卑分脈《そんぴぶんみやく》』には、「従四位下」とある。

二　「検非違使《けびいし》」の略。

三　従五位下に叙せられること。

四　「とくたい」と読む。国司の任期が満ちて、後任者と交代すること。

五　四、五位以上の者と六位蔵人《くろうど》が、許されて清涼殿《せいりようでん》の殿上《てんじよう》の間《ま》にのぼること。ただし六位の蔵人のほかに若干の非蔵人が昇殿を許される。俊通もその例であろう。

六　「たちはきのおさ」と読む。「帯刀」は東宮坊を護衛する役。舎人《とねり》から、武芸に秀でた者三十人が選ばれる。その長官は二人で、「帯刀先生《たちはきせんじよう》」と呼ばれた。

七　検非違使に任ぜられる旨の宣旨を賜った、の意。

八　「巡爵《じゆんしやく》」の略。六位蔵人の上席者が六年勤続して五位に叙せられることをいうが、俊通はすでに九年前に叙爵《じよしやく》しているので（前行参照）、ここは、五位蔵人の最上席として退任し地方官に転出したことをいうか。

九　在任中に叙せられたことをいったもの。

一〇　左傍に「女年五十一」と注記がある。「女」とは菅原孝標の女《むすめ》。夫俊通の死んだ際の彼女の年齢を示す。

参議従二位勘〔一一〕解由長官源朝臣資通　贈従三位正四位上修理大夫済政ノ一男

長和五年正月十二日大膳亮、祖父大納言〔一二〕二合、寛仁四年正月九日蔵人、十六、正〔一三〕月廿四日左衛門少尉、治安二年正月卅日式部ノ少丞、二月廿九日従五位下、九月廿三日侍従、三年正月十二日蔵人、十二月十二日左馬ノ権助、依ッテ㆓御〔一四〕賀ノ舞人ニ㆒任ズ㆓衛府ニ㆒、四年十二月十五日右兵衛佐、万寿二年正月七日従五位上、中宮ノ御〔一五〕給、十月廿六日民部少輔、四年正月七日正五位下、上東門院御給、長元元年二月十九日左少弁、三年十一月五日右中弁、四年三月和泉守、蔵人、巡、十一月十九日従四位下、七年正月七日従四位上、行〔一六〕㆓幸ス上東門院ニ㆒、父譲、八年十月十六日権左中弁、九年二月廿七日兼ヌ㆓右京大夫ヲ㆒、十月十四日摂津守、止ム㆓大夫ヲ㆒、長暦元年八月十一日正四位下、石清水行幸、二年六月廿五日左中弁、三年十二月五日右大弁、長久二年止ム㆑守ヲ、四年九月十九

一一　勘解由使《かげゆし》の長官。

一二　年給制による売官の方法。二分《にぶ》官である目《さかん》一人と、一分官である史生《ししょう》一人との代わりに、三分官の掾《じょう》一人の任命を申請する仕組。ここでは、資通がその祖父大納言時中の年給を合わせて「大膳亮《だいぜんのすけ》」になったというもの。なお時中は長保三年（一〇〇一）に没。

一三　『公卿補任《くぎょうぶにん》』によれば、治安元年（一〇二一）正月二十四日に右衛門少尉に任じたとある。以下、日付や官位等、『公卿補任』とかなり異同がある。

一四　資通は、この年の十月十三日、太皇太后彰子主催の源倫子六十賀に舞人《まいびと》を勤めた。

一五　「ごきゅう」と読む。所定の年給のほか臨時に給される年給。ここでは、中宮威子の御給として従五位に叙せられたことをさす。

一六　後一条天皇が正月五日に上東門院に行幸した際の賞与として、父済政から位を譲られる形で従四位上に叙せられたというもの。

日蔵人頭、卅九、五年正月七日正四位上、寛徳元年十二月十四日参議、兼[一]、二年十月左大弁、永承元年十一月従三位、五年九月大弐[二]、止ム二大弁ヲ一、十一月十一日正三位、天喜二年辞シテ二大弐ヲ一入洛ス[三]、五年正月従二位、康平元年正月兼ヌ二兵部卿ヲ一、十一月勘解由長官、三年八月十一日[四]依ツテレ病ニ出家、廿二[五]日薨ズ、五十六[六]

経頼卿記[七]

[八]万寿二年十一月廿日戊戌、伊勢斎宮ノ御装束、織物ノ唐衣一領[九]、五重[一〇]、白綾ノ裳一腰[一一]、織物腰ノ、紅重ノ袴一具、綾ノ裹[一二]入帷[一三]等也、予ニ有リテレ仰セ調ジテレ之ヲ奉リヌ二大内ニ一、是レ[一四]来タル五日着シレ裳ヲ給フ云々、仍ツテ差シテ[一五]二蔵人右兵衛佐源資通ヲ[一六]一為シテ二勅使ト一、遣ハス二件ノ御装束ヲ一、兼ネテ仰セテ[一七]二作物所ニ一令メ下作リテ二衣莒一合ヲ[一八]一入レ中此ノ御装束ヲ上、又令ム下作リテ二銀ノ小莒一合ヲ一入レテ[一九]二合焼物ヲ一副ヘ中御装束ニ上[二〇]、使明日進発ス、十二月三日差シ二蔵人ヲ一令ム下取リテ二初雪ヲ一見

一 蔵人頭《くろうどのとう》をそのまま兼任する意。
二 大宰大弐《だざいのだいに》。大宰府の次官だが、実質的には政務を執行《しっこう》した。
三 大宰大弐の職を辞して、筑紫《つくし》から帰京したもの。
四 『公卿補任』では八月十七日となっている。
五 『公卿補任』『尊卑分脈』では、八月二十三日。
六 『尊卑分脈』によれば六十六歳。
七 参議左大弁源経頼の日記。『左経記』ともいう。経頼の父扶義は、源資通の祖父時中の弟にあたる。以下は、『更級日記』に関係のある資通の事跡を『経頼卿記』より抄出したもの。
八 本文八三頁参照。
九 「領」は、装束を数えるとき用いる語。
一〇 五重の唐衣、の意。
一一 「腰」は、裳《も》などの腰に帯びるものを数えるときに用いる語。
一二 「つつみ」と読む。衣服などを包む風呂敷状の布。
一三 「いれかたびら」と読む。衣服などを筥《はこ》に入れるときに、それを包む袱紗《ふくさ》状の布。
一四 これは、来たる十二月五日の裳着《もぎ》に、斎《さい》

宮《ぐう》が着用されるものである、の意。
一五 指名して、の意。
一六 右傍に「今年廿一」と、資通の当時の年齢の注記がある。
一七「つくもどころ」と読む。宮中で調度類を作る所。
一八「合」は、箱などを数える際に用いる語。
一九「あわせたきもの」と読む。種々の香《こう》を調合して作る練香。
二〇 御裳着の装束使。資通をさす。
二一「おうき」または「しょうゆうき」と読む。小野宮右大臣藤原実資の日記。『野府《やふ》記』ともいわれる。
二二 恭子女王。為平親王の娘。
二三 藤原能通。但馬《たじま》・淡路《あわじ》・甲斐《かい》等の国司を歴任。『後拾遺集』に和歌が入集。
二四 源憲定、頼定は、ともに為平親王の子。母は源高明の女《むすめ》。
二五 藤原斉信のこと。
二六「つちうき」「どゆうき」などと読む。土御門右大臣源師房の日記。
二七 源隆国の子。極官は正二位中納言。和歌が『続古今集』に入集している。
二八 良子内親王。後朱雀天皇皇女。
二九 後一条天皇の御代をさす。

参《セ》上、給《ス》レ禄《ヲ》

小右記[二一]

長保二年十一月、来《タル》七日伊勢斎王[二二]《ノ》着裳、年十七、左兵衛《ノ》佐能通[二三]為《リテ》二勅使《ト》一参《ル》二斎宮《ニ》一、奉《ル》レ遣《ハシ》二御装束《ヲ》一使也、明日憲定[二四]頼定朝臣又参《ル》二斎宮《ニ》一、中将[二五]来《リテ》借《リ》二取《ル》厩《ノ》馬雑具等《ヲ》一

土右記[二六]

長久三年六月廿六日、蔵人少将隆俊[二七]為《リテ》二勅使《ト》一参《ル》二斎宮[二八]《ノ》御着裳《ニ》一、先朝[二九]《ノ》御時、右大弁資通為《リシ》二兵衛佐一時、為《リテ》二勅使《ト》一参《ル》二彼《ノ》宮《ニ》一云々

(奥書二)

[一]先年伝《ヘ》二得《タリ》此《ノ》草子《ヲ》一、件《ノ》本、為《ニ》レ人《ノ》被二借失《リハ》一、仍《ツテ》以二件《ノ》本《ヲ》書写《セル》人《ノ》本《ヲ》一、更《ニ》書《キ》二留《ム》之《ヲ》一、伝々之間《ニ》、字《ノ》誤《リ》甚《ダシ》多、不審《ノ》事等《ハ》付《ス》レ朱《ヲ》、若《シ》得二証本《ヲ》一者《バ》、可《シ》レ見二合《ハス》之《ヲ》一、為《メニ》レ見二合《ハセンガ》時代《ヲ》一、勘《ヘ》二付《ス》旧記等《ヲ》一

一 以下に全文の意訳を示す。先年、『更級日記』の本を手に入れたのだが、人が借りてゆき、なくされてしまった。そこで同じ本を書き写した人の写本によって、あらためて筆写したのがこの本である。ところが、その本文は、次々と伝写されてきた間に文字の誤りがはなはだ多くなっている。不審の個所などには朱点を付しておいたが、今後もし正しい本を入手できたら、見合せて訂正することにしようと思う。なお、この日記の時代を照合するために、古い記録等を調べて、書きつけておいた。

＊「奥書」とは、文書などの末尾に、日付、筆者名、本の由来等を記した書き入れで、現在の「奥付」にあたるもの。「勘物」は、本の内容に関して調べ、加えた注記のこと。底本の奥書・勘物は、両者とも藤原定家の筆になるものである。

年譜

一、この年譜は、『更級日記』の作者、菅原孝標の女が生れた寛弘五年（一〇〇八）から、その生存がほぼ確実とみられる康平三年（一〇六〇）頃まで、約五十年にわたる時代の諸事象を年次別に記述したものである。
一、寛弘五年以降の記述に先立ち、父孝標がその十代半ばから三十代半ばまでを経た、約二十年間の時代相を概観した。
一、各年次の記述は、まず作者、ならびに日記中の主要記事に関わる事項を記し、次に◇印を付して当該年内の一般的歴史事項を記した。
一、年号の真下にある年齢は作者の数え年であり、また月、日はすべて旧暦によっている。
一、日記の主要記事については、各項末尾の〔　〕内に、それぞれの本文頁数を掲げた。頭注欄の小見出しを併記した場合もある。

永観二年（九八四）八月、第六五代花山《かざん》天皇が即位する。しかし、「内おとりの外めでた」、すなわち、私生活はかんばしくなかったが、表向きの政治では評判のよかったこの帝《みかど》は、当時の右大臣藤原兼家らの策謀により、即位後間もない寛和二年（九八六）六月に無理やり出家させられた。

代って一条天皇が即位、兼家は摂政《せっしょう》の地位につき、やがてその嫡男《ちゃくなん》の中関白《なかのかんぱく》藤原道隆の栄華の時代が到来した。道隆の女定子《むすめていし》は正暦元年（九九〇）十月、一条天皇の中宮《ちゅうぐう》となり、同五年八月、定子の兄伊周《これちか》が内大臣に就任、翌年一月、定子の妹原子が東宮《とうぐう》に入内《じゅだい》して女《にょう》御《ご》となった。ここに、中関白家の栄耀《えいよう》栄華は頂点を迎えた。夫橘則光と別れた、当時三十歳前後の清少納言が、中宮定子のもとに出仕したのは正暦四年頃と推定されているが、定子の信任を得た彼女は、まさに水を得た魚のごとく、そのすぐれた才質を発揮し、ここに『枕草子』の美的世界が創造されたのである。

ところが、長徳元年（九九五）四月、道隆は病《やまい》を得て他界、後継者の地位は、就任七日目に急死した藤原道兼を経て道長の手にわたる。翌年一月、伊周とその弟隆家の従者が、花山院に矢を射かけるという事件が起り、また四月には、伊周が東三条院詮子を呪咀《じゅそ》したとの風聞がこれに追い打ちをかけ、伊周・隆家はついに失脚の憂き目をみるに至った。悲運の定子は、そうした中で出家した。

なお、長徳元年の五月には『蜻蛉《かげろう》日記』の作者、藤原道綱母《みちつなのはは》が死去している。その道綱母の異母妹――『更級日記』の作者の母と菅《すが》原孝標《わらのたかすえ》との結婚は、これから数年後のことであろう。

権力を掌中にした道長は、長保元年（九九九）十一月、長女彰子《しょうし》を入内させる。翌年二月には、彰子は中宮、定子は皇后と、二人の后が並びたつ異例の事態となったが、十二月、定子は第二皇女媄子を出産の直後、二十五歳で崩じた。『枕草子』は、この夭折《ようせつ》した皇后への鎮魂《ちんこん》の書であったともいえよう。

さて、この長保二年という年、『更級日記』の作者の父、菅原孝標は二十八歳、蔵人《くろうど》としてのその活躍ぶりが、藤原行成《ゆきなり》の日記『権《ごん》記《き》』に記しとどめられていることに注意しておきたい。九月二十四日、一条天皇をはじめ、左大臣道長以下の高官の臨席する作文会《さくもんえ》で、孝標は詩序を献ずるという光栄に浴している。少壮の文人官僚として、その力量が公認されていた証《あかし》であるといえよう。

中関白家の没落と入れ違いに、道長の権勢は一途に強化されていった。一門の繁栄は、後に道長自ら、「この世をばわが世とぞ思ふ望月《もちづき》の欠けたることもなしと思へば」と、これを謳歌するに至る。中宮彰子のもとには、紫式部、伊勢大輔《いせのたいふ》、赤染衛門《あかぞめえもん》、和泉式部《いずみしきぶ》など、後世に名を残した女流作家や歌人が蝟集《いしゅう》していた。『源氏物語』の作者、紫式部の初出仕は、夫藤原宣孝《のぶたか》に先立たれた後の寛弘二年（一〇〇五）ないし三年のこととされている。

寛弘五年（一〇〇八）二月、花山院が世を去る。和歌の愛好者であった花山院のもとには、東宮時代から上皇《じょうこう》時代にかけて、藤原公《きん》任《とう》・同実方《さねかた》・同長能《ながとう》・道命《どうみょう》法師ら出色の文化人が参集し、いわゆる花山院歌壇が形成されていた。『拾遺《しゅうい》和歌集』は、これを土台として編まれた歌集である。

一方、政治文化の表通りでは、一条天皇と道長の好尚を反映した漢詩文が盛んであった。作文会も頻々と催され、四納言《しなごん》と称された藤原公任・同斉信《ただのぶ》・同行成・源俊賢《としかた》や、赤染衛門の夫大江匡衡《まさひら》、大江以言《もちとき》、高階積善《もりよし》、紫式部の父藤原為時《ためとき》などの詩作は、寛弘五年前後に『本朝麗藻《ほんちょうれいそう》』となって結実した。

武士の台頭、僧兵の横暴など、末法《まっぽう》思想と相俟《あいま》って時代は悽愴《せいそう》の気をはらみ、物情騒然の感を呈しはじめていた。永観二年（九八四）、出家後の尊子内親王のために源為憲《ためのり》が作った『三宝絵詞《さんぼうえことば》』には、末法の世がすぐそこに迫っているという危機感が色濃い。また慶滋保胤《よししげのやすたね》は、天元五年（九八二）、『方丈記』の先蹤《せんしょう》として名高い『池亭記《ちていき》』を著し、出家直前の寛和元年（九八五）頃までに、わが国最初の往生伝《おうじょうでん》である『日本往生極楽記』を編んだ。仏教のあるべき姿を、今一度問い直そうとする気運が高まっていたのである。源信が『往生要集』を著したのも、寛和元年四月のことであった。新しい仏教の方向を「念仏」に求めることを説き、その思想は一般貴族の間にも広く浸透していった。この書が文学に与えた影響もまた、量り知れないものがある。

『更級日記』の作者が生れたのは、そういう時代状況を経た、十一世紀の幕明け時であった。

寛弘五年（一〇〇八）　**一歳**

『更級日記』の作者、菅原孝標《すがわらのたかすえ》の女《むすめ》誕生。父は当時、三十六歳であった。

◇二月八日、花山《かざん》法皇崩御《ほうぎょ》、享年《きょうねん》四十一。九月十一日、一条天皇第二皇子敦成親王（のちの後一条天皇）誕生。この秋より、『紫式部日記』の記述始まる。同書によると、『源氏物語』の一部がその頃すでに流布していたらしい。

寛弘六年（一〇〇九）　**二歳**

◇四月頃、和泉式部、中宮彰子《ちゅうぐうしょうし》のもとに出仕しはじめる。七月二十八日、具平《ともひら》親王（長保・寛弘期の詩文界の中心人物）没、享年四十六。十月五日、一条院内裏《だいり》焼亡、同十九日、一条天皇、藤原道長の邸、枇杷《びわ》殿に移る。十一月二十五日、一条天皇第三皇子敦良親王（のちの後朱雀《ごすざく》天皇）誕生。

寛弘七年（一〇一〇）　**三歳**

◇一月二十九日、藤原伊周《これちか》、不如意な後半生を三十七歳で閉じる。十一月二十八日、一条天皇、新造の一条院内裏に移る。

寛弘八年（一〇一一）　**四歳**

◇六月十三日、一条天皇譲位、皇太子居貞親王受禅、敦成親王皇太子となる。同二十二日、一条法皇、三十二歳で崩御。中宮彰子は葬送の後四十九日を過して、一条院内裏より枇杷殿へ移る。七月十一日、藤原有国没、享年六十九。八月、源為憲没。十月十六日、三条天皇（居貞親王）即位。同二十四日、冷泉上皇崩御、享年六十二。なお、作者の父孝標の事跡として、六月二十五日の一条法皇の葬送には、蔵人大夫として炬火《きよか》の役に参列したこと、および八月二十三日に、上東門院で行われた大納言道綱の子兼経の元服の儀に列座していることが知られる。

寛弘九年・長和元年（一〇一二）　**五歳**

◇二月十四日、皇太后遵子が太皇太后に、中宮彰子は皇太后に、女御《にょうご》妍子（道長の次女）は中宮となる。七月十六日、大江匡衡没、享年六十一。前年の藤原有国・源為憲らに続き、一条朝の文化人が相次いで世を去ったことになる。八月頃、大斎院選子内親王の家集『発心《ほっしん》和歌集』が編まれる。当時彼女を中心に、詠歌風流の文芸サロンが形成されており、「斎院ばかりのところはなし」（『古本説話集』）とさえ言われた。『紫式部日記』にも関連記事がある。九月十一日、源信が太秦《うずまさ》の広隆寺で声明《しょうみょう》念仏を開始。九月二十二日、朝廷で、宋（現在の中国）の人の日本来着と、大和《やまと》・加賀《かが》両国の百姓の愁訴などについて討議。

長和二年（一〇一三）　**六歳**

◇一月十六日、東三条院焼亡。この頃、『和漢朗詠集』（藤原公任撰）成立か。

長和三年（一〇一四）　**七歳**

◇二月九日、内裏焼亡。五月五日、太秦広隆寺で薬師仏の開眼を行う。十二月十七日、花山院焼失。この頃、紫式部没。

長和四年（一〇一五）　**八歳**

◇三月から夏にかけて疫病《えきびょう》流行。九月二十日、三条天皇新造内裏に還御《かんぎょ》。十月十七日、道長、准摂政《せっしょう》となる。十一月十七日、内裏、再び焼亡。

長和五年（一〇一六）　**九歳**

◇一月二十九日、三条天皇譲位、敦成親王受禅、敦明親王皇太子となる。道長は摂政となった。二月七日、後一条天皇（敦成親王）即位。四月十六日、橘道貞（和泉式部の夫）没。藤原為時（紫式部の父）出家。七月二十日、都に大火あり、道長の土御門《つちみかど》第《てい》、法興院等焼亡。

長和六年・寛仁元年（一〇一七）　十歳

一月二十四日、作者の父孝標、上総介《かずさのすけ》に任ぜられる。当時四十五歳。作者は父とともに任地へ下る。継母《ままはは》はこの一行に加わったが実母は都に残留。以後、父の任の果てるまでの四年間、作者は上総にあって、文学好きの姉・継母らの影響を強く受けつつ成長した。物語への関心をそそられ、都の生活に憧《あこが》れた作者は、等身の薬師仏を造らせ一途に上京を祈念したりする〔一三頁、物語にあこがれて〕。

◇三月十六日、藤原頼通《よりみち》、父道長より摂政の位を譲られる。五月九日、三条法皇崩御、享年四十二。六月一日、太皇太后遵子没、享年六十一。同十日、源信没、享年七十六。同二十日、丹波《たんば》の国の百姓が入京し、国守藤原頼任を愁訴、頼任は兵をもって彼等と闘争。同二十二日、興福寺《こうふくじ》の塔と東金堂焼亡。八月九日、敦明親王皇太子を辞退、代って敦良親王が皇太子となる。十二月四日、道長、太政《だいじょう》大臣となる。

寛仁二年（一〇一八）　十一歳

◇一月七日、皇太后彰子、太皇太后となる。二月九日、道長、太政大臣を辞任。三月十三日、道長の六男長家、十四歳で藤原行成の女《むすめ》（十二歳）と結婚。四月二十八日、尚侍威子（道長の三女）女御となる。同日、後一条天皇、新造の内裏に還御。十月十六日、女御威子が中宮に、中宮妍子は皇太后となり、太皇太后の彰子とあわせて、道長は一家三后という前代未聞の繁栄に到達する。

寛仁三年（一〇一九）　十二歳

◇三月二十一日、道長、胸病の発作のなかで発心し、僧院源を招いて出家、齢《よわい》五十四。同月、満州周辺の遊牧民女真《じょしん》族が、対馬《つしま》・壱《い》岐《き》・筑前《ちくぜん》に来襲、大宰権帥《だざいごんのそち》藤原隆家（伊周の弟）ら力戦してこれを撃退する。六月十九日、丹波の国の百姓が入京し、陽明門において愁訴。十二月二十二日、藤原頼通、関白《かんぱく》となる。この年、源道済没。『道済集』『和歌十体』を遺す。

寛仁四年（一〇二〇）　十三歳

九月三日、父孝標の任期満了に伴い、作者ら帰京のため門出《かどで》、上総の国府からいったん「いまたち」に移る〔一三〜四頁、京への旅立ち〕。九月十五日、豪雨の中を越境、下総《しもうさ》の「いかだ」に到着。遅れて出発した人々を待って当地に二泊〔一四〜五頁〕。九月十七日、「まののてう」という富豪の館跡を通りかかり、和歌を詠む〔一五頁、昔の長者の夢の跡〕。夜は「くろとの浜」に泊る。風物に興を覚えて歌あり〔一五〜六頁〕。九月十八日、太井《ふとい》川の上流、「まつさと」の渡し場に泊る。同地で出産した乳母《めのと》は残留することになり、作者は兄に伴われて彼女を見舞う〔一六〜七頁、乳母の出産〕。九月十九日、太井川を渡った後、見送りの人々は上総へ帰還〔一七頁〕。（以下十月末、宮路山を越えるまで月日不明）武蔵《むさし》に入り、竹芝《たけしば》寺に至って、寺にまつわる古伝承を聞く〔一七〜二一頁、竹芝の伝説〕。隅田《すみだ》川を渡る〔二一頁、武蔵から相模へ〕（この辺り、実際の道順からすれば前後する）。相模《さがみ》に入り、「にしとみ」の景物に心ひかれる〔二一頁〕。「もろこしが原」付近の砂浜を通過〔二二頁〕。足柄山の麓《ふもと》に泊り、夜、遊女の芸に感動する〔二二～三頁、足柄の遊女〕。足柄山を越え、相模と駿河《するが》の国境、横走《よこはしり》の関のある関山に泊る〔二三～四頁〕。関を通過しつつ富士山の山容に驚嘆〔二四～五頁、富士を仰いで〕。清見が関、田子の浦、大井川を通過〔二五頁〕。富士川のほとりで、除目《じもく》にまつわる奇譚《きたん》を聞く〔二五～六頁、富士川の伝説〕。「ぬまじり」を過ぎた所で作者発病。遠江《とおとうみ》の小夜《さや》の中山《なかやま》を越えて天龍川のほとりまで進み、仮屋に入って数日間病《やまい》を養う〔二六～七頁、病をおして遠江へ〕。回復後出発、浜名川を渡る〔二七頁〕。猪鼻《いのはな》坂を越え、三河の高師の浜、八橋《やつはし》を過ぎ、二村山の山中に泊る。十月下旬、宮路山を越え、紅葉を見て詠歌。しかすがの渡りを渡る。尾張《おわり》に入り、鳴海《なるみ》の浦を通過〔二七～九頁、尾張・三河〕（この辺り、実際の順路とは相違）。墨俣《すのまた》の渡し場を過ぎて美濃《みの》に入り、野上に到着。夜、遊女を招いて興ずる〔二九頁、美濃、そして近江〕。雪中、不《ふ》破《わ》の関、「あつみの山」を越えて近江《おうみ》に入り、旅のつれづれを知人、息長《おきなが》氏の館で慰める。同所に四、五日滞在〔二九頁〕。不順な天候の中、「みつさか山」の麓を通過〔二九頁〕。琵琶湖《びわこ》上の「なで島」、竹生《ちくぶ》島を眺めつつ通過〔二九～三〇頁〕。瀬田川を渡る〔三〇頁〕。十二月二日、粟津《あわづ》を午後四時頃出発、逢坂《おうさか》の関で丈六《じょうろく》の仏を見る。日没後三条の西にある自宅に行き着く〔三〇頁、旅の終り〕。ほどなく衛門命婦《えもんのみょうぶ》より念願の物語冊子類を贈られ、これに熱中する〔三〇～一頁、早く物語を〕。継母が父孝標と離別、作者の異母弟（あるいは妹）を連れて去る〔三一～二頁、継母との別れ〕。

◇春、疱瘡《ほうそう》流行。二月二十七日、道長、無量寿院を建立《こんりゅう》、翌月二十二日、彰子・妍子・威子の三后の行啓《ぎょうけい》を仰ぎ、丈六金色の九体阿《あ》弥《み》陀《だ》像を安置する新堂の落慶供養を催す。七月四日、中古三十六歌仙の一人、道命法師没、享年四十七。十月十六日、『蜻蛉日記』の作者の子、道命法師の父、藤原道綱没、享年六十六。十二月二十九日、南蛮《なんばん》の賊徒、薩《さっ》摩《ま》に来襲。この頃までに（長和・寛仁年間）、有職故実《ゆうそくこじつ》書『北山抄』（藤原公任撰）成る。

寛仁五年・治安元年（一〇二一）　十四歳

前年より疫病流行し、夏に及ぶ〔三二頁〕。春、継母と歌を贈答〔三二～三頁、継母との別れ〕。三月一日、乳母、疫病のため死去。その死を悼んで詠歌〔三三頁〕。同十九日、藤原行成の女《むすめ》、病没、享年十五〔三三～四頁、近しい人々の死〕。実母より、『源氏物語』の一部を与えられる。『源氏』通読を祈念するため太秦《うずまさ》広隆寺に参籠《さんろう》。おばより、さらに『源氏物語』の五十余巻、『在中将』『とほぎみ』『せりかは』『しらら』『あさうづ』等の物語を贈られる。夜昼『源氏物語』に耽《たん》溺《でき》した作者にとっては、現実の世界と物語の世界との境界もない有様であった。一方、物語熱を戒める意味の夢告を受ける〔三四～六頁、源氏に夢中〕。五月初旬、橘《たちばな》の花が散りしいているのを眺めて詠歌〔三六頁、花橘のかおり〕。十月、客を迎え、庭の紅葉を見て詠歌〔三六～七頁、わが家の紅葉〕。物語一辺倒の生活を続ける。「天照御神《あまてるおほんかみ》を念じませ」との夢告を受けるが、一顧だに払わない〔三七頁、夢のお告げ〕。

◇一月二十八日、悪疫流行のため臨時仁王《におう》会《え》が開かれる（この後も三月七日、大極殿で、四月二十六日、石清水《いわしみず》八幡宮以下十六社で祈禱《きとう》が行われる)。二月一日、尚侍藤原嬉子(道長の四女)、東宮《とうぐう》に入内《じゅだい》。五月二十五日、左大臣藤原顕光没、享年七十八。七月二十四日、源頼光没、享年七十四。十二月二十三日、宇佐《うさ》八幡宮焼失。この年あたりまでに(長徳元年~寛仁五年)『御堂関白記《みどうかんぱくき》』成立。

治安二年(一〇二二)　十五歳

春ごとに一品《いっぽん》の宮(禎子内親王)邸の桜を見やって詠歌〔三七~八頁〕。三月末、土忌《つちいみ》のために他家へ方違《かたたがえ》する。帰宅後、同家の桜を思い出し、贈歌〔三八頁、春の土忌〕。五月、迷い猫現れ、姉とともに隠し飼う。のち病床にあった姉が、その猫は前年没した藤原行成の女《むすめ》の生れ変りだと夢に見る〔三八~四〇頁、愛しい迷い猫〕。七月七日、『長恨歌《ちょうごんか》』の物語を借りる。その際歌を贈答〔四〇~一頁、長恨歌の物語〕。七月十三日、姉、自らの死を予知するような発言〔四一頁、月夜の夜語り〕。また隣家の女を訪れた男を題材に歌を詠み交す〔四二頁〕。

◇七月十四日、無量寿院金堂供養が行われ、法成寺と寺号が定められる。十一月二十三日、道長、比叡山延暦寺《ひえいざんえんりゃくじ》に参詣し、十二神将像を供養。

治安三年(一〇二三)　十六歳

四月、自宅焼失。前年より飼っていた猫も焼死。他所にひき移る〔四二~三頁、自宅炎上〕。

◇六月十八日、宮中諸司の懈怠《けだい》により、道長、頼通を勘当。十月十二日、源経房没、享年五十五。同十七日、道長、高野山金剛峰寺《こんごうぶじ》に参詣、拝殿と橋殿を造営させる。十九日、道長ら一行、龍門寺に至り、菅原道真・都《みやこの》良香《よしか》の真跡をとどめる方丈の扉に、孝標らの添え書を見いだし、嘲笑《ちょうしょう》して抹消《まっしょう》する。十二月二十三日、丹波の人々、国守藤原資業の苛《か》政《せい》を怨んでその京都の邸宅を焼く。

治安四年・万寿元年(一〇二四)　十七歳

春、引越し先の家にて、もとの住まいを思い出す。詠歌あり〔四三頁、狭苦しい新居〕。五月初め、姉が出産。肥立ちが悪く、娘二人を残して他界〔四四頁、姉の出産そして死〕。直後、生前姉が所望した物語『かばねたづぬる宮』を親族より贈られる。その返礼として歌あり〔四四~五頁〕。姉の乳母、実家へ去る。名残りを惜しんで歌を贈答〔四五~六頁、鎮魂歌〕。続いて継母、兄らが姉を悼む歌を詠み合う〔四六~七頁〕。雪の降り続く頃、吉野山の尼君を思いやって詠歌〔四七頁、吉野の雪〕。

◇二月十七日、京都に大火おこる(そのためもあって七月十三日、「万寿」と改元)。六月二十六日、道長、法成寺薬師堂を供養する。九月十九日、天皇・東宮、関白頼通邸高《か》陽院《やいん》に行幸。十一月二十三日、近江の瀬田橋焼失。

万寿二年(一〇二五)　十八歳

一月、春の司召《つかさめし》。父孝標は任官できず、一家落胆する。その朝、親しい知人と歌を交す〔四七~八頁、悲願成らず〕。四月下旬、霊山《りょうぜん》寺《じ》にほど近い東山の住居に移る。移転先の印象を歌に託す〔四八頁、東山へ転居〕。ほどなく霊山寺に参詣。一緒に参詣中の男と歌を贈答〔四九~五〇頁、山の井のしずく〕。東山の住居近辺の風情にひたり、また帰京した男に思いを馳せながら詠歌〔五〇~一頁、山里の時鳥《ほととぎす》・都が気掛り〕。七月、縁先で鹿と間近に接して歌あり。また知人へ贈歌〔五二頁、暁の来訪者〕。八月下旬、東山の秋の哀趣に興をそそられて詠歌〔五二～三頁、有明《ありあけ》の月〕。九月頃、東山より帰京。移住の際と帰京の道中とをひき比べて歌あり〔五三頁、帰京の道端〕。十月末、かりそめの東山訪問。詠歌〔五三～四頁、旧居を再訪〕。

◇五月五日東宮学士義忠歌合催される。同月十七日、道長、関寺《せきでら》に参詣し霊牛を見る。翌月二日、霊牛死亡。七月、疱瘡《ほうそう》大流行。同月、道長の六女、小一条院女御寛子没。八月五日、道長の四女、東宮敦良親王（のちの後朱雀天皇）の妃嬉子が、親仁親王（のちの後冷泉天皇）を生んで間もなく他界。相次ぐ娘の死に、道長慟哭《どうこく》。十一月、母和泉式部とともに太皇太后彰子に仕えていた小式部内侍（二十八歳か）、母に先立つ。同二十一日、源資通《すけみち》、斎宮御装束使として伊勢へ進発。翌月二十五日、斎宮媄子女王着裳。『大鏡』の記述が、この年より過去に遡《さかのぼ》る形式で進められる。

万寿三年（一〇二六）　**十九歳**

三月中旬、東山の尼から便りがないのを詰《なじ》って贈歌〔五四頁、東山の尼〕。

◇一月四日、藤原公任、出家して北山に隠《いん》棲《せい》。同十九日、太皇太后藤原彰子、出家して上東門院と号す。三月二十日、法成寺阿弥陀《あみだ》堂落成。八月十七日、都に大風あり、諸官舎倒壊。

万寿四年（一〇二七）　**二十歳**

◇二月二十八日、盗賊が内裏《だいり》に侵入、主殿《とのも》寮《づかさ》の女官の衣を剝《は》ぎ取るなどの狼藉《ろうぜき》あり。三月二十三日、禎子内親王、東宮に入内。六月十三日、四納言の一人、源俊賢没、享年六十八。八月二十三日、道長、法成寺釈迦堂を供養。九月十四日、皇太后藤原妍子（道長の次女）崩御、享年三十四。十一月十三日、道長の病状悪化により非常赦があり、罪人千人を赦す。同月二十六日、後一条天皇、道長を法成寺に見舞う。十二月四日、道長、法成寺阿弥陀堂にて没、享年六十二。同日、世尊寺流（書道）の祖、四納言の一人、藤原行成没、享年五十六。

万寿五年・長元元年（一〇二八）　**二十一歳**

◇六月、前上総介平忠常、下総で反乱（平忠常の乱）。八月十五日、宋の商人、対馬《つしま》に来着。九月三日、京都に暴風雨。十月十三日、金峰山の僧徒百人余りが、大和守《やまとのかみ》藤原保昌（和泉式部の夫）の苛法を訴える。十一月九日、枇杷殿焼亡。『栄花物語』前編（作者は赤染衛門）の記事、この年で終る。その成立は翌年以降の長元年間とされる。

長元二年（一〇二九）　**二十二歳**

◇七月十八日、伊勢神宮の神人《じにん》、伊賀守《いがのかみ》源光清の非法を訴える。十月十七日、太政大臣藤原公季没、享年七十三。

長元三年（一〇三〇）　**二十三歳**

◇三月八日、上東門院御所の三条宮焼失。春、疫病流行し、死者多数。九月二日、甲斐《かい》の守《かみ》源頼信や坂東《ばんどう》の諸国司に、平忠常追討が命じられる。

長元四年（一〇三一）　**二十四歳**

（万寿三年〈一〇二六〉三月からこの年までの日記中の記載事項年次不明。ここにとりまとめて記す）

臨時に他所へ移り住んで詠歌。秋頃まで同所に滞在、さらに別の場所に転居することになった際その主人に贈歌〔五四～五頁、浅茅《あさじ》が宿〕。父と離別後再婚し、宮中へ再び出仕していた継母が「上総大輔」との呼称を持っていることに抗議するため、父に代って継母に贈歌〔五五頁、父の腐れ縁〕。この間、『源氏物語』の浮舟《うきふね》の境涯に憧れたりして過す〔五六頁、将来を夢想〕。

◇三月五日、若狭《わかさ》の百姓らの濫行《らんこう》により官使を派遣。四月二十八日、平忠常、甲斐守《かいのかみ》源頼信に投降。同二十九日、関白頼通の東三条第焼亡。六月六日、平忠常、源頼信に連行され上京の途次、美濃《みの》にて病没。九月二十二日、選子内親王、五十年に及んで奉職した斎院を退下し、同二十八日出家。十月二十日、関白頼通、興福寺東金堂と塔を供養。十二月三日、上東門院御所の京極院焼失。

長元五年（一〇三二）　**二十五歳**

二月八日、父孝標《たかすえ》、常陸介《ひたちのすけ》に任ぜられる。当時六十歳。遠国に赴任する不運を嘆く〔五七～八頁、不本意な任官〕。七月十三日、父、常陸《ひたち》へ出発。作者やその母は都に留まる。見送りに行った者が父の歌を携えて帰り、作者も返歌〔五八～九頁、涙の別離〕。八月頃、太秦の広隆寺に参籠《さんろう》。道中の一条通りで男に声をかけられるが、当意即妙に応じて去る。父との再会を祈り、七日間を過す〔六〇頁、参籠の道中で〕。冬、風の激しい月夜、荻《おぎ》を題材に詠歌〔六一頁、嵐にまどう荻〕。この頃、常陸の父から手紙が届く。「子しのびの森」の歌あり、作者も返歌する〔六一～二頁、子しのびの森〕。

◇六月二日、安芸守《あきのかみ》紀宣明夫妻が群盗に襲われ殺害される。十月十八日、上東門院彰子、菊合《きくあわせ》を催す。十二月十六日、富士山噴火。この頃までに（天元五年～長元五年）右大臣藤原実資の『小右記』成立。

長元六年（一〇三三）　**二十六歳**

◇十月十二日、関白頼通、宇治の別荘に文人を集めて詩会を催す。十一月二十八日、頼通の母倫子の七十の賀が高陽院で行われる。

長元七年（一〇三四）　**二十七歳**

◇三月、高麗《こうらい》（現在の朝鮮）の人、大隅《おおすみ》に漂着。八月九日、京都に大風、洪水があり、内裏の殿舎、各寺社をはじめ、民間でも倒壊家屋多数。この年、在宋三十年、蘇州《そしゅう》の僧録《そうろく》司に任ぜられ、円通大師の称号を受けていた僧寂照（俗名、大江定基）が、故国の地を踏むことなく他界。

長元八年（一〇三五）　**二十八歳**

（長元六年〈一〇三三〉よりこの年までの日記中の記載事項年次不明。ここにとりまとめて記す）

彼岸の頃、母に伴われて清水寺《きよみずでら》に参籠し、夢告を受けるが意に介しない〔六二頁、清水の夢告〕。母、作者のために代参の僧をたてて長谷寺《はせでら》に鏡を奉納し、夢によって将来を占わせる。作者はその報告に無関心であった〔六三～五頁、初瀬の夢告〕。「天照御神を念じ申せ」と勧める人がある〔六五～六頁、天照御神〕。冬、修学院の尼である親族の一人と歌を贈答〔六六頁、修学院の尼〕。

◇三月七日、園城寺《おんじょうじ》三尾明神の祭に、延暦寺の僧徒が乱入。同二十九日、報復として園城寺僧徒、延暦寺の一部を焼く。同二十三日、四納言の一人藤原斉信没、享年六十九。五月十六日、関白頼通邸高陽院《かやのいん》にて三十講の後の歌合が催される。この年、選子内親王没、享年七十二。

長元九年（一〇三六）　二十九歳

秋頃、父孝標（当時六十四歳）、任期を終えて常陸より帰還、西山の住まいに落着く。一家も同所へ移る。父娘、歌を詠み交す。父、引退する旨を洩らす〔六六～七頁、父の帰京〕。十月、帰京。ほどなく母は出家し、別室に起居する。この頃から作者は一家の主婦としての役割を担う〔六八～九頁、一家の主婦として〕。

◇四月十七日、後一条天皇崩御、享年二十九。その遺志により喪を秘したまま譲位の儀を行う。敦良親王受禅。七月十日、後朱雀天皇（敦良親王）即位。九月六日、中宮威子（道長の三女）崩御、享年三十八。同月、藤原保昌（和泉式部の夫）没、享年七十九。

長元十年・長暦元年（一〇三七）　三十歳

◇一月十九日、興福寺僧徒、東大寺東南院を破壊。同二十九日、関白頼通の養女嫄子、女御となる。二月十三日、禎子内親王、中宮となる。三月一日、中宮禎子内親王が皇后、女御嫄子が中宮となる。六月、上東門院彰子、後一条天皇のために菩提樹《ぼだいじゅ》院を建立。八月十七日、親仁親王皇太子となる。

長暦二年（一〇三八）　三十一歳

◇三月十七日、長谷寺の塔や僧房焼失。四月二十一日、祐子内親王（母は関白頼通の養女嫄子）誕生。十月二十七日、延暦寺の僧徒、同寺の僧正《そうじよう》明尊を天台座主《てんだいざす》にすることを不満として上京し、奏状を提出。同月、但馬《たじま》の百姓が宮門に参集して訴状を出す。

長暦三年（一〇三九）　三十二歳

初冬、作者、祐子内親王家よりお召しを受ける。当日は不安と緊張のうちに過す〔六九～七〇頁、初出仕〕。十二月、局《つぼね》を賜る。十日間ほど仕え、宮仕えの辛苦をかみしめる〔七〇頁、気づまりな勤め〕。退出し実家に退《さが》ると、両親が心細さを訴える〔七一～二頁、実家の桎梏《しつこく》〕。前世では作者が清水寺の仏師《ぶつし》だったと一夜の夢に見るが、清水へ詣でることもなく終る〔七二～三頁、前世の夢〕。十二月二十五日、祐子内親王家の御仏名会《ごぶつみようえ》に一晩のみ出仕、翌朝早く退出〔七三頁、宮の御仏名〕。

◇二月十八日、延暦寺の僧徒、天台座主の件で頼通邸に強訴し、翌日高陽院に放火。六月二十七日、内裏焼亡。八月十九日、禖子内親王（祐子の妹）誕生。同二十八日、禖子の母中宮嫄子、産後の病で崩御、享年二十四。十二月二十一日、道長の三男、内大臣藤原教通《みちのり》の女《むすめ》生子入内、翌閏《うるう》十二月十三日、女御（「梅壺《うめつぼ》の女御《にようご》」、七七頁）となる。この年源義家（八幡太郎）誕生。

長暦四年・長久元年（一〇四〇）　三十三歳

春、橘俊通《としみち》（当時三十九歳）と結婚し、宮仕えからも退く。物語の世界とあまりにも懸隔のある現実の結婚生活に、ただ幻滅の日々を過す〔七四頁、結婚し家庭へ〕。物語に熱中した過去の生活を反省するようになる〔七五頁、現実に目覚める〕。

◇五月六日、斎宮良子内親王貝合《かいあわせ》。六月三日、荘園停止令。七月二十六日、京都・伊勢《いせ》方面に大風。九月九日、内裏焼亡し、神鏡被災する。十一月二日、放火多発につき、都の警備が厳重となる。同七日、大江公資《きんより》没。同二十三日、祐子内親王、関白頼通の三条邸で着袴《ちやつこ》の儀。十二月一日、鷹司殿《たかつかさ》焼失。同二十五日、和泉《いずみ》の百姓、天皇の平野社行幸の帰途をとらえ、直訴《じきそ》におよぶ。

長久二年（一〇四一）　**三十四歳**

一月二十五日、夫俊通、下野守《しもつけのかみ》に任ぜられる。姉の遺児が祐子内親王家に出仕しはじめ、作者もその縁で時折り宮家に顔を出すようになる。受領《ずりよう》の妻として生活は保障され、気儘《きまま》な宮仕えであったらしい〔七五～六頁、姪《めい》にひかれて〕。

◇一月一日、藤原公任没、享年七十六。二月十二日、弘徽殿《こきでん》女御生子歌合が催される。四月七日、権大納言師房歌合。五月十二日、祐子内親王名所歌合。同十四日、園城寺の戒壇建立について延暦寺だけが反対する。同月、入道脩子内親王歌合。九月十三日、大安寺焼亡。十月十四日、祇園社《ぎおんしゃ》（八坂神社）焼亡。十二月十九日、後朱雀天皇、新造内裏に移る。この年、赤染衛門の曾孫、大江匡房《まさふさ》誕生。

長久三年（一〇四二）　**三十五歳**

四月十三日、祐子内親王のお供として宮中へ上がり、博士《はかせ》の命婦《みようぶ》の案内で、天照御神《あまてるおほんかみ》を祀《まつ》る内侍所《ないしどころ》に参拝〔七六～七頁〕。翌晩、梅壺の女御（生子）が清涼殿《せいりようでん》に召されてゆく気配に、故中宮嫄子のことがしのばれて、詠歌あり〔七七～八頁、梅壺の女御〕。冬、宮家にて関白頼通家に仕える女房たちと語り明かす〔七八頁、冬の夜の語らい〕。同じ頃、宮の御前に宿直《とのい》、水鳥の羽ばたきに眠られず、傍らの女房と歌を贈答〔七九頁、水鳥の浮寝〕。親しい女房たちと、局の仕切りを取り払って語り合う〔七九～八〇頁、気のおけぬ交遊〕。十月初旬、祐子内親王家の不断経《ふだんぎよう》の夜、源資通（当時三十八歳）とめぐり逢い、同僚女房と三人で、四季の風情を語り合う〔八〇～四頁、時雨の夜の恋〕。

◇三月十日、延暦寺僧徒、園城寺円満院を焼打ちにする。同月、道長の次男権大納言藤原頼宗の女《むすめ》、延子入内、十月九日女御となる。四月十三日、祐子・禖子両内親王参内《さんだい》、翌日天皇と対面し、同二十日退出。十二月五日、源資通、右大弁となる。同八日、内裏焼亡。

長久四年（一〇四三）　**三十六歳**

七月、祐子内親王に従って一条院内裏に参内中、資通と邂逅《かいこう》し、贈歌〔八四～五頁〕。

◇五月、諸国大旱魃《かんばつ》により、僧正仁海に祈雨法を神泉苑《しんせんえん》で修させる。七月二十三日、祐子・禖子両内親王参内し、翌月十日退出。九月十九日、源資通、蔵人頭《くろうどのとう》となる。十二月一日、一条院焼亡。この年、鎮源『大日本国法華験記』成る。

長久五年・寛徳元年（一〇四四）　**三十七歳**

春、資通、祐子内親王家に作者を訪ねる。人目多く会えぬまま退出。これ以降二人の交情絶える〔八五～六頁〕。

◇一月一日、藤原隆家没、享年六十六。十月、上東門院彰子の病気平癒の祈禱《きとう》のため、一万僧供養あり。十二月十四日、源資通、参議となる。

寛徳二年（一〇四五）　**三十八歳**

過去の不信心を悔いて物詣《ものもうで》に励み始める〔八六～七頁〕。十一月下旬、石山寺に三日間参籠、勤行《ごんぎよう》の合間に夢告をうける〔八六～八頁、石山詣〕。

◇一月十六日、後朱雀天皇譲位、親仁親王受禅、皇弟尊仁親王皇太子となる。章子内親

王、女御となる。同十八日、後朱雀上皇崩御、享年三十七。四月八日、後冷泉天皇（親仁親王）即位。この年、新設の荘園を停止する（寛徳の荘園整理令）。『能因法師集』、この頃までに成るか。

寛徳三年・永承元年（一〇四六）　三十九歳

十月二十五日、大嘗会《だいじょうえ》の御禊《ごけい》の日の未明、初《はつ》瀬詣《せもうで》に出発〔八八～九〇頁、初瀬詣〕。頼通の山荘（後の平等院）を見物しつつ、『源氏物語』の宇治十帖に思いを馳せる〔九〇～一頁〕。「やひろうち」、栗駒山《くりこまやま》を過ぎ、贄野《にえの》池近辺の民家に宿泊〔九一～二頁〕。翌朝出発、奈良の東大寺、石上《いそのかみ》神社に立ち寄る。同夜、「山辺《やまのべ》」の寺に宿泊。宮中に召される運命なので博士の命婦に相談せよとの夢告をうける〔九二～三頁〕。二十七日の夜、初瀬に到着。参詣三日目の夜、稲荷《いなり》神社より杉を賜る夢を見る〔九三頁〕。翌朝、帰路につく。奈良坂《ならさか》を越え民家に一泊〔九三～四頁〕、十一月一日頃、帰京〔九四頁〕。

◇一月十八日、右大臣藤原実資没、享年九十。二月二十八日、太政官朝所焼失。三月二十四日、禖子内親王、斎院に卜定《ぼくじょう》される。五月十六日、僧仁海没、享年九十四。七月十日、女御章子内親王、中宮となる。十月八日、後冷泉天皇、新造内裏に還御。十一月十五日、大嘗会。十二月二十四日、興福寺焼亡。

永承二年（一〇四七）　四十歳

◇六月、諸国に旱魃あり。十月、右大臣藤原教通の女《むすめ》、歓子入内。

永承三年（一〇四八）　四十一歳

◇四月十七日、源頼信没、享年八十一。七月十日、藤原歓子、女御となる。八月、宋の商人の来朝につき、朝廷でその処置を討議。十月十五日、頼通、高野山へ参詣。十一月二日、内裏焼失。

永承四年（一〇四九）　四十二歳

◇二月十八日、興福寺北円堂、唐院、伝法院等焼亡。十一月九日、内裏歌合が催される。十二月二日、禖子内親王歌合。同二十八日、興福寺の門徒、大和守《やまとのかみ》源頼親邸を襲撃。

永承五年（一〇五〇）　四十三歳

◇二月三日、六条斎院禖子内親王歌合。三月十五日、頼通、法成寺新堂を供養。四月二十六日、麗景殿女御延子歌絵合。五月五日、禖子内親王歌合。六月五日、祐子内親王歌合。源資通は右方《みぎかた》の講師《こうじ》をつとめる。十二月二十二日、頼通の長女、寛子入内し、女御となる。『能因歌枕』、この年あたりに成立。この頃、祐子・禖子両内親王家では、外祖父頼通の庇護のもとに頻々と歌合を催し、後宮文化隆盛。

永承六年（一〇五一）　四十四歳

◇一月八日、六条斎院禖子内親王歌合。二月、女御寛子、皇后となる。三月二十九日、内裏詩合《しあわせ》。五月五日、内裏根合《ねあわせ》。この年、安倍頼良、衣川の関を南下、その勢力をふるう。朝廷は源頼義を陸奥守《むつのかみ》に任命、これを追討させる（前九年の役の発端）。この年、末《まっ》法《ぽう》第一年に入る。末法思想・浄土《じょうど》思想隆盛。

永承七年（一〇五二）　四十五歳

◇三月二十八日、関白頼通の宇治の別荘を仏寺とし、平等院と名づける。五月二十九日、疫病流行のため花園社を建立、御霊会を行う。八月二十五日、長谷寺焼失。この頃、和歌六人党（藤原範永・平棟仲・源頼実・源兼長・藤原経衡・源頼家）が歌壇に活躍。

永承八年・天喜元年（一〇五三）　四十六歳

◇三月四日、関白頼通、平等院阿弥陀堂（鳳凰堂《ほうおう》）を供養。仏師定朝《じょうちょう》が阿弥陀《あみだ》如来像を彫る。六月十一日、道長の妻、倫子没、享年九十。八月、越中守源頼家名所歌合。東宮女御馨子内親王歌合、この年か。

天喜二年（一〇五四）　四十七歳

（永承二年〈一〇四七〉からこの年までの日記中の記載事項年次不明。ここにとりまとめて記す）

春頃、鞍馬《くらま》寺に参籠［九四頁、鞍馬山の春秋］。十月頃、再び鞍馬へ赴く［九五頁］。二年ほど後（永承二、三年頃か）、石山《いしやま》寺に参籠［九六頁、石山寺の夜］。秋頃、再び初瀬参籠。前回（永承元年〈一〇四六〉）よりも一行の人数が多く、随所でもてなしを受ける［九六〜七頁、再び初瀬へ］。気儘《きまま》な物詣《ものもうで》を楽しみ、世俗の幸福を願いつつ安定した生活を送る［九七〜八頁、心豊かな日々］。越前《えちぜん》にいる親友と歌を贈答［九八〜九頁、越前の友へ］。三月上旬、かつて住んだ西山の奥を訪問［九九頁、奥山の春］。夫俊通との不和により、太秦《うずまさ》の広隆寺に参籠し、祐子内親王家の女房と歌を贈答［一〇〇頁、夫と気まずい頃］。春頃、気心の知れた女房同士で和歌を贈答［一〇〇〜一頁、気儘な交際］。筑前に下った友を夢に見て、詠歌［一〇一〜二頁、筑前の友］。秋頃（作者の兄定義の和泉守《いずみのかみ》在任中）、和泉へ下る。淀《よど》から水路を淀川沿いに進み、高浜《たかはま》に停泊。遊女を招いて興ずる。大阪湾に入り、住吉《すみよし》の浦を過ぎ、和泉の国府に到着［一〇二〜三頁、和泉への舟旅］。同年冬、上京の途につく。大津《おおつ》から乗船。夜、暴風雨に遭う［一〇三〜四頁］。のち帰京。

◇一月八日、高陽院内裏焼失。十二月八日、京極院内裏焼亡。

天喜三年（一〇五五）　四十八歳

十月十三日夜、阿弥陀仏来迎《あみだぼとけらいごう》の夢を見る［一〇八〜九頁、阿弥陀仏］。

この頃、作者は病気がち。ただ子供たちの将来と夫の栄達のみを願って過す［一〇四〜五頁、夫の任官］。

◇二月十七日、興福寺講堂・僧房焼失。三月十三日、寛徳二年以降新立の荘園を停止。五月三日、六条斎院禖子内親王物語合《ものがたりあわせ》。八月二十三日、東寺の塔、落雷により焼失。九月二十七日、法成寺焼失。この年までに『逢坂越えぬ中納言』（『堤中納言《つつみちゅうなごん》物語』中の一編）以下十七編の散佚《さんいつ》短編物語が成立。この時期は歌合の全盛時代で、後宮文化は隆盛をきわめた。四条宮下野・一宮紀伊・六条斎院宣旨（『狭衣《さごろも》物語』の作者）・出羽弁・相模等の女流歌人がその代表。

天喜四年（一〇五六）　四十九歳

◇二月二十二日、一条院落成し、天皇移御。閏《うるう》三月、六条斎院禖子内親王歌合。四月三十日、皇后寛子春秋歌合。五月、頭中将顕房歌合。五月・七月、六条斎院禖子内親王歌合。八月三日、源頼義に安倍頼時（頼良改め）追討の宣旨《せんじ》が下る（前九年の役再燃）。

天喜五年（一〇五七）　五十歳

七月三十日、夫俊通、信濃守《しなののかみ》に任ぜられる。期待外れの遠国赴任に作者落胆［一〇四頁、夫の任官］。八月中旬、俊通、門出《かどで》のためいったん娘の新居へ移り、二十七日に長男仲俊を連れて信濃へ出発。翌日、見送りの人々が帰京し、人魂《ひとだま》が都をさして飛んで行くのを見たと報告〔一〇五～六頁、不吉な人魂〕。夫の留守中、子供たちの将来のみを念じて過す〔一〇六頁〕。

◇一月五日、源資通、従二位に叙せられる。五月、禖子内親王歌合。七月二十六日、源頼義、安倍頼時を誅す。頼時の子、貞任・宗任が抗戦。八月一日、仏師定朝没。同十日、前九年の役平定のための兵糧米《ひょうろうまい》を陸奥《むつ》へ運搬。八月、禖子内親王歌合。九月二日、源頼義、再び諸国に兵・糧穀を請う。同十三日、禖子内親王歌合。十一月、源頼義、安倍貞任に大敗。源義家（頼義の子）奮戦。十二月二十五日、源斉頼を出羽守《でわのかみ》に任じ、頼義に協力させる。

天喜六年・康平元年（一〇五八）　**五十一歳**

四月、夫俊通、信濃より一時帰京。夏・秋を都で過す〔一〇六頁〕。九月二十五日、夫発病。翌月五日、死亡、享年五十七。同二十三日、葬送〔一〇六～七頁、夫の死〕。作者悲嘆に沈み、ただ阿弥陀仏来迎の夢だけを頼りに日を送る〔一〇七～九頁、悔恨の日々・阿弥陀仏〕。

◇二月十六日、高階成章（作者の継母の叔父、大弐三位の夫）没、享年六十九。同月二十三日、法成寺焼失。同月二十六日、内裏焼失。十一月二十八日、宸筆《しんぴつ》の宣命を伊勢神宮に奉り、天変地異の止むことを祈る。

康平二年（一〇五九）　**五十二歳**

（この年以降の日記中の記載事項年次不明。ここにとりまとめて記す）

甥《おい》の訪れに、自分の境遇を「姨捨《うばすて》」になぞらえた歌を詠む〔一〇九～一一〇頁、姨捨山〕。親しい友人に贈歌〔一一〇頁、友への愁訴〕。十月頃（夫の命日である十月三日か）、夫を偲《しの》んで作歌〔一一〇頁〕。尼と贈答〔一一一頁、孤独の日々〕。夫の死以後、子供たちも離れ住むようになり、老残の淋しい暮しである。

◇一月八日、一条院焼失。六月一日、放火頻発により、宮中の諸門の警固厳重となる。十月十二日、頼通、法成寺無量寿院・五大堂を供養。この頃（康平年間）、藤原明衡、『新猿楽記』を著す。

康平三年（一〇六〇）　**五十三歳**

◇八月二十三日、源資通没、享年五十六。

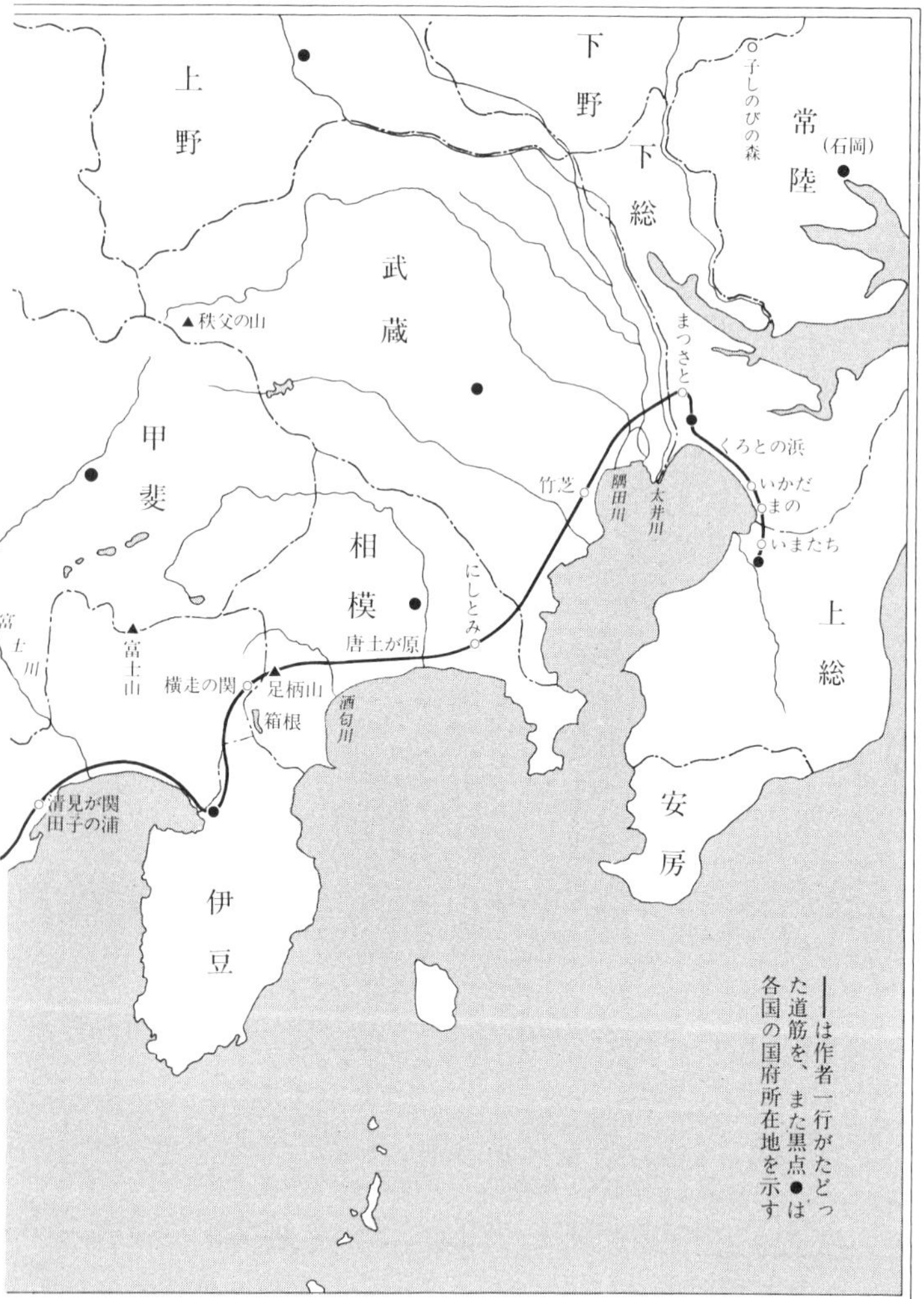

上野
下野
常陸
(石岡)
子しのびの森
下総
武蔵
秩父の山
甲斐
相模
上総
安房
伊豆
まつさと
くろとの浜
いかだ
まの
いまたち
竹芝
隅田川
太井川
にしとみ
唐土が原
富士山
富士川
横走の関
足柄山
箱根
酒匂川
清見が関
田子の浦
━は作者一行がたどった道筋を、また黒点●は各国の国府所在地を示す

上京の道

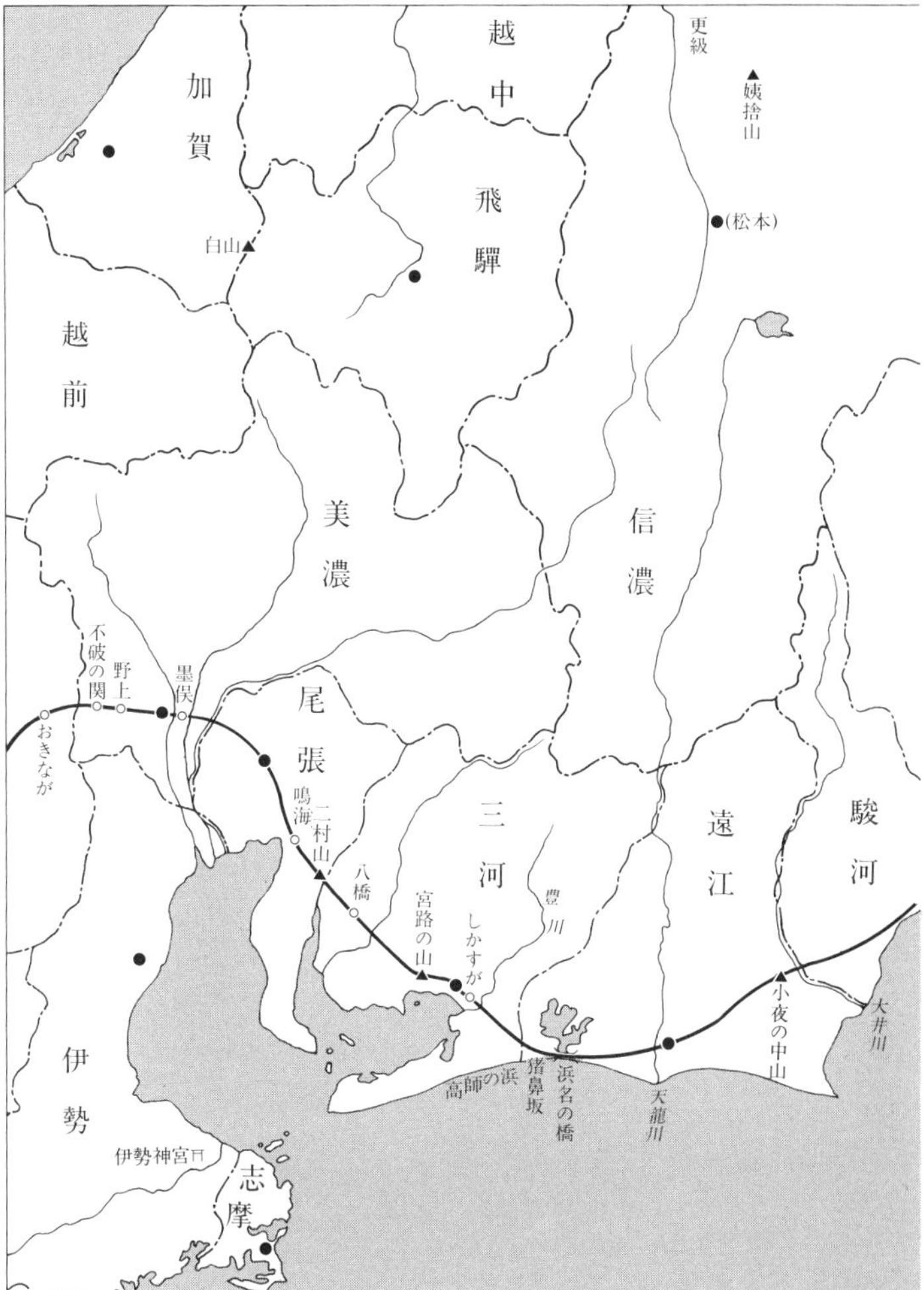
越中
更級
姨捨山
加賀
飛驒
(松本)
白山
越前
美濃
信濃
不破の関
野上
墨俣
おきなが
尾張
鳴海
二村山
八橋
三河
宮路の山
しかすが
豊川
遠江
駿河
小夜の中山
大井川
高師の浜
猪鼻坂
浜名の橋
天龍川
伊勢
伊勢神宮
志摩

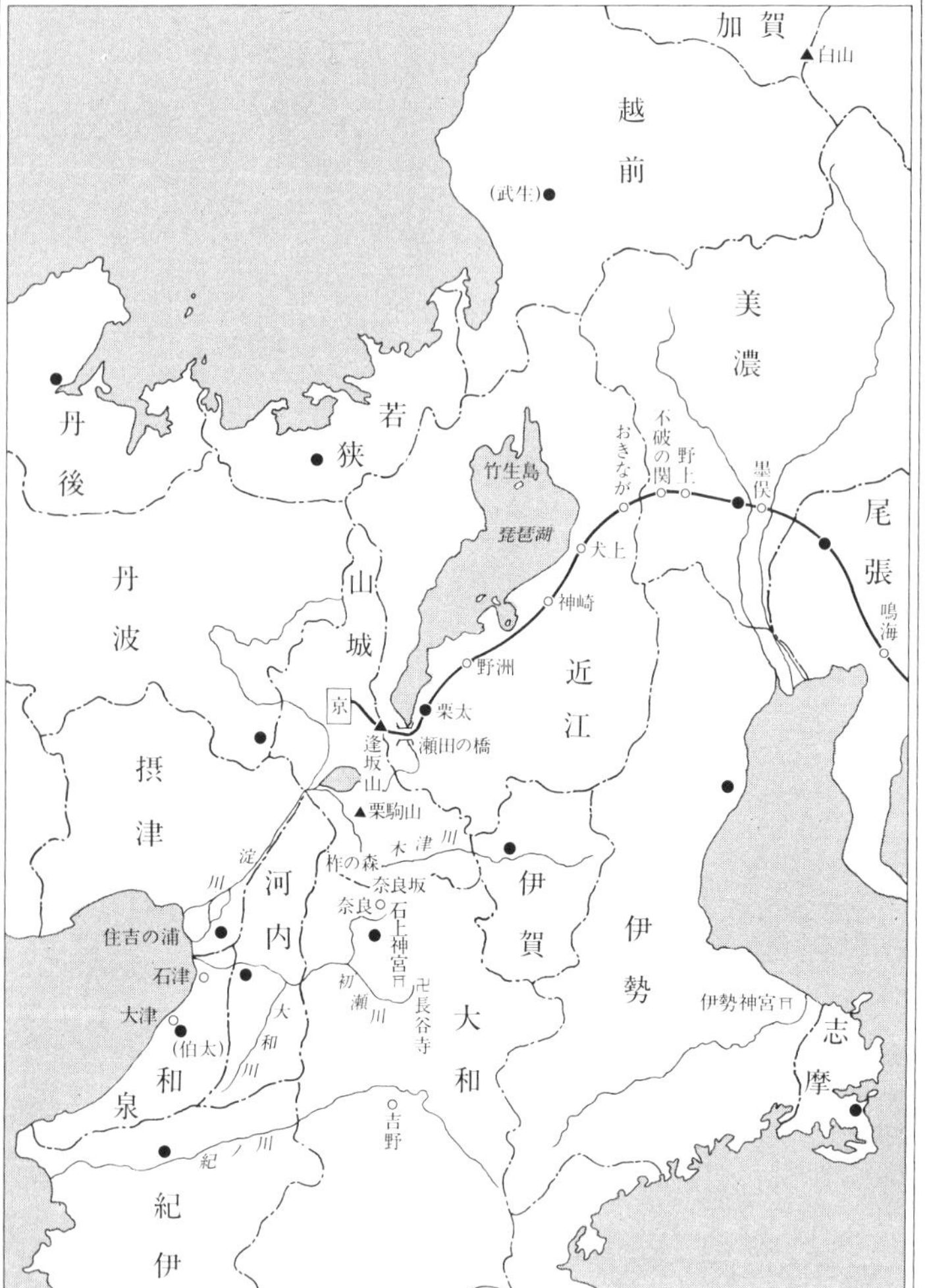
加賀
白山
越前
(武生)
美濃
丹後
若狭
竹生島
琵琶湖
おきなが
不破の関
野上
墨俣
尾張
犬上
神崎
鳴海
丹波
山城
野洲
近江
京
栗太
逢坂山
瀬田の橋
摂津
栗駒山
木津川
淀川
柞の森
奈良坂
奈良
伊賀
河内
石上神宮
伊勢
住吉の浦
石津
大津
(伯太)
初瀬川
大和川
長谷寺
大和
伊勢神宮
志摩
和泉
吉野
紀ノ川
紀伊

上京の道と京の周辺

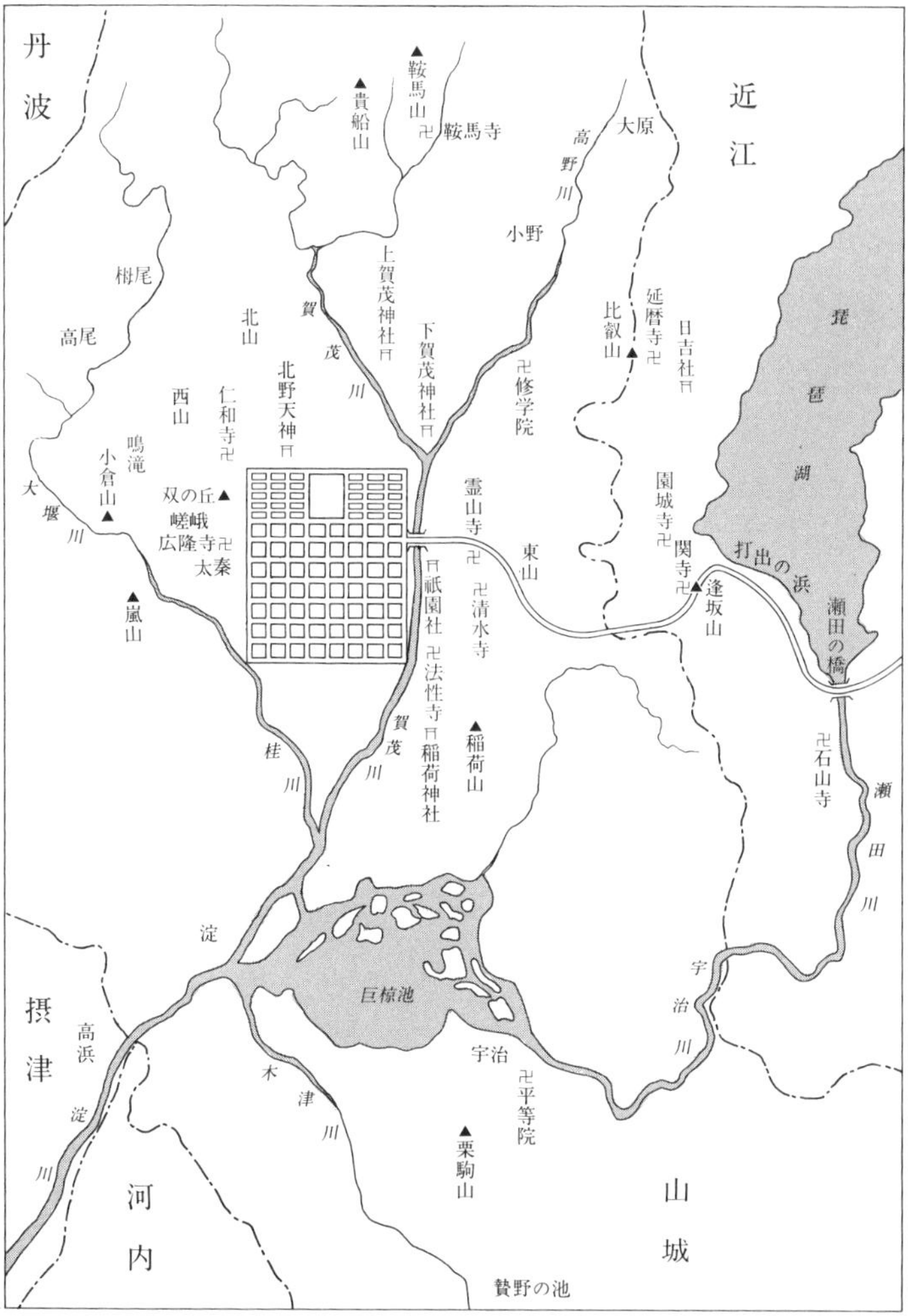
丹波
近江
摂津
河内
山城
鞍馬山
貴船山
鞍馬寺
大原
高野川
小野
栂尾
高尾
北山
西山
上賀茂神社
下賀茂神社
賀茂川
比叡山
延暦寺
日吉社
修学院
仁和寺
北野天神
鳴滝
小倉山
双の丘
嵯峨
広隆寺
太秦
大堰川
嵐山
霊山寺
東山
園城寺
関寺
逢坂山
琵琶湖
打出の浜
瀬田の橋
祇園社
清水寺
法性寺
稲荷神社
稲荷山
桂川
石山寺
瀬田川
淀
巨椋池
宇治
宇治川
平等院
高浜
淀川
木津川
栗駒山
贄野の池

京の近郊

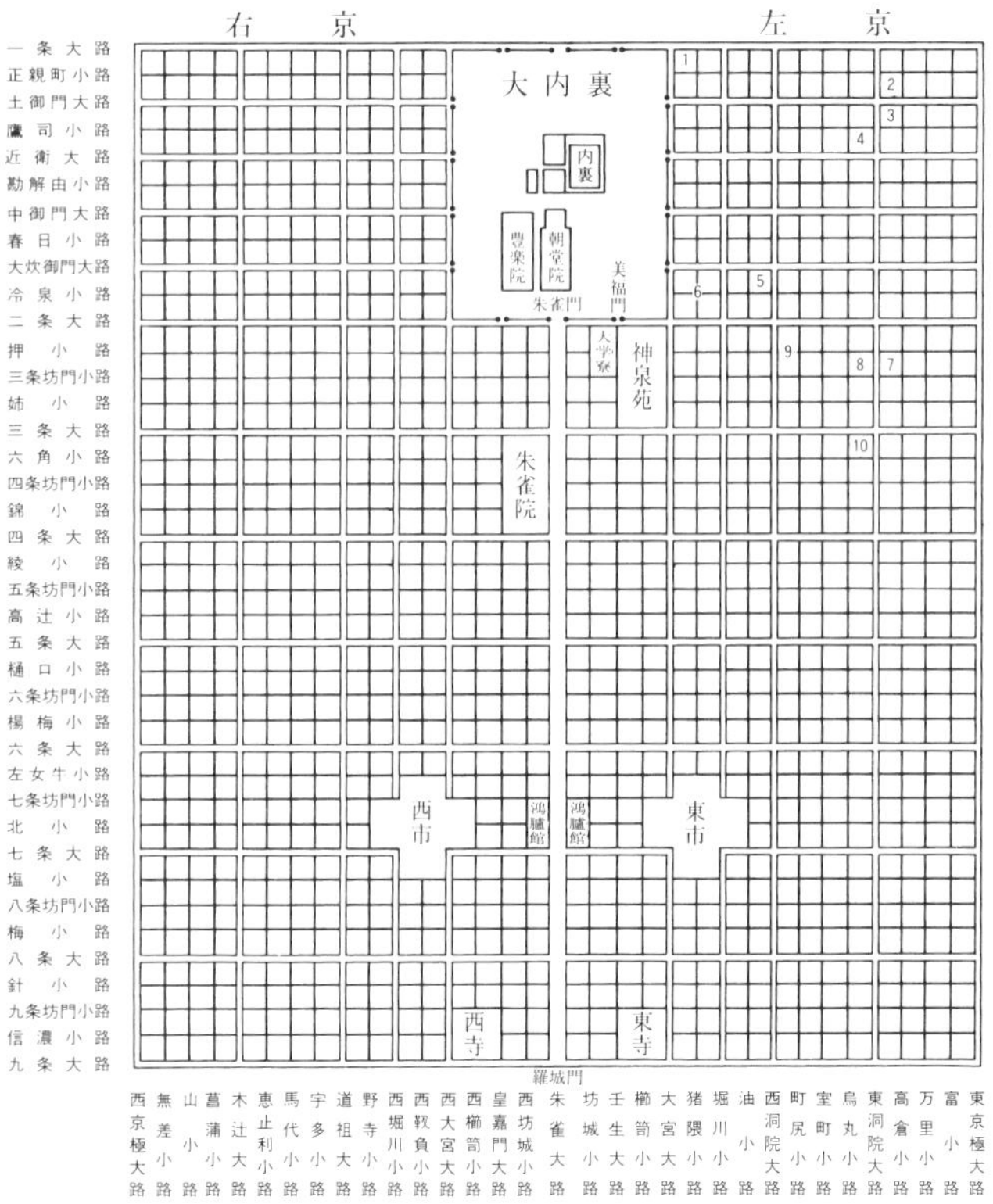

1 一条院
2 高陽院
3 高倉殿
4 枇杷殿
5 陽成院
6 冷泉院
7 竹三条
8 三条院
9 東三条院
10 六角堂

京の街

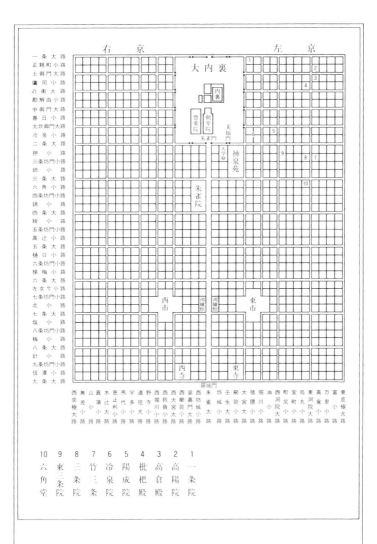

皇室関係系図

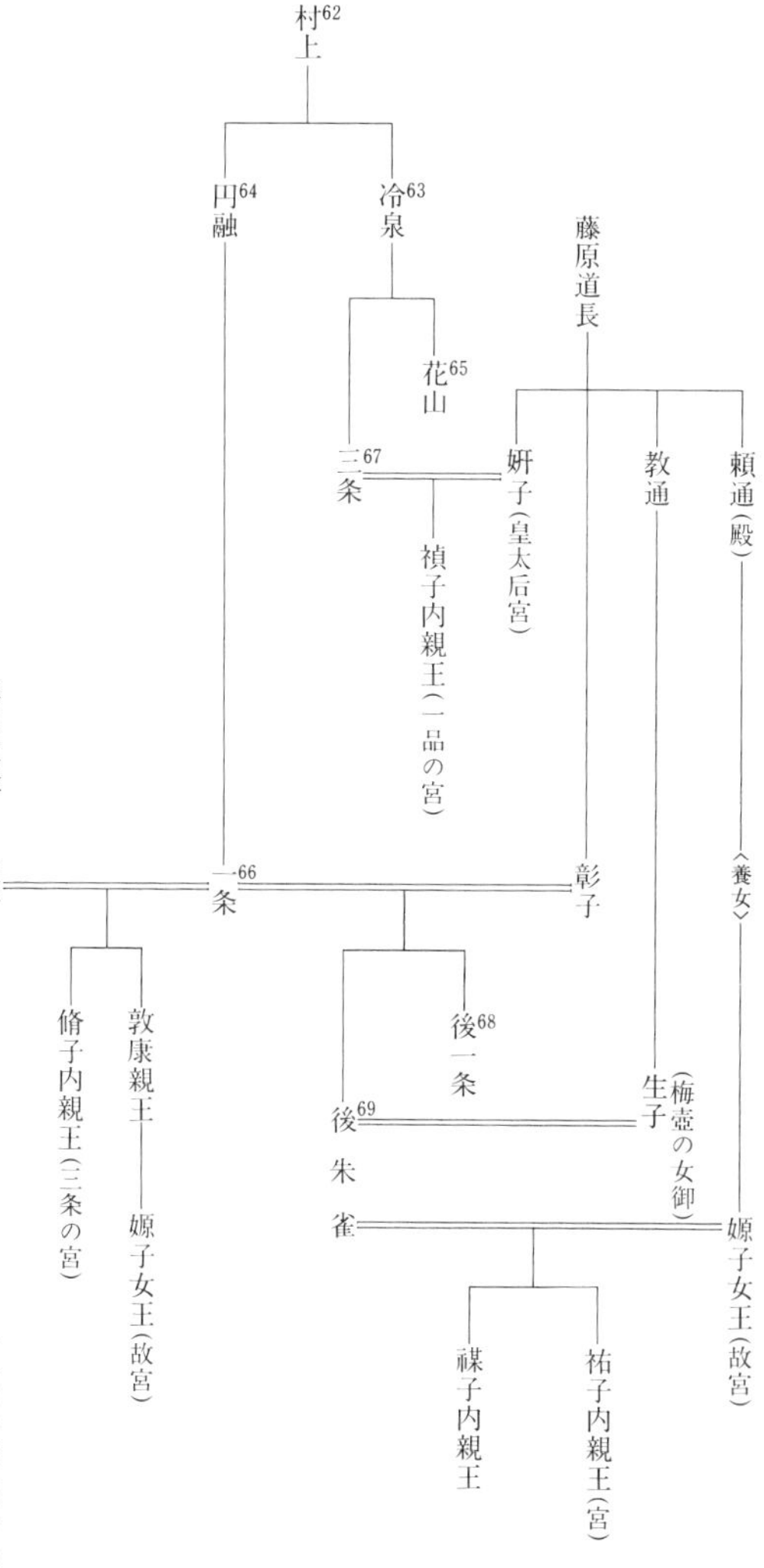

（　）内は本文中での呼称
数字は天皇の代数を示す

作者関係系図

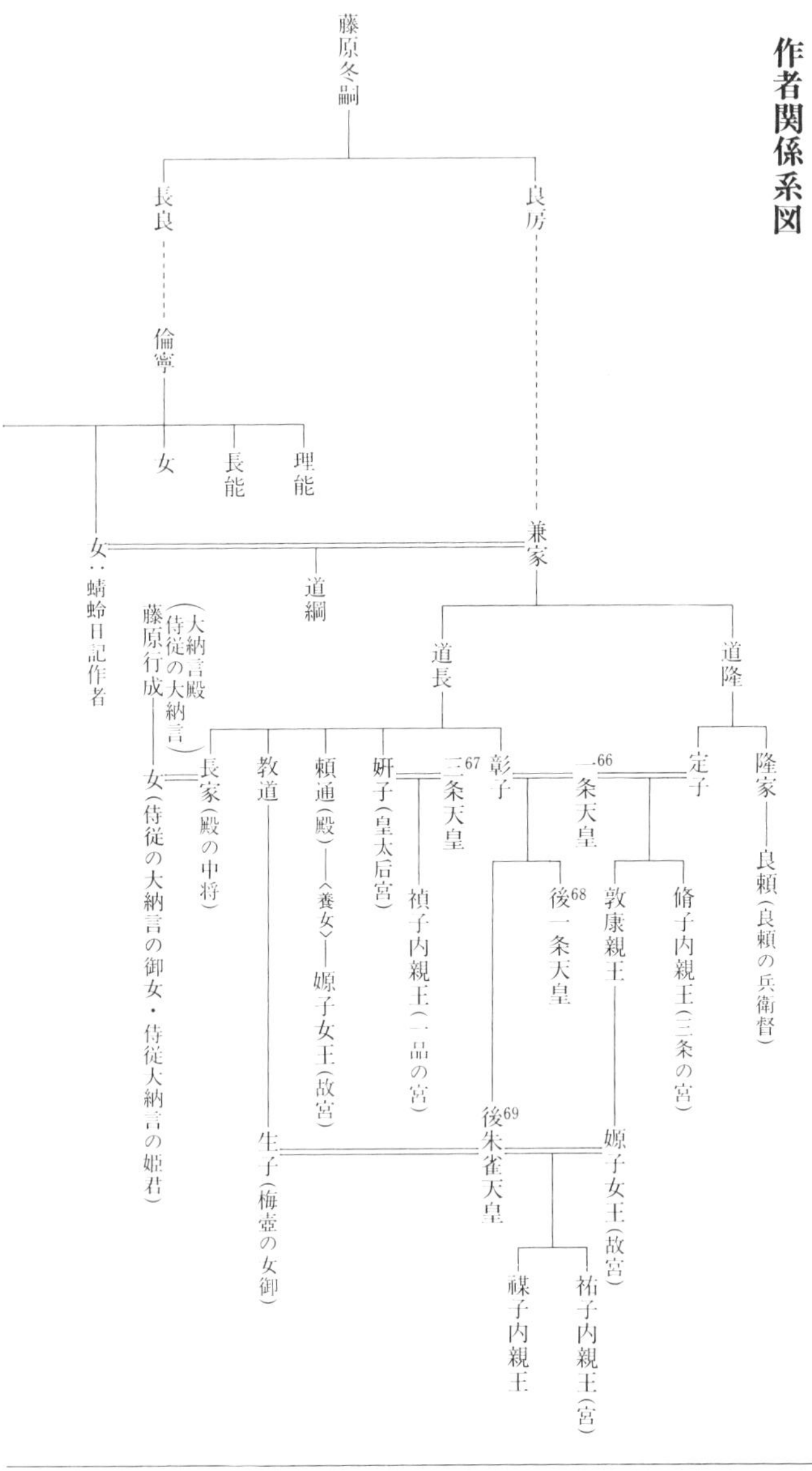
藤原冬嗣
良房
長良
倫寧
理能
長能
女
兼家
女：蜻蛉日記作者
道綱
道隆
道長
隆家
良頼（良頼の兵衛督）
定子
一条天皇 66
彰子
三条天皇 67
妍子（皇太后宮）
頼通（殿）
〈養女〉
教道
長家（殿の中将）
藤原行成（大納言殿 侍従の大納言）
女（侍従の大納言の御女・侍従大納言の姫君）
脩子内親王（三条の宮）
敦康親王
後一条天皇 68
禎子内親王（一品の宮）
嫄子女王（故宮）
後朱雀天皇 69
生子（梅壺の女御）
嫄子女王（故宮）
祐子内親王（宮）
禖子内親王

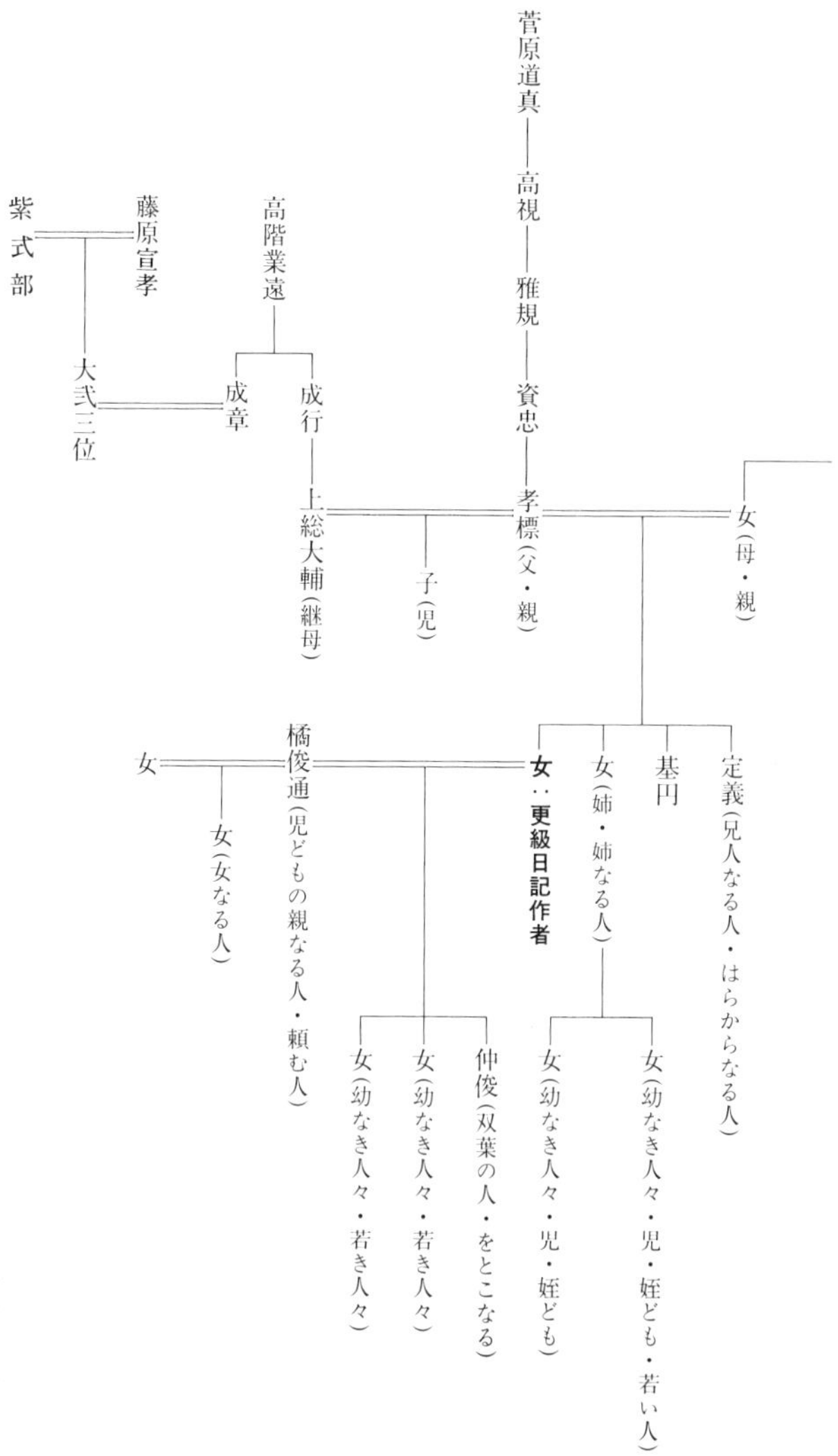

( )内は本文中での呼称
基円は、作者とは異腹か

和歌索引

一、この索引は、『更級日記』のなかに見られる和歌を、初句（第一句）によって検索する便宜のために作成したものである。
一、すべて歴史的仮名づかい平仮名表記で、五十音順に配列した。
一、初句を同じくする歌が二首以上ある場合は、まず初句を掲げ、次に第二句を掲げて区別した。一字分下げて、—を付した見出しが第二句である。
一、各行行末の漢数字は本書の頁数を示す。
一、勅撰集に入集している歌は、それぞれの次行にその旨を付記した。

あ　行

か　行

新潮日本古典集成〈新装版〉

更《さら》級《しな》日《にっ》記《き》

平成二十九年十二月二十五日 発 行

校注者 秋《あき》山《やま》虔《けん》

発行者 佐藤隆信

発行所 株式会社 新潮社

〒一六二‐八七一一 東京都新宿区矢来町七一

電話 〇三‐三二六六‐五四一一（編集部）
〇三‐三二六六‐五一一一（読者係）

http://www.shinchosha.co.jp

印刷所 大日本印刷株式会社

製本所 加藤製本株式会社

装画 佐多芳郎／装幀 新潮社装幀室

組版 株式会社ＤＮＰメディア・アート

乱丁・落丁本は、ご面倒ですが小社読者係宛お送り下さい。送料小社負担にてお取替えいたします。

価格はカバーに表示してあります。

ISBN978-4-10-620827-0 C0395

紫式部日記 紫式部集 山本利達 校注

摂関政治隆盛期の善美を、その細緻な筆に誌した日記は、宮仕えの厳しさ、女の世界の確執をも冷徹に映し出す。源氏物語の筆者の人となりを知る日記と歌集。

和泉式部日記 和泉式部集 野村精一 校注

恋の刹那に身をまかせ、あふれる情念を歌に結実させた和泉式部——敦道親王との愛のプロセスをこまやかに綴った「日記」と珠玉の歌百五十首を収める。

蜻蛉日記 犬養 廉 校注

妻として母として、頼みがたい男を頼みとして生きた女の切ない哀しみ。揺れ動く男女の愛憎の襞を、半生の回想に折り畳んで、執拗に綴った王朝屈指の日記文学。

山家集 後藤重郎 校注

月と花を友としてひとり山河をさすらう人生詩人、西行——深い内省にささえられたその歌は祈りにも似た魂の表白。千五百首に平明な訳注を付した待望の書。

金槐和歌集 樋口芳麻呂 校注

血煙の中に産声をあげ、政権争覇の余震が続く鎌倉で、修羅の中をひたむきに疾走した青年将軍、源実朝。『金槐和歌集』は、不吉なまでに澄みきった詩魂の書。

方丈記 発心集 三木紀人 校注

痛切な生の軌跡、深遠な現世の思想——中世を代表する名文『方丈記』に、世捨て人の列伝『発心集』を併せ、鴨長明の魂の叫びを響かせる魅力の一巻。

萬葉集（全五巻）　青木・井手・伊藤 清水・橋本 校注

古今和歌集　奥村恆哉 校注

伊勢物語　渡辺 実 校注

源氏物語（全八巻）　石田穣二 清水好子 校注

枕草子（上・下）　萩谷 朴 校注

竹取物語　野口元大 校注

名歌の神髄を平明に解き明す。一巻・巻第一～巻第四　二巻・巻第五～巻第九　三巻・巻第十～巻第十二　四巻・巻第十三～巻第十六　五巻・巻第十七～巻第二十

いまもし、恋の真只中にいるなら、「恋歌」を、愛する人に死なれたあとなら、「哀傷」を読んでほしい。華やかに読みつがれた古今集は、むしろ、慰めの歌集だと思う。

引きさかれた恋の絶唱、流浪の空の望郷の思い――奔放な愛に生きた在原業平をめぐる珠玉の歌物語。磨きぬかれた表現に託された「みやび」の美意識を読み解く注釈。

一巻・桐壺～末摘花　二巻・紅葉賀～明石　三巻・澪標～玉鬘　四巻・初音～藤裏葉　五巻・若菜 上～鈴虫　六巻・夕霧～椎本　七巻・総角～東屋　八巻・浮舟～夢浮橋

華やかに見えて暗澹を極めた王朝時代に、毅然と生きた清少納言の随筆。機智が機智を生み、連想が連想を呼ぶ、自由奔放な語り口が、今、生々しく甦る！

親から子に、祖母から孫にと語り継がれてきたかぐや姫の物語。不思議なこの伝奇的世界は、美しく楽しいロマンとして、人々を捉えて放さない心のふるさとです。

新潮日本古典集成

- 古事記　西宮一民
- 萬葉集　一〜五　青木生子　井手至　伊藤博　清水克彦　橋本四郎
- 日本霊異記　小泉道
- 竹取物語　野口元大
- 伊勢物語　渡辺実
- 古今和歌集　奥村恆哉
- 土佐日記　貫之集　木村正中
- 蜻蛉日記　犬養廉
- 落窪物語　稲賀敬二
- 枕草子　上・下　萩谷朴
- 和泉式部日記　和泉式部集　野村精一
- 紫式部日記　紫式部集　山本利達
- 源氏物語　一〜八　石田穣二　清水好子
- 和漢朗詠集　大曽根章介　堀内秀晃
- 更級日記　秋山虔
- 狭衣物語　上・下　鈴木一雄
- 堤中納言物語　塚原鉄雄
- 大鏡　石川徹
- 今昔物語集　本朝世俗部　一〜四　阪倉篤義　本田義憲　川端善明
- 梁塵秘抄　榎克朗
- 山家集　後藤重郎
- 無名草子　桑原博史
- 宇治拾遺物語　大島建彦
- 新古今和歌集　上・下　久保田淳
- 方丈記　発心集　三木紀人
- 平家物語　上・中・下　水原一
- 金槐和歌集　樋口芳麻呂
- 建礼門院右京大夫集　糸賀きみ江
- 古今著聞集　上・下　西尾光一　小林保治
- 歎異抄　三帖和讃　伊藤博之
- とはずがたり　福田秀一
- 徒然草　木藤才蔵
- 太平記　一〜五　山下宏明
- 謡曲集　上・中・下　伊藤正義
- 世阿弥芸術論集　田中裕
- 連歌集　島津忠夫
- 竹馬狂吟集　新撰犬筑波集　木村三四吾　井口壽
- 閑吟集　宗安小歌集　北川忠彦
- 御伽草子集　松本隆信
- 説経集　室木弥太郎
- 好色一代男　松田修
- 好色一代女　村田穆
- 日本永代蔵　村田穆
- 世間胸算用　金井寅之助　松原秀江
- 芭蕉句集　今栄蔵
- 芭蕉文集　富山奏
- 近松門左衛門集　信多純一
- 浄瑠璃集　土田衞
- 雨月物語　癇癖談　浅野三平
- 春雨物語　書初機嫌海　美山靖
- 與謝蕪村集　清水孝之
- 本居宣長集　日野龍夫
- 誹風柳多留　宮田正信
- 浮世床　四十八癖　本田康雄
- 東海道四谷怪談　郡司正勝
- 三人吉三廓初買　今尾哲也